Die bulgarische Methode

Bob Meyer

Die bulgarische Methode

Fränkischer Kriminalroman

Impressum

Die Deutsche Nationalbibliothek
Bibliografische Information der Deutschen Nationalbibliothek
Die Deutsche Nationalbibliothek verzeichnet diese Publikation
in der Deutschen Nationalbibliografie; detaillierte bibliografische
Daten sind im Internet über http://dnb.d-nb.de abrufbar.

Meyer, Bob:
Die bulgarische Methode

Copyright © Fahner Verlag, Lauf a. d. Pegnitz, 2013

Umschlaggestaltung: Storch Design, Lauf
Druck und Bindearbeiten: Scandinavianbooks

ISBN 978-3-942251-10-5

Für Gabi

Glava edno/Kapitel eins

Montag, 6:38 Uhr

Ob ein Tag gut wird oder nicht, entscheidet sich oft schon in der ersten Sekunde. Es ist nicht etwa, wie der Volksmund behauptet, das Bein, mit dem man aufsteht, sondern vielmehr der Moment, in dem man die Augen öffnet. Es ist das, was man beim Aufwachen hört, sieht, fühlt oder gar riecht. Das Ereignis, das das Großhirn vom „Stand by"- in den „Play"-Modus bringt, trägt maßgeblich zu einer Grundstimmung bei, die sich manchmal bis zum Einschlafen nicht mehr ändert. Der Tag kann mit einem zarten Kuss auf die Wange beginnen, mit dem Heulen einer Luftschutzsirene oder ganz profan mit dem Klingeln eines Weckers.

Montag, der 20. August 2007, begann für Hauptkommissar Karl-Heinz Brechtl mit dem Gitarrenriff aus „Smoke on the Water". Ein eindeutiges Zeichen dafür, dass es kein guter Tag werden würde.

Der Klingelton seines Handys riss Brechtl aus dem Schlaf, als hätte ihn jemand am Kragen gepackt. Mit nur einen Spaltbreit geöffneten Augen tastete er nach dem Telefon, das penetrant die selben vier Takte in einer Endlosschleife wiederholte. Er nahm das Gespräch an, hielt das Handy ans Ohr und brummte: „Brechtl."

Was der Kollege aus der Einsatzzentrale zu sagen hatte, klang nicht gut. Gar nicht gut. Brechtl quälte sich aus dem Bett, stakste umständlich über seine am Boden liegenden Klamotten und schlurfte in den Flur. Dort stand neben der Garderobe immer noch das typische Telefonschränkchen. In Zeiten der schnurlosen Kommunikation brauchte das zwar kein Mensch mehr, aber wie in vielen Haushalten war dies auch in Brechtls Wohnung der Ort, wo Zettel und Stift bereitlagen. Er notierte sich die Adresse, die der Kollege wiederholte, und legte mit einem „Ja, saggsd ich kumm glei" wieder auf. Auf dem Display stand „6:42". Viel zu früh, um einen vernünftigen Gedanken fassen zu können, und viel zu früh, um sich Dinge anzuschauen, die er eigentlich nicht sehen wollte.

Er unterzog sich einer kurzen Katzenwäsche, schlüpfte in seine Klamotten und ging in die Küche. Sein Blick wanderte zwischen Küchenuhr und Kaffeemaschine hin und her. Die anderen warteten auf ihn. Also – kein Kaffee mehr. Stattdessen trank er den letzten Schluck aus der offenen Cola-Flasche, die vom gestrigen Fernsehabend noch auf dem niedrigen Wohnzimmertisch stand. Widerlich. Er griff nach seiner Jacke, steckte seine Schlüssel ein und verließ die Wohnung. Auf dem Weg zur Garage zog er, wie jeden Morgen, die Zeitung aus dem Briefkasten. Nach kurzem Zögern stopfte er sie wieder zurück. Es war abzusehen, dass er heute wie so oft keine Zeit haben würde, sie zu lesen. Das ärgerte ihn, denn in der Zeitung gab es die Nachrichten aus seiner Gegend. Die großen weltpolitischen Themen, die im Fernsehen behandelt wurden, interessierten ihn wenig – war eh immer dasselbe. Er ging über den schmalen Fußweg zu seiner Garage und ließ sich in den abgewetzten Fahrersitz seines alten Golf fallen. Ein letzter Blick auf die Uhr. Jetzt aber los.

Zwanzig Minuten später fuhr Brechtl durch das schmiedeeiserne Tor eines Grundstücks am Nordrand von Altdorf. Es gab sie tatsächlich, die Einfahrten mit Wendeschleife, wie er sie aus englischen Krimis kannte, wo anscheinend jeder Zweite so viel Platz im Vorgarten zur Verfügung hatte.

Draußen war es feucht, kalt und ungemütlich. Ein feines Nieseln, das man fast nicht sehen, aber unangenehm spüren konnte, erinnerte eher an November als an August. „Für die Jahreszeit zu kühl", nannten sie es im

Wetterbericht. „Sauwetter", sagte er dazu. Und wie immer war er unpassend angezogen: Turnschuhe, Jeans, Hemd, Jeansjacke. Textiltechnisch hatte er die 80er-Jahre nie hinter sich gelassen. Musikalisch auch nicht.

Ein uniformierter Kollege, der die undankbare Aufgabe hatte, den regen Verkehr von Streifenwagen, Notarzt und Zivilfahrzeugen der Kripo zu regeln, wies ihm den Weg zum Tatort. Brechtl stellte den Golf neben dem VW Bus des Erkennungsdienstes ab und trottete mit eingezogenen Schultern und hochgestelltem Kragen auf die Doppelgarage zu, die sich einige Meter neben dem Wohnhaus befand. Ein Stück daneben war ein Carport, der zum Lagern von Strohballen verwendet wurde. Er war an ein kleines Gebäude mit Satteldach angebaut, aus der man gelegentlich das Schnauben eines Pferdes hören konnte.

Als Brechtl das Strohlager erreicht hatte, bot sich ihm ein Anblick, der zugleich unheimlich und skurril war.

Direkt an der Garagenwand saß ein korpulenter Mann Mitte fünfzig mit ausgestreckten, leicht gespreizten Beinen auf dem Boden. Er trug einen schmutzigen, dunklen Maßanzug. Sein Kopf ruhte auf der Brust wie bei einem Betrunkenen, der im Sitzen eingeschlafen war. Die Hände lagen links und rechts neben ihm auf dem nassen Boden auf. Die ganze Gestalt wirkte absolut symmetrisch. Die Symmetrieachse bildete eine Mistgabel, die mit ihren vier Zinken in der Brust des Toten steckte und deren Stiel verhinderte, dass der Oberkörper nach vorne fiel. Es war erstaunlich wenig Blut zu sehen. Die Szenerie war so unwirklich, dass man fast erwartete, der Mann würde im nächsten Moment aufstehen. Mit etwa drei Meter Abstand war rund um den Tatort ein rotweißes Plastikband mit der Aufschrift „POLIZEI-ABSPERRUNG" gespannt. Brechtl hob das Band an, um sich die Leiche aus der Nähe anzusehen.

„Ned neidabbm …!", rief eine kräftige, tiefe Männer-
stimme hinter ihm.

Brechtl drehte sich um und sah Rainer Zettner, den
Leiter des Erkennungsdienstes, in einem blauen Overall
und mit einem großen Eimer in der Hand auf sich zu
kommen.

„… maansd, däi Abschberrung hommer zum Schbass
hiegmachd, odder wos?"

Die beste Laune hatte Rainer auch nicht gerade.

„Morng Rainer, wos regsd di'n so aaf?"

„Scha hald ämol hie!", brummte er, „dou in den
Laamer sin doch dausnd Schouabdrigg. Däi mou i erschd
ämol sichern. Dann koosd vo mir aus neidabbm."

Der schlammige Boden rund um die Leiche war mit
Schuhabdrücken übersät. Brechtl bezweifelte, dass man
da eine vernünftige Spur sichern konnte. Aber bitte –
Rainer war der Fachmann.

„Dou sin doch scho x Leid durchgloffm. Maansd,
dou findsd nu wos?"

„Des lass ämol mei Sorch sei. Mach du dei Erberd, iich
mach meine", brummte Rainer und fing an, die Abdrücke mit dem Gips aus seinem Eimer auszugießen. Dazu
kniete er sich auf den Boden und verstrich den Gips zum
Teil mit einer Spachtel, zum Teil mit den bloßen Händen.
Schon nach kurzer Zeit war der Eimer leer. Rainer stand
auf und schaute an seinem schmutzigen Overall herunter.

„Ausschauer dou i wäi a Sau!", fluchte er.

„Jo, und dreggerd gmachd hasd di aa", grinste Brechtl.

„Ja gscheid widsich! Hasd du nix Bessers zum du,
wäi dou bläid rumschdäi?"

Offensichtlich war Rainer heute früh nicht zum
Scherzen aufgelegt.

„Ich wadd hald, bisd feddi bisd, dassi mern oschauer
konn."

Brechtl verschränkte geduldig die Arme.

„Des wird scho nu äweng dauern, bisd hie derfsd. Obber glaab mers, der is nu länger doud."

Brechtl gab sich geschlagen.

„Is ner di Sonja scho dou?", fragte er.

„Dou is scho, obber wo ser si rumdreibd, wassi aa ned."

„Wers scho findn."

Mit Rainer, dem Rothauracher, der noch länger als Brechtl bei der Kriminalinspektion Schwabach arbeitete, konnte man wenigstens fränkisch reden. Die meiste Zeit musste sich Brechtl aber zu Hochdeutsch zwingen. Zwar gab es diesbezüglich keine Vorschriften, aber es hatte sich so eingebürgert. Es klang irgendwie seriöser und in seinem Job hatte Brechtl es des Öfteren mit Menschen zu tun, die die fränkische Mundart nicht verstanden.

Er knipste die Leiche mit seiner Handykamera und ging ein paar Schritte. Hinter ihm erfolgte inzwischen die Wachablösung. Während der Notarzt vom Hof fuhr, kamen ihm der Leichenwagen und das Auto der Erlanger Gerichtsmedizin entgegen. Brechtl schaute sich um. Überall auf dem Grundstück, das man ohne Übertreibung als Anwesen bezeichnen konnte, wuselten Kriminaltechniker in ihren weißen Anzügen herum. Einige kannte er aus seiner Schwabacher Dienststelle, die anderen mussten wohl vom Kriminaldauerdienst aus Nürnberg angefordert worden sein. Sogar ein paar uniformierte Polizisten beteiligten sich an der Suche nach … ja, wonach denn eigentlich? Beweisstücke? Indizien? Die Mordwaffe war ja wohl so offensichtlich wie die Todesursache und auf diesem Gelände konnte man alles finden, wenn man nicht wusste, wonach man eigentlich suchte.

Die beiden Mitarbeiter des Bestattungsinstituts luden einen Zinksarg aus dem Auto und stellten ihn auf den Boden. Sie lehnten sich an den Leichenwagen, zündeten sich Zigaretten an und warteten geduldig auf ihren Einsatz. Brechtl fragte sich, wie sie die Leiche transportieren wollten. So passte sie wohl nicht in den Sarg, schließlich ragte eine anderthalb Meter lange Mistgabel senkrecht aus ihrer Brust. Bei der Vorstellung des Abtransports huschte ein leichtes Lächeln über seine Lippen, aber er setzte sofort wieder eine ernste Miene auf, als seine Kollegin Sonja auf ihn zukam.

„Gruslig, oder?"

„Hmm. Morng Sonja. Seid wann seid ern scho dou?"

„Gute halbe Stunde ..."

Brechtl warf einen Blick auf die Leiche. „Warum bloud'n der ned?"

Sonja schaute ihn fragend an. Zeit, auf Hochdeutsch zu schalten. Sonja lebte zwar schon lange in Franken, ihre Eltern kamen aber irgendwo aus Niedersachsen und sie hatte sich leider mit dem Fränkischen nie anfreunden können. Das war aber auch so ziemlich der einzige Makel, den Brechtl an ihr finden konnte. Sie war für ihn schon mehr Freundin als Kollegin. Nicht im Sinne einer Liebesbeziehung, vom Alter her hätte sie ja fast seine Tochter sein können. Sie hatten einfach einen guten Draht zueinander und er fühlte sich ein bisschen als ihr Beschützer, obwohl sie den eigentlich gar nicht nötig hatte.

„Warum er nicht blutet? Ich frage mich, warum da nicht mehr Blut ist."

„Du hast Probleme. Keine Ahnung!"

Brechtl schüttelte den Gedanken wieder ab. „Also, erzähl!"

Der Tote war Jochen Wolf, verheiratet mit Sybille Wolf, eine Tochter, Carmen. Eigentümer dieses Anwesens, offensichtlich kein Armer. Todeszeitpunkt war nach Schätzung des Notarztes irgendwann zwischen Mitternacht und vier Uhr. Todesursache war ja klar. Gefunden hatte ihn seine Tochter, die eigentlich auf dem Weg zu ihrem

Pferd war. Pferdebox hinter dem Strohlager, Frau und Tochter im Haus, unter Schock, noch nicht befragt. Genau das war es, was Brechtl an Sonja so schätzte. Sie wusste, worauf es ihm ankam, und fütterte ihn immer nur mit der überschaubaren Menge an Information, die ihn nicht überforderte. Als sie damals in seine Abteilung kam, hatte er einige Zweifel, ob dieses zarte Wesen dem harten Job gewachsen wäre. Sie war es. Manchmal besser als er selbst, was er niemals zugegeben hätte. Zum Glück hatten sie es hier im Nürnberger Land höchstens mit einer Handvoll ungeklärter Todesfälle im Jahr zu tun. An den Anblick von Toten konnte man sich gewöhnen. Das Drumherum, die Gespräche mit den Angehörigen, das war der schlimmere Teil der Arbeit. Genau den hatte er jetzt vor sich.

Auf dem Weg zum Wohnhaus winkte er dem Gerichtsmediziner Doktor Schneider zu, der gerade von Rainer aufgehalten wurde, weil er schnurstracks auf die Garage zugelaufen war. Da kannte der Erkennungsdienstler nichts. Solange nicht alle Spuren gesichert waren, war er der Chef und weder Staatsanwalt noch sonstwer betrat einen Tatort, bevor er nicht sein Kommando „So, ezedler" gegeben hatte.

Das Wohnzimmer der Wolfs war schlicht, aber gediegen eingerichtet. Designermöbel, die mit Sicherheit teurer waren, als sie aussahen, eine Stereoanlage, die Brechtl vor Neid erblassen ließ, und ein gigantischer Fernseher an der Wand. Eine riesige Fensterfront gab den Blick in einen sehr gepflegten Garten frei. Auf dem Zweisitzer der schwarzen Ledergarnitur saßen Frau Wolf, die mit einem Morgenmantel bekleidet war, und ihre Tochter, die den Arm um die Schulter ihrer Mutter gelegt hatte.

Sybille Wolf war ungefähr fünfzig, eine Frau, deren Alter man schlecht schätzen konnte. Die Haare waren dunkel gefärbt und flott geschnitten, allerdings nur sehr dürftig zurechtgemacht. Ihr Gesicht war rundlich und die Figur war auch schon ein wenig aus den Fugen geraten, so weit Brechtl das trotz des hochgeschlossenen dicken Morgenmantels erkennen konnte. Ihre Füße steckten in albernen Fellhausschuhen.

Im Gegensatz zu ihrer Mutter wirkte Carmen Wolf sehr sportlich. Sie war schlank, mal abgesehen von den Oberschenkeln, die wie bei vielen Reiterinnen etwas stärker ausgeprägt waren. Ihre schwarzen Haare hatte sie größtenteils unter einer Baseballmütze versteckt. Sie trug einen ziemlich ausgewaschenen Kapuzenpullover, eine dunkelblaue Reithose und Stiefeletten.

Brechtl räusperte sich und ging langsam auf die beiden zu. Wie er diese Situation hasste. Er wusste nie, was er sagen sollte, obwohl er das ja inzwischen schon oft genug erlebt hatte. Sogar eine Fortbildung zu diesem Thema hatte er einmal besucht. In Freilassing, mit einem Doktor der Psychologie. Aber Freilassing war nicht Franken und Brechtl war kein Psychologe – weiß Gott nicht.

„Entschuldigung, Frau Wolf, ich bin Hauptkommissar Brechtl und das ist Kommissarin Nuschler von der Kripo Schwabach. Kann ich Ihnen ein paar Fragen stellen? Mein Beileid zum ... äh ..."

Er streckte ihr die Hand entgegen. Der Freilassinger Doktor hätte ihn in der Luft zerrissen.

Frau Wolf gab ihm die Hand, wischte sich mit einem Taschentuch die Tränen von den Wangen, nickte und deutete auf das Sofa gegenüber. Brechtl und Sonja nahmen darauf Platz.

„Frau Wolf, das ist jetzt sicher nicht einfach für Sie, aber ich bitte Sie, uns ein paar Fragen zu beantworten, damit wir den Mörder Ihres Mannes schnell finden können."

Auf diesen Satz hätte er vom Doktor auch höchstens eine Vier minus bekommen, zumindest löste er bei Frau

Wolf erneut Tränen aus. Brechtl tauschte einen entschuldigenden Blick mit Carmen Wolf aus, die deutlich gefasster wirkte als ihre Mutter. Er wartete, bis Frau Wolf sich geschnäuzt hatte, und versuchte, sich möglichst diplomatisch an die eigentlich wichtigen Fragen heranzutasten.

„Was macht Ihr Mann denn beruflich?"

Das wusste er zumindest noch von der Fortbildung: Nicht in der Vergangenheit vom Opfer reden – obwohl es natürlich ein Schmarrn war, denn ihr Mann machte mit Sicherheit gar nichts mehr.

„Er ist Unternehmensberater. Er schreibt Gutachten und so was für Firmen, freiberuflich."

„Wissen Sie, warum er mitten in der Nacht noch an der Garage war?"

„Er ist erst spät nach Hause gekommen. Er war beruflich drei Tage in Tschechien. Ich habe mit ihm telefoniert, als er am Flughafen war. Jochen wollte noch zu einem Essen mit der Firma, für die er gerade arbeitet. Zum Bammes, in Buch. Er hat gesagt, dass es wahrscheinlich spät wird, sie hätten was zu feiern."

Brechtl kannte das Lokal, allerdings nur vom Hörensagen, es war nicht seine Preisklasse.

„Was ist das für eine Firma, für die Ihr Mann gerade arbeitet?"

„Greulich in Zirndorf."

Brechtl notierte sich alles in einem kleinen Taschenkalender von 2002. Sein Ersatzgedächtnis. Die Kalender von der Polizeigewerkschaft gab es jedes Jahr kostenlos und er schnorrte sie immer bei den Kollegen, weil sie ein Format hatten, das genau in die Innentasche seiner geliebten Jeansjacke passte.

„Und haben Sie irgendetwas gehört oder gesehen, heute Nacht?"

„Nein, ich bin … ich bin vor dem Fernseher eingeschlafen", entgegnete sie etwas zögerlich.

„Hatte Ihr Mann irgendwelche Feinde, Leute, denen Sie so etwas zutrauen?"

„Nein", antwortete Sybille Wolf fast entrüstet, „mein Mann hatte keine Feinde, er war sehr beliebt überall!"

„Ach, Mama!" Carmen Wolf stand auf und stellte sich neben ihre Mutter. „Jetzt sei doch nicht so naiv! Es gibt tausend Leute, die Papa nicht leiden konnten, und die hatten ja wohl auch allen Grund dazu!"

„Das ist nicht wahr! Wie kannst du so was sagen!", rief Sybille Wolf aufgebracht und fing an, mit beiden Händen nach ihrer Tochter zu schlagen. Sonja ging dazwischen und versuchte, sie zu beruhigen. Brechtl stand auf und wandte sich an Carmen.

„Kann ich Sie einen Moment draußen sprechen?"

„Ja, bitte."

Auf dem Weg zur Haustür tauschte Brechtl noch einen Blick mit Sonja. Er musste nicht erst erklären, was er vorhatte. Ein Sekundenbruchteil genügte und sie verstanden sich.

Nachdem sie die Haustür hinter ihnen geschlossen hatte, fragte Carmen Wolf: „Würde es Ihnen etwas ausmachen, mit in den Stall zu gehen? Ich müsste mich um meine Pferde kümmern."

„Nein, nein, kein Problem!"

Brechtl folgte ihr zu dem kleinen Stall hinter dem Strohlager. Carmen vermied es, einen Blick in Richtung Tatort zu werfen, und machte einen großen Bogen um die Absperrungen.

In einer geräumigen Box stand ein großes, pechschwarzes Pferd, das mit zwei Gurten an den Seitenwänden festgebunden war. Als Carmen die Tür öffnete, sah Brechtl, dass die vorderen der mächtigen Hufe bandagiert waren. Carmen begann, sich um die Beine des Pferdes zu kümmern. Sie wechselte den Verband und rieb die Hufe mit einer Salbe ein.

„Was ist denn passiert?", wollte Brechtl wissen.

„Rehe", war die lapidare Antwort. Das half Brechtl nun gar nicht weiter. Er konnte sich nicht vorstellen, wie ein Reh die Beine eines Pferdes verletzen konnte. Reinbeißen ja wohl sicher nicht. Um sich keine Blöße zu geben, machte er nur „Mhm".

„Das ist der Sancho. Ich hab ihn seit vier Wochen. Kriegt bei mir sein Gnadenbrot. Ist schon über zwanzig, aber immer noch ein Guter. Gell, Dickerle." Sie klopfte dem Pferd auf den Hals. „Das mit den Beinchen wird schon wieder."

Beinchen war eine eher unpassende Verniedlichung. Die Hufe waren groß wie Teller und Brechtl wich ehrfurchtsvoll zurück, als das Pferd seinen massigen Kopf nach oben warf.

„Hufrehe ist gar nicht so selten bei Friesen. Kommt von der falschen Ernährung und zu wenig Bewegung", belehrte ihn Carmen und fütterte Sancho mit zwei Kiwis, die sie aus der Bauchtasche ihres Pullovers zauberte. Brechtl hatte seine Zweifel, ob das die artgerechte Ernährung für ein Pferd aus Friesland war, aber bitte.

„Sie wollten mir etwas über Ihren Vater erzählen."

„Verstehen Sie mich nicht falsch, aber meine Mutter hat immer die rosa Brille auf. Sie sieht immer nur, dass mein Vater einen Haufen Geld verdient und mit vielen wichtigen Leuten verkehrt. Sie kommt aus armen Verhältnissen. Mein Vater ist für sie wie Richard Gere in ,Pretty Woman'. Was mein Vater wirklich macht, das kapiert sie nicht, oder sie will es nicht kapieren."

„Und was macht Ihr Vater wirklich?"

„Er hilft Industriellen, ihre Firmen zugrunde zu richten."

Brechtl schaute sie fragend an. Carmen verschloss die Stalltür und lud ihn mit einer Handbewegung ein, ein Stück mit ihr zu gehen. Hinter dem Haus waren einige große Wiesenstücke als Koppeln abgetrennt. In einiger Entfernung war ein weiterer Stall zu sehen, auf den Carmen zusteuerte. Sie begann zu plaudern.

„Wissen Sie, es gibt einen Haufen Unternehmer, die haben mal klein angefangen und ihre Firma aufgebaut, als Familienbetrieb, als Mittelständler und manche sind auch richtig groß geworden. Meistens geht das über Generationen. Und irgendwann kommt eine Generation, die hat keine Lust mehr auf die Schufterei ihrer Großväter. Die wollen nur noch das Geld. Die Arbeit, die dahintersteckt, interessiert sie nicht. Also verkaufen sie das Unternehmen. Jetzt stehen sie vor einem Problem. Sie wollen möglichst viel Geld aus dem Geschäft ziehen und der Käufer will möglichst wenig bezahlen. Und da kommt mein Vater ins Spiel. Er bewertet Firmen, schreibt Gutachten darüber, wie viel ein Betrieb wert ist."

„Für den Käufer oder für den Verkäufer?"

„Das spielt überhaupt keine Rolle. Die wenigsten Firmenverkäufe sind feindliche Übernahmen. Meistens sind sich Käufer und Verkäufer einig. Es geht nur noch darum, für beide möglichst viel Kohle herauszuschlagen."

„Und Ihr Vater wusste, wie das geht?"

„Oh ja! Das wusste er sehr genau. Und das ließ er sich auch prima bezahlen."

„Und wer sind dann die tausend Leute, die Ihren Vater nicht leiden können?"

„Na die Arbeiter natürlich. Die, die sich jahrelang den Arsch aufreißen und dafür sorgen, dass der Laden läuft, und dann plötzlich auf der Straße stehen. Und wenn ich tausend sage, dann meine ich tausend. Es sind nicht nur kleine Firmen, die mein Vater abgewickelt hat. Bei Greulich zum Beispiel sind es fast dreihundert Angestellte. Ob da Familien vor die Hunde gehen und sich Mitarbeiter vor den Zug schmeißen, das war meinem Vater egal."

„Ist so was schon passiert?"

„Vor drei Wochen. Stand doch sogar in der Zeitung. Ein langjähriger Mitarbeiter von Greulich. Als er seine Entlassung bekommen hat, hat er sich vor den Zug geworfen. Hat eine Frau und drei Kinder. Super, oder? Ich sage Ihnen was: Mein Vater war ein Arschloch. Und wer immer ihn umgebracht hat, hatte sicher einen Grund dafür. Ich war's übrigens nicht."

Starker Tobak. Für eine Tochter, die gerade ihren Vater verloren hatte, war Carmen wenig erschüttert.

„Sie haben doch auch vom Erfolg Ihres Vaters profitiert, wenn ich mir das hier so anschaue."

„Ja, den dicken Geldbeutel hat er immer schnell aufgemacht. Geizig war er nicht, zumindest mir gegenüber. Aber dass es auch Probleme gibt, die sich halt nicht mit Geld regeln lassen, das hat er nie verstanden. Ich habe ihn nicht gehasst, aber geliebt habe ich ihn auch nicht."

Sie erreichten den zweiten Stall, in dem ein deutlich zierlicheres Pferd stand, das einen nervösen Eindruck machte.

„Das ist Domina. Auch eine ganz Liebe. Bisschen zickig Fremden gegenüber. Kommen Sie mal her, damit sie Sie kennenlernt."

Carmen führte seinen Handrücken vor das Maul des Pferdes, das sich nach ein paar Atemzügen sichtlich beruhigte. Dann drückte sie Brechtl einen Apfel in die Hand und erklärte ihm ausführlich, wie er ihn der Stute geben sollte. Als hätte sie ein kleines Kind vor sich, das zum ersten Mal einem Pferd gegenübersteht. Brechtl hatte keine besondere Angst vor Pferden, aber die Pferdestärken in seinem alten VW Golf waren ihm lieber. Das waren zwar nicht allzu viele, dafür aber waren sie berechenbar.

„Was machen Sie denn beruflich?"

„Ich wollte eigentlich Pferdepflegerin werden, aber mein Vater hat darauf bestanden, dass ich studiere. Na ja, vielleicht hatte er ja da sogar recht. Jedenfalls studiere ich jetzt Tiermedizin, aber erst im dritten Semester. Gibt's leider in Nürnberg nicht, deswegen muss ich immer nach München fahren. Aber jetzt sind gerade Semesterferien."

„Und heute Nacht, wo waren Sie da?"

„Ich war bei einer Freundin auf der Geburtstagsfeier, aber mir war nicht so gut, drum bin ich um elf schon nach Hause gegangen und hab mich ins Bett gelegt."

„Und Sie haben nichts gehört?"

„Nein, tut mir leid. Ich hab immer so Ohrenstöpsel drin, weil mich das nervt, dass meine Mutter den Fernseher so laut macht."

Das Problem konnte Brechtl gut verstehen, mit seiner Mutter war es dasselbe. Schon seit ein paar Jahren redete er auf sie ein, sich doch endlich ein Hörgerät zuzulegen, aber er konnte sie nicht überzeugen. Weil das ja so teuer ist und sich eh nicht mehr lohnt ... sprich, weil sie zu eitel war und es vor ihren Freundinnen nicht zugeben wollte. Zum Glück hatte er seine Wohnung am Schumacherring, also genau am anderen Ende von Röthenbach. Aber wie sein Vater diese Lautstärke aushielt, war ihm schleierhaft.

Auf dem Rückweg tönte „Smoke on the Water" aus seiner Brusttasche. Sonja wurde langsam ungeduldig. Die Leiche war bereits abtransportiert und der Tatort noch weiträumiger abgesperrt worden. Da würden Rainer Zettner und sein Team noch einiges zu tun haben. Hier gab es sogar den sprichwörtlichen Heuhaufen, in dem man die Stecknadel suchen konnte.

„Können Sie mir ein paar Namen nennen, von Leuten, die mit Ihrem Vater persönlich zu tun hatten und ihn genug hassten, um ihn umzubringen?", fragte Brechtl ganz offen.

„Die Namen weiß ich nicht. Ich war froh, wenn ich damit nichts zu tun hatte, verstehen Sie? Da war so ein Gewerkschafter von Greulich, über den hat sich Papa neulich furchtbar aufgeregt, weil der ihn angespuckt hat. Und natürlich der Mitarbeiter, der sich umgebracht hat, von dem weiß ich den Namen aber auch nicht. Im Prinzip können Sie sich eine Liste mit der ganzen Belegschaft geben lassen. Und es war ja nicht seine erste Firma. Einfach wird Ihr Job da sicher nicht."

Brechtl gewann den Eindruck, dass es Carmen ziemlich egal war, wer ihren Vater ermordet hatte.

„Und die Mistgabel, wo war die normalerweise?"

„Die steht normalerweise neben der Box von Sancho oder drüben beim Stroh. Da kann jeder ran, wenn Sie das meinen."

Sonja wartete bereits neben Brechtls Golf. Dessen roter Lack sah schon ziemlich verblasst aus. Es konnte nicht mehr allzu lange dauern, bis der TÜV sie scheiden würde. Aber Brechtl hoffte, er würde noch so lange durchhalten, bis er das Geld für sein Traumauto, den neuen Audi TT, zusammen hatte. Außer für die lebenswichtigen Dinge gab Brechtl sein Geld höchstens für Musik-CDs und gelegentlich einen neuen Modellflieger aus. Ansonsten stellte er keine großen Ansprüche und so war auch der Zeitpunkt langsam abzusehen, an dem ein TT in seiner Garage stehen würde.

„Vielen Dank, Frau Wolf! Wie kann ich Sie erreichen?"

„Haben Sie was zum Schreiben?" Sie ließ sich Brechtls Kalender geben und schrieb ihre Handynummer auf.

„Viel Erfolg dann!"

„Danke! Ach, unser Erkennungsdienst wird sich noch bei Ihnen melden, wegen der Fingerabdrücke, zum Abgleich, damit wir die von den Hausbewohnern haben."

„Ja, sicher. Das hab ich mir schon gedacht."

„Und ich habe bestimmt auch noch ein paar Fragen, wenn wir etwas mehr wissen."

„Mhm."

„Wiedersehen dann, Frau Wolf."

„Auf Wiedersehen, Herr Brechtl."

Über die Autobahn waren es gut zwanzig Minuten zur Kriminalpolizeiinspektion Schwabach, die seit fast zwanzig Jahren Brechtls Arbeitsplatz war. Er war sogar schon dabei, als sie 1991 in das neue Gebäude an der Friedrich-Ebert-Straße umgezogen waren. Sein Diesel schnurrte wie ein Uhrwerk, trotzdem schaute Brechtl jedem Sportwagen neidisch hinterher, der an ihnen vorbeizog.

„Und, was hat die Wolf noch so erzählt?", erkundigte er sich bei Sonja, die neben ihm saß.

„Hat viel gejammert, wie undankbar ihre Tochter doch sei und dass sie doch alles hat und dass es ständig Probleme mit ihr gibt und so weiter. Nichts Brauchbares jedenfalls."

„Dafür war die Tochter gesprächiger. Der Wolf war anscheinend ein ziemlich gefragter Mann, wenn es um Firmenverkäufe ging. Hat da wohl ein paar nicht so astreine Geschäfte eingefädelt. Zurzeit dreht er was bei einer Firma Greulich. Sagt dir das was?"

„Steht doch ständig in der Zeitung. Soll wohl dichtgemacht werden, da stehen ein paar hundert Arbeitsplätze auf dem Spiel."

„Jedenfalls sollten wir da mal ansetzen. Die Mitarbeiter sind anscheinend nicht so gut zu sprechen auf den Wolf."

Sonja nickte zustimmend und fing an, Brechtl zu mustern.

Schließlich meinte sie: „Sag mal, hast du eigentlich gar nichts anderes im Kleiderschrank?"

„Doch, wieso? Passt doch, oder – alles frisch gewaschen!"

Brechtl warf einen Blick auf sein Outfit und war eigentlich zufrieden.

„Na ja, der letzte Schrei ist es nicht gerade. Hättest dich schon ein bisschen mehr in Schale schmeißen können für den Chefempfang."

Brechtl schaute sie fragend an. Sie half ihm auf die Sprünge:

„Chef, Bulgarien, Europol, Häppchen … na, klingelt's?"

„Ach Scheiße, den hab ich ja total versemmelt! Wann is'n des?"

„Um zehn."

Noch eine halbe Stunde. Das reichte bei weitem nicht, um heimzufahren und sich umzuziehen. Es war Brechtl peinlich, dass er schon wieder einen Termin vergessen hatte. Warum so etwas auch immer montags war. An jedem anderen Wochentag hätte Sonja ihn am Vortag daran erinnert und er hätte einen seiner beiden Anzüge rauslegen können. Er dachte fieberhaft nach, aber eine plausible Ausrede für seinen Aufzug wollte ihm nicht einfallen. Mist, Mist, Mist. Er wusste genau, dass der Chef auf solche Banalitäten Wert legte.

Als sie an der Inspektion aus dem Auto stiegen, warf er einen Blick auf Sonja. Ihre langen blonden Haare hatte sie wie immer zu einem Pferdeschwanz zusammengebunden. Sie trug eine wirklich schicke helle Bluse mit dunkler Weste und eine dazu passende weite Hose. Das kannte er ja gar nicht von ihr. Normalerweise hatte sie Jeans an und auch nicht so extravagante Schuhe. Donnerwetter, das war ihm heute früh gar nicht aufgefallen. Er musste feststellen, dass sie in diesen Klamotten richtig gut aussah. Gut, sie war ja auch erst sechsundzwanzig und damit neunzehn Jahre jünger als er. Allerdings trug er vor neunzehn Jahren auch schon dieselben Klamotten wie heute, nur die Konfektionsgröße hatte sich inzwischen geringfügig nach oben verschoben.

Punkt zehn machten sie sich auf den Weg zum großen Besprechungsraum, der sich im zweiten Stock der Inspektion direkt über ihren Büros befand. Brechtl stellte fest, dass er der Einzige war, der keinen Anzug trug. Wenigstens hatte er seine Jeansjacke im Büro gelassen, das Hemd bis oben zugeknöpft und sich von seinem Kollegen Manne Gruber eine Krawatte geliehen. Manne trug immer Anzug. Er hatte nicht nur eine Auswahl an Selbstbindern in seinem Garderobenschrank, sondern auch noch einen Ersatzanzug. Der war aber mindestens drei Nummern zu klein für Brechtl, deshalb beließ er es bei der Krawatte und stellte sich etwas hinten in die Gruppe der Zuhörer.

Der Chef nahm ein Glas Sekt in die Hand, klopfte mit einem Kuchengäbelchen daran und begann mit den üblichen Worten „Ich möchte mich kurz fassen ...". Das war immer ein sicheres Zeichen dafür, dass man minutenlang strammstehen und eine Mischung aus Geschwafel und Lobhudelei über sich ergehen lassen musste. Neben dem Chef standen, in einer feschen Uniform, der Polizeipräsident von Mittelfranken höchstpersönlich, der sich nur selten in die Schwabacher Inspektion verirrte, und ein paar weitere Krawattenträger, die Brechtl nicht kannte. Erstaunlicherweise fasste sich der Chef diesmal wirklich kurz und gab nach der Begrüßung das Wort an den Präsidenten weiter.

„Lieber Heiner, ich danke dir für die einleitenden Worte. Liebe Kolleginnen und Kollegen, wie Sie wissen, wurde Bulgarien Anfang des Jahres Mitglied der Europäischen Union. Im vereinten Europa ist es elementar, dass die Behörden der einzelnen Länder zusammenarbeiten. Die Europol ist dabei schon seit ihrer Gründung ein ausgezeichnetes Beispiel, ein Vorreiter für erfolgreiche Kooperation. Durch den Beitritt zur EU ist nun auch Bulgarien Partner bei der internationalen Verbrechensbekämpfung, was ich sehr begrüße, ..."

Brechtl tauschte einen Blick mit Sonja und zeigte auf seine Uhr. „Bla-bla-bla", signalisierte er ihr durch eine Geste. Der Polizeipräsident war in seinem Redeschwall nicht zu bremsen.

„… um die neuen Herausforderungen, die sich dadurch ergeben, zu meistern und die grenzübergreifende Zusammenarbeit zu fördern, haben wir mit unserem neuen Partner vereinbart, einigen bulgarischen Beamten einen Einblick in das deutsche Polizeisystem zu ermöglichen. Sie sollen den deutschen Kollegen quasi bei der Arbeit über die Schulter schauen. Ich freue mich deshalb, Ihnen heute Herrn Kapitan Dimitar Jordanov vorstellen zu dürfen. Er spricht ausgezeichnet Deutsch und wird einige von Ihnen eine Woche lang begleiten. Ab nächster Woche wird er dann die Kollegen in Nürnberg unterstützen. Ich hoffe, dass es zu einem regen Austausch kommen wird, von dem ja beide Seiten nur profitieren können. Herr Jordanov, bitte!"

Neben dem Präsidenten stand ein Mann Mitte dreißig mit kurz rasiertem Schädel und Dreitagebart. Er hatte auffällig buschige Augenbrauen und eine ausgeprägte Hakennase. Der graue Anzug, den er trug, war ziemlich verknittert und der Krawattenknoten saß ein ganzes Stück zu tief. Jordanov war etwas größer als Brechtl, ungefähr einsfünfundachtzig, und hatte eine ausgesprochen sportliche Figur. Wie ein Staatsoberhaupt bei der Ansprache auf dem Balkon trat er einen Schritt vor und lächelte. Im rechten Oberkiefer blinkte ein Goldzahn aus dem Gebiss. Er sprach tatsächlich ziemlich gut Deutsch.

„Liebe deutsche Kollegen und Kolleginnen …", er warf einen Blick auf Sonja, „… freue ich mich, hier zu sein dürfen und sehen, wie deutsche Polizei arbeitet. Ich bin Dimitar Jordanov und komme aus Nähe von Sofia. Meine Mutter ist Deutsche und so habe ich viel von Ihre Sprache gelernt. Hoffe ich auf gute Zusammenarbeit.

25

Glaube ich, jetzt ist Zeit für guten Appetit", schloss er und nahm sich ein Häppchen vom Tisch.

Der Chef fühlte sich genötigt, daraufhin das Büfett zu eröffnen. Hektisch gestikulierend lief er zu dem Tisch mit den kleinen belegten Brötchen und sagte: „Ja, natürlich, bitte, bedienen Sie sich!"

Dabei schwappte sein Sektglas über und er versuchte ungeschickt, das klebrige Getränk mit einer Serviette von den Fingern zu bekommen. Brechtl konnte sich das Grinsen nicht verkneifen. Genau in diesem Moment traf ihn der Blick des Chefs, der ihn von oben bis unten musterte. Sein Gesichtsausdruck war „not amused". Brechtl lächelte freundlich und prostete ihm zu. Vielleicht war es diese kleine Unverschämtheit, die dazu führte, dass der Chef eine halbe Stunde später in Brechtls Büro erschien?

„Herr Brechtl, ich möchte, dass Sie und Frau Nuschler sich diese Woche um Herrn Jordanov kümmern. Er wird Sie bei allen Dienstangelegenheiten begleiten und ich möchte Sie ausdrücklich ersuchen, dafür zu sorgen, dass er ein einwandfreies Bild von den deutschen Behörden bekommt. Sie wissen, was ich meine."

„Ja, das ist jetzt aber gerade ziemlich ungünstig. Wir haben seit heute früh einen ungeklärten Todesfall, wie es aussieht eine Mordermittlung, da können wir uns nicht auch noch darum kümmern."

„Der Fall Wolf. Ist mir schon bekannt. Aber das ist doch eine ausgezeichnete Gelegenheit, die deutsche Ermittlungstaktik zu erklären. Ich verlasse mich da auf Sie."

Der Chef hob mahnend den Zeigefinger, drehte sich um und war schon wieder weg. Brechtl schaute durch die offene Tür, die ihre Büros miteinander verband, hinüber zu Sonja.

„Woher weiß der das schon wieder?"

„Keine Ahnung, der hört das Gras wachsen."

„Na super, jetzt haben wir auch noch diesen komischen Austauschstudenten an der Backe. Was soll der Scheiß. Der hält uns doch nur auf."

„Ach, ich find ihn eigentlich ganz witzig. Einfach das Büfett zu eröffnen, das hat schon was."

Brechtl war brummig. Er konnte sich nur ganz schlecht auf solche Situationen einstellen, dazu war er einfach zu sehr Franke. Nicht, dass er etwas gegen Ausländer hatte – in seiner Heimatstadt Röthenbach war der Ausländeranteil ziemlich hoch und er hatte auch einige türkische und italienische Bekannte –, aber neue soziale Kontakte zu knüpfen gehörte nun wirklich nicht zu seinen Paradedisziplinen. Es nutzte nichts. Fünf Minuten später führte der Chef den Bulgaren durch die Tür, rückte einen der beiden freien Stühle an Brechtls Schreibtisch und stellte die Kollegen vor. Dabei postierte er sich hinter Jordanov und legte beide Hände auf dessen Schultern.

„Herr Jordanov, das ist Hauptkommissar Brechtl ...", er drehte den Oberkörper des Bulgaren nach links, sodass er durch die offene Tür sehen konnte, „... und das ist Frau Kommissarin Nuschler. Sie werden sicherlich gut zusammenarbeiten. Ich wünsche Ihnen viel Erfolg bei den anstehenden Ermittlungen. Schönen Tag!"

Er drückte Jordanov auf den Stuhl wie ein kleines Kind, das gezwungen wird, bei den Erwachsenen am Tisch zu sitzen. Beim Hinausgehen hob er die Hand, als würde er Brechtl zuprosten. Diese kleine Geste machte Brechtl klar, dass es kein Zufall war, hier das große Los gezogen zu haben. Kaum hatte sich die Tür geschlossen, zog Jordanov die Krawatte vom Hals, steckte sie in seine Jacketttasche und streckte Brechtl die Hand hin.

„Ich bin Dimi! Waren gar nicht schlecht, die Brötchen."

Brechtl schüttelte ihm nur wortlos die Hand. Der Händedruck des Bulgaren war nicht von schlechten Eltern. Sonja kam durch die Verbindungstür aus ihrem

Büro und sagte: „Ich bin Sonja und das ist der Kalle. Schön, dass du da bist."

Er sprang auf, nahm ihre Hand und führte sie bis kurz vor seine Lippen.

„Vielen Dank, schöne Frau!"

Brechtl traute seinen Augen nicht. Sonja wurde tatsächlich ein bisschen verlegen. Ihre Sommersprossen leuchteten, sie schaute nach unten und grinste blöd. „Schön, dass du da bist" – ja geht's noch? Schnell ergriff er das Wort.

„Ja, äh, Kalle, wie gesagt. Eigentlich Karl-Heinz, aber alle sagen Kalle zu mir."

„Habt ihr jeder ein Büro hier?"

„Nein", erklärte Brechtl, „das war früher mal das Büro vom Kommissariatsleiter und in Sonjas Büro saß die Sekretärin. Aber ist ganz praktisch so."

Dimi nickte verständnisvoll, dann fragte er: „Was macht ihr? Heiner hat mir erzählt von eine Mordfall."

Heiner? Heiner! Der Typ duzte den Chef. Das erlaubte sich außer dem Polizeipräsidenten, der ein alter Weggefährte von ihm war, niemand. Brechtl war sich nicht einmal sicher, ob sich der Chef von seiner Ehefrau duzen ließ. Heiner. Nicht zu fassen!

„Ja also, wir sind erst ganz am Anfang mit den Ermittlungen. Ist heute früh erst passiert. Der Tote ist Jochen Wolf, ein … na ja, ein Geschäftsmann."

Brechtl kramte sein Handy aus der Brusttasche und zeigte Dimi das Foto der Leiche. Der betrachtete es eine Zeitlang mit sehr skeptischem Blick und bemerkte dann: „Der Mörder wollte Mann nicht umbringen."

Brechtl schaute ihn verdutzt an. Was war das denn für eine Aussage?

„Wenn jemand einem eine Mistgabel in die Brust rammt, dann kann man doch ziemlich sicher davon ausgehen, dass er ihn umbringen will, oder nicht?"

Dimi ließ sich nicht überzeugen.

„Kalle, wenn du Fußball spielen gehst, du nimmst Fußball mit. Wenn du feiern gehen willst, du nimmst Flasche Schnaps mit. Und wenn du einen morden willst, du nimmst Waffe mit. Welcher Idiot trägt ein Mistengabel, wenn er Messer nehmen kann, ha?"

Bestechende Logik, das musste Brechtl anerkennen.

Und Sonja gab ihm recht: „Klingt ziemlich plausibel. Da ist was dran."

„Ja, sicher", versuchte Brechtl zu relativieren, „vielleicht war der Mord nicht geplant. Aber eine Tötungsabsicht hatte der Täter auf jeden Fall, als er zugestoßen hat."

„Aber das ist entscheidender Unterschied!", bemerkte Dimi mit erhobenem Zeigefinger.

Brechtl ging er jetzt schon auf die Nerven. Kaum fünf Minuten da, fing der Kerl mit Klugscheißen an. Das konnte ja heiter werden.

„Warum ist da ein Mistengabel? Ist das Bauernhof, oder was?"

„Mistgabel. Es heißt Mistgabel. Die Tochter hat zwei Pferde. Gleich hinter der Garage ist ein Stall und da stand auch die Mistgabel."

„Zu Hause mein Vater hat Schafe und Ziegen. Und sieben Hunde. Ich liebe Hunde."

„Ich auch! Aber ich kann mir keinen halten, ich hab nicht die Zeit dafür", sagte Sonja mit einem zuckersüßen Blick.

„Sonja, musst du nicht eine Hund kaufen, sondern zwei oder drei. Dann die brauchen dich nicht."

„Ja, aber dafür ist meine Wohnung zu klein. Ich hab ja noch nicht mal einen Garten."

„Können wir mal zum Fall zurückkommen?", unterbrach Brechtl die beiden.

„Was willst du tun als Nächstes, Kalle?"

„Die Tochter, Carmen Wolf, hat mir erzählt, dass ihr

Vater für die Firma Greulich arbeitet. Mit dem Chef der Firma war er gestern Abend noch zusammen. Mit dem will ich zuerst sprechen."

„Gute Idee!" Dimi klopfte ihm anerkennend auf die Schulter.

„Ja, ich weiß!" Ein bisschen Sarkasmus konnte sich Brechtl nicht verkneifen. Er würde dem Kerl schon noch zeigen, wie man ermittelt. Schließlich war er auch nicht „aff der Brennsubbm derhergschwummer", wie man in Franken sagt. Seine Aufklärungsquote lag weit über dem Durchschnitt.

Sie gingen die Treppe hinunter in den Innenhof der Inspektion und Brechtl holte einen BMW vom Parkplatz. Die Dienstwagen der Kripo waren ausschließlich Zivilfahrzeuge, die mit Funk, Martinshorn und der gängigen Polizeitechnik ausgestattet waren. Sonja stieg hinten ein. Dimi setzte sich nicht etwa auf den Beifahrersitz, sondern nahm neben ihr Platz und begann das Gespräch: „Was machst du, wenn Feierabend, Sonja?"

Brechtl rollte mit den Augen, schnallte sich an und fuhr los.

„Ach, ich geh öfter mal mit Freundinnen aus, ins Kino oder in die Kneipe, aber meistens hau ich mich aufs Sofa und lese oder schau fern."

„Du gehst mit Freundin aus? Warum nicht mit deine Mann?"

„Ich bin nicht verheiratet."

„Na dann mit deine Freund."

„Ich hab auch keinen Freund."

„Das kann nicht sein. So wunderschöne Frau muss eine Mann haben! Sind deutsche Männer blind, oder was?"

Brechtl blies die Backen auf. Noch billiger ging's ja wohl nicht.

„Da musst du schon die Männer fragen", antwortete

Sonja, „jedenfalls hab ich den Richtigen noch nicht getroffen."

„Was machst du heute Abend?"

„Eigentlich wollte ich mir einen Film anschauen, aber mein Fernseher geht nicht."

„Ist kaputt?"

„Nein. Bei uns im Haus haben sie auf DVBT umgestellt und ich krieg das nicht hin mit dem Receiver. Aber am Mittwoch schaut der Mann von meiner Freundin mal vorbei, der kennt sich aus mit so was."

„Kenn ich mich auch aus. Warum willst du bis Mittwoch warten."

„Du kennst dich mit Fernsehern aus?", fragte Sonja ungläubig.

„Natürlich! Hab ich Ausbildung! Bei uns zu Hause in Galabnik ich repariere alles, was mit Strom geht. Leute dort wollen keine Monteur aus der Stadt. Machen nix und wollen viel Geld. Nachbar von mir hat hundert Lew bezahlt, das ist fünfzig Euro ungefähr, dabei war nur Stecker von Antenne geröstet."

Sonja schaute etwas verdutzt, dann lachte sie: „Du meinst verrostet."

„Egal. Kann ich alles reparieren. Wo ist deine Wohnung, Sonja. Komm ich heute Abend und versprech ich, kannst du deine Film sehen."

„Ich wohn gar nicht so weit weg von der Inspektion. Ich fahr meistens mit dem Fahrrad in die Arbeit."

„Bin ich auch mit Fahrrad. Fahren wir zusammen nach Arbeit."

„Wenn du meinst, du kriegst das hin?"

„Ich meine nicht. Ich weiß. Bin ich Experte, Sonja! Willst du Wette? Wenn du kannst Film nicht schauen, lade ich dich zu eine Bier", schlug Dimi vor und streckte Sonja die Hand hin.

„Also gut, abgemacht!", schlug Sonja ein.

Brechtl beobachtete die beiden im Rückspiegel und schüttelte leicht den Kopf. Die Masche war nicht schlecht. „Ich komm in deine Wohnung und entweder bin ich dein Held oder ich geh mit dir eins trinken." Aber er kannte Sonja lange genug, um sich sicher zu sein, dass sie auf diese plumpen Annäherungsversuche nicht hereinfiel.

Glava dve / Kapitel zwei

Montag 11:55

Das Gelände der Firma Greulich lag in einem Industriegebiet westlich von Zirndorf. Brechtl war heilfroh, als sie das Haupttor endlich erreicht hatten. Er konnte das Geschwafel von Dimi, der nach seiner Einladung zum „Fernseherreparieren" ununterbrochen von seiner Heimat geschwärmt hatte, nicht mehr hören. Wenn er gerade einmal nicht von der Schönheit Bulgariens plauderte, dann von der Schönheit deutscher Frauen, insbesondere natürlich der von Sonja. „Mein Gott, so wie der seine Kollegin angrub, sollte dem Kerl wirklich der goldene Bagger verliehen werden", dachte Brechtl.

Er parkte den BMW am Straßenrand und ging, gefolgt von den beiden Turteltäubchen, zu dem kleinen Pförtnerhäuschen neben der Schranke. Im Innenhof der Firma hatte sich die Belegschaft versammelt und mit Plakaten und Trillerpfeifen bewaffnet. Auf einem Podium stand ein Mann, der immer wieder Parolen skandierte, die die Zuhörerschaft mit rhythmischem Klatschen wiederholte. Brechtl sprach in das kleine Mikrofon, das an der Glasscheibe des Pförtnerhäuschens montiert war.

„Grüß Gott, wir möchten zu Herrn Greulich."

Vor dem Mann in einem billigen dunklen Anzug und mit schief sitzender Krawatte stand ein Schildchen „Es ist für Sie da: Herr Hafner". Darunter ein Bild des Mannes mit einem Gesichtsausdruck, der eher abschreckend als einladend wirkte.

„Tut mir leid, das ist ganz und gar unmöglich. Sie sehen doch, was hier los ist."

„Ich glaube doch, dass das möglich ist, Herr Hafner", antwortete Brechtl und hielt seinen Dienstausweis an die Scheibe, „mein Name ist Brechtl von der Kripo Schwabach, ich bin dienstlich hier."

Der Pförtner warf einen prüfenden Blick auf das Plastikkärtchen.

„Kleinen Moment, bitte."

Nach einem kurzen Telefonat drückte er den Türöffner für das Eingangstor und führte die Polizisten in das zweistöckige Gebäude.

„Bitte, da die Treppe hoch in den zweiten Stock, gleich links", wies er ihnen den Weg in die Chefetage.

Brechtl klopfte an die Tür des Sekretariats. Keine Reaktion. Er klopfte noch einmal, diesmal etwas kräftiger. Statt der Tür des Vorzimmers öffnete sich die Nachbartür und ein blonder Mann bat sie herein. Brechtl schätzte ihn auf ungefähr fünfunddreißig, ungewöhnlich jung für den Leiter eines Betriebs dieser Größenordnung. Sein Äußeres wirkte sehr gepflegt und seriös, an seinem Gesicht konnte man jedoch erkennen, wie angespannt er war. Das Büro von Greulich war nicht übertrieben groß, dafür fast schalldicht. Durch das Fenster konnte man die Meute im Hof zwar sehen, aber kaum hören.

„Hauptkommissar Brechtl von der Kripo Schwabach. Das sind meine Kollegen Frau Nuschler und …" – Mist, er hatte den Nachnamen vergessen: „… Herr Dimitar."

„Erwin Greulich, guten Tag! Ich habe mir schon gedacht, dass Sie kommen werden."

„Warum?"

„Ich habe am Morgen mit Frau Wolf telefoniert, nachdem ihr Mann nicht zu unserer Verabredung gekommen ist und ich ihn auf seinem Handy nicht erreicht habe. Sie hat mir erzählt, was passiert ist. Schrecklich. Wie kann ich Ihnen helfen? Bitte, setzen Sie sich doch!"

Greulich zog drei Stühle, die neben der Eingangstür aufeinander gestapelt waren, zu seinem Schreibtisch und stellte sie nebeneinander. Die Polizisten nahmen Platz.

„Ich hätte zunächst ein paar allgemeine Fragen. Was macht Ihre Firma eigentlich?", begann Brechtl.

„Wir stellen Kunststoffteile her, im Spritzgussverfahren. Hauptsächlich Gehäuseteile zum Beispiel für Metz, die sind gleich hier nebenan. Unsere Kunden sind größtenteils aus der Elektrobranche, ein paar Autozulieferer sind auch dabei."

„Und was ist das für ein Aufmarsch da unten im Hof?"

Greulich warf einen flüchtigen Blick durch das Fenster, atmete tief ein und machte eine entschuldigende Geste.

„Wissen Sie, in den letzten Jahren ging das Geschäft immer schlechter. Vor allem die Konkurrenz aus Osteuropa und aus Fernost macht uns zu schaffen. Heute ist es billiger, ein Gehäuse in Fernost produzieren zu lassen und mit dem Schiff nach Deutschland zu schaffen, als es hier zu produzieren. Wir haben alles versucht, haben modernisiert, neue Maschinen angeschafft, die Personalkosten gesenkt. Aber was auf dem Markt zählt, ist allein der Preis, und da sind die Anbieter aus den Billiglohnländern einfach nicht zu schlagen. Es geht nicht mehr anders – ich bin leider gezwungen, das Unternehmen zu verkaufen."

„Und was wird aus den Mitarbeitern?"

„Ich will ehrlich zu Ihnen sein, Herr Hauptkommissar. Wie es aussieht, hat der Konzern, der uns übernimmt, kein besonders großes Interesse, den Standort hier auf Dauer zu erhalten. Das ist leider auch schon durchgesickert. Die Leute fürchten um ihre Arbeitsplätze. Wir mussten schon einige entlassen."

„Warum verkaufen Sie nicht an jemand anders, der die Leute übernimmt?"

„Ich weiß nicht, ob Sie die richtige Vorstellung von so einer Übernahme haben. Das ist nicht so, wie wenn Sie Ihr Fahrrad bei eBay versteigern. Da können Sie froh sein, wenn Sie einen Interessenten finden. Seit über einem Jahr verhandeln wir jetzt schon mit einem tschechischen Konzern."

„Und welche Rolle spielte Herr Wolf dabei?"

„Herr Wolf war mein wichtigster Berater. Sie können sich ja denken, dass ich zum ersten Mal ein Unternehmen verkaufe. Da gibt es tausend Tricks, mit denen einen die Käufer über den Tisch ziehen wollen. Aber Wolf kannte sie alle. Wenn ich schon kurz davor war, nachzugeben und die Firma für 'n Apfel und 'n Ei zu verscherbeln, damit wir nicht auch noch in die Insolvenz gehen müssen, hat er immer noch einen Trumpf aus dem Ärmel gezaubert. Ich sage Ihnen, er war einer der Besten in seiner Branche. Ich weiß überhaupt nicht, was ich ohne ihn gemacht hätte."

„Sie sind gestern Abend zusammen mit Herrn Wolf aus Tschechien gekommen?"

„Ja, wir wollten eigentlich bis Dienstag bleiben, aber auf einmal ist dann alles sehr schnell gegangen und die Tschechen haben unterschrieben. Sie können sich vorstellen, wie erleichtert ich war, als der Kaufvertrag endlich unter Dach und Fach war. Wir sind noch am Abend nach Nürnberg geflogen und haben beim Bammes ein bisschen gefeiert. Und so gegen eins sind wir dann nach Hause gefahren. Heute früh wollten wir uns noch einmal treffen und zusammen das weitere Vorgehen besprechen."

„Ist Herr Wolf selber gefahren?"

„Nein, um ehrlich zu sein, dazu wäre er nicht mehr in der Lage gewesen. Er hatte auch gar kein Auto dabei. Er hat sich ein Taxi genommen."

„Das weitere Vorgehen, haben Sie gesagt. Und wie sieht das aus?", mischte sich Sonja ein.

„Wenn ich das wüsste. Schauen Sie doch mal aus dem Fenster. Soll ich denen sagen: Hurra, ich habe die Firma zu einem guten Preis verkauft, aber ihr könnt alle schauen, wo ihr bleibt? Dann habe ich morgen wahrscheinlich auch eine Heugabel in der Brust."

Greulich stand auf und starrte mit sorgenvoller Miene aus dem Fenster.

„Es gab einen Suizidfall bei einem Ihrer Angestellten", fragte Brechtl weiter.

„Ja, der Hans Neubauer. Er war fast dreißig Jahre in der Firma, schon als mein Großvater noch lebte. Er hat als Lehrling hier angefangen und war zum Schluss Fertigungsleiter. Ich habe gedacht, ich tue ihm einen Gefallen, habe ihn entlassen und ihm eine großzügige Abfindung gezahlt."

„Sie tun ihm einen Gefallen, wenn Sie ihn entlassen? Das versteh ich nicht."

„Ich erkläre Ihnen, wie das läuft. Der neue Eigentümer bietet den Angestellten an, sie bei seiner Firma unter Vertrag zu nehmen. Änderungskündigung nennt sich das. Zum gleichen Gehalt, manchmal sogar etwas mehr – als Anreiz. Wenn sie dann unterschrieben haben, zieht er das ein, zwei Jahre hin, bis er schließlich den Laden dichtmacht und alle entlässt. Die Abfindung richtet sich nach der Dauer der Firmenzugehörigkeit. Und die beträgt dann eben nur ein, zwei Jahre – ein Klacks. So spart er sich einen Haufen Geld. Dem Hans Neubauer wollte ich das ersparen, ich habe ihn wirklich gemocht. Ich konnte ja nicht ahnen, dass er so reagiert. Tut mir ehrlich leid um ihn und seine Familie. Seine Kinder sind ja zum Teil schon erwachsen, aber … mein Gott, damit habe ich wirklich nicht gerechnet."

„Eine Frage habe ich noch, Herr Greulich: Es gab einen Zwischenfall mit einem Gewerkschafter und Herrn Wolf. Wer war das und was ist da passiert?"

„Franz Fremmer, der rote Franz, wie sie ihn nennen, nicht nur wegen seiner politischen Einstellung, sondern auch wegen der Haarfarbe. Ist von der IG Metall und zuständig hier für unseren Betrieb. Da unten auf dem Podium steht er und heizt die Stimmung an. Er und Wolf haben sich gestritten, letzte Woche, als es um die Entlassungen ging. Er hat ihm einige Schimpfwörter ins Gesicht geschrien und ihn angespuckt. Da ist Wolf ausgerastet. Ging ziemlich heftig zur Sache. Ein paar Betriebsratskollegen haben die beiden dann getrennt. Seither weigert sich Fremmer, sich mit Wolf an einen Tisch zu setzen. Das macht die Sache auch nicht einfacher."

Brechtl dachte kurz nach, was er Greulich noch fragen könnte, aber es fiel ihm nichts mehr ein. Er tauschte einen kurzen Blick mit Sonja, die offensichtlich auch nichts mehr beizutragen hatte. Es war schon erschreckend, wie offen Greulich über die Skrupellosigkeiten sprach, die er seinen Mitarbeitern zumutete.

„Vielen Dank, Herr Greulich. Wie kann ich Sie erreichen, wenn ich noch Fragen habe?"

Sie tauschten ihre Visitenkarten aus und Greulich begleitete die Polizisten zur Tür.

„Sie müssten in den nächsten Tagen noch einmal bei uns in der Inspektion in Schwabach vorbeikommen, damit wir Ihre Aussage zu Protokoll nehmen."

„Ja sicher, wenn's sein muss. Ich hab halt hier gerade viel um die Ohren."

„Wir werden das alles schon vorbereiten. Sie müssen es nur durchlesen und unterschreiben. Dauert nicht lange. Ich ruf Sie an."

„Warten Sie, ich zeige Ihnen, wie Sie hinten herum rauskommen."

„Danke, aber ich möchte mich noch mit Herrn Fremmer unterhalten."

„Wie Sie wollen. Dann gehen Sie am besten durch das Treppenhaus, durch das Sie raufgekommen sind. Unten ist dann eine Glastür zum Hof. Auf Wiedersehen, Herr Brechtl. Frau Nuschler, Herr Dimitar."

„Gutes Namensgedächtnis", dachte Brechtl, um sein eigenes war es ja leider eher schlecht bestellt. Bevor sie auf den Hof gingen, notierte er sich die wichtigen Informationen in seinem Kalender.

„Jordanov. Ich heiße Jordanov. Kannst du mit aufschreiben", erinnerte ihn Dimi.

„Ja, Tschuldigung. Ist mir halt nicht mehr eingefallen! Was hältst du von dem, Sonja?"

„Scheint ein schwerer Schlag für ihn zu sein. Sieht aus, als wäre er ohne Wolf ziemlich hilflos. Kann einem ja fast leid tun."

Dimi war entrüstet.

„Sonja, ich bin getäuscht. Warum tut der dir leid? Der macht dicke Kohle. Der ist Glückpilz."

„Sehr glücklich hat er nicht gerade ausgesehen", widersprach ihm Brechtl, „was denkst du, Sonja, kommt er als Täter in Frage?"

„Nein, glaube ich nicht. Er ist doch auf den Wolf angewiesen, warum sollte er ihn umbringen?"

„Denke ich anders", mischte sich Dimi ein, „alles was diese Mann will, ist Geld. Vertrag ist untergeschrieben. Jetzt kann nix mehr passieren. Und wenn Wolf ist tot, muss er ihn nix mehr bezahlen und hat er noch mehr Geld. Geld ist immer gute Motiv. Vielleicht haben sie Streit in Lokal. Warum sonst schon um ein Uhr nach Hause gehen? Du musst fragen, Kalle."

„Eines muss man ihm lassen", dachte Brechtl, „er sah die Dinge aus einer Richtung, die ihm nicht auf Anhieb eingefallen wäre. Natürlich wäre er sowieso in das Lokal gefahren, um die letzten Stunden des Opfers zu rekonstruieren. Aber jetzt sah es natürlich so aus, als würde er das auf Grund von Dimis Einwand tun."

Sie gingen um die Menschenmenge herum zu dem Podium, auf dem Fremmer immer noch seine Parolen in ein Mikrofon brüllte. Eine Treppe oder Ähnliches war nicht zu entdecken. Brechtl versuchte vergeblich, sich bemerkbar zu machen. Der Gewerkschafter hatte sich so in Rage geschrien, dass er seine Umgebung gar nicht mehr wahrnahm. Mit hochrotem Kopf schimpfte er auf die Geschäftsleitung, die auf Kosten der Arbeitnehmer dicke Gewinne machte. Er streckte die Faust in die Luft und schrie: „Nicht mit uns … nicht mit uns …"

Mit einem Schlag war es leise. Fremmer klopfte verdutzt auf das Mikrofon, aber es kam kein Ton mehr aus den Lautsprechern. Ein paar Meter neben der Bühne entdeckte Brechtl Dimi, der triumphierend einen Stecker in die Höhe hielt. Brechtl nutzte die Gelegenheit, hielt seinen Ausweis hoch und rief Fremmer zu sich.

„Herr Fremmer, ich muss Sie dringend sprechen. Können wir irgendwohin gehen, wo es leiser ist?"

Fremmer nickte kurz, übergab das Mikrofon an einen anderen Mann und kletterte von der Bühne. Kaum hatte er den Boden erreicht, steckte Dimi den Verstärker wieder an, was zu einem ohrenbetäubenden Pfeifen führte. Fremmers Kollege drehte hektisch an den Reglern des Verstärkers, bis die Anlage wieder funktionierte und er im selben Tonfall die Aktivitäten des Gewerkschafters fortsetzen konnte.

Fremmer führte die Polizisten ins Betriebsratszimmer. Der Raum war spärlich eingerichtet, mit einem großen Tisch, um den viele Stühle standen, und einem alten Overheadprojektor. Aber es gab eine Minibar, was Dimi erfreut zur Kenntnis nahm und sich bediente, nachdem Brechtl die Kollegen vorgestellt hatte.

„Bitte, was kann ich für Sie tun?"

„Es geht um Herrn Wolf."

„Hat er mich angezeigt, ja? Sieht ihm ähnlich."

„Nein, Herr Fremmer. Herr Wolf ist tot. Er wurde heute Nacht ermordet."

Fremmer blickte die Polizisten der Reihe nach an.

Er war nicht besonders groß, korpulent, hatte kurz geschnittene rote Haare und einen ebenso roten Bart.

„Das ist jetzt nicht Ihr Ernst, oder?"

„Doch, Herr Fremmer. Wo waren Sie denn heute Nacht zwischen ein und vier Uhr?"

„Ja, zu Hause, im Bett."

„Kann uns das jemand bestätigen?"

„Ich bin geschieden. Ich lebe allein."

Fremmer machte sich ein Mineralwasser auf und setzte sich auf einen der Stühle.

„Sie waren nicht besonders gut zu sprechen auf Herrn Wolf, stimmt das?"

„Ja, das kann man so sagen."

„Können Sie uns auch sagen, warum?"

Fremmer setzte ein süffisantes Lächeln auf.

„Über den lieben Herrn Wolf könnte ich Ihnen einige Geschichten erzählen. Wenn Sie ein paar Stunden Zeit haben?"

„Sie kennen Herrn Wolf schon länger?"

„Ich bin zweiter Vorsitzender der IG Metall in Mittelfranken. Ganz egal, welcher Betrieb hier in der letzten Zeit dichtgemacht wurde, Wolf hatte fast immer seine Finger drin. Mit dem Kerl habe ich schon endlose Debatten geführt, aber den kriegen Sie nicht dran. Der ist glatt wie ein Aal. Und verdient sich eine goldene Nase auf Kosten der Beschäftigten."

„Mich interessiert hauptsächlich der aktuelle Fall, also hier die Firma Greulich."

Mit einem kurzen „Darf ich?" zündete sich Fremmer eine Zigarette an.

„Greulich war ein gesundes Unternehmen, zumindest solange der Alte noch das Ruder in der Hand hatte. Vor fünf Jahren ist er krank geworden und hat die Firma an seinen Sohn übergeben. Kurz darauf ist er dann gestorben. Seitdem geht es hier bergab. Der junge Greulich hat es einfach nicht im Griff. Eine Fehlentscheidung nach der anderen. Wichtige Kunden gingen verloren, aber es wurden immer noch schwarze Zahlen geschrieben. Vor ungefähr einem Jahr ist dann Wolf auf der Bildfläche erschienen und hat dem Greulich den Floh ins Ohr gesetzt, die Firma zu verkaufen. So ein Schwachsinn. Einen Interessenten hatte er auch gleich parat gehabt – Plastonorm, ein tschechischer Großkonzern, Mitbewerber, wie man heute so schön sagt. Das war ja klar, dass die nur einen Konkurrenten aufkaufen, die Maschinen nach Tschechien karren und die Bude hier dichtmachen."

„Woher wissen Sie, an wen die Firma verkauft wird?"

„Ich hab so meine Quellen. Wenn man noch irgendwie eingreifen will, darf man nicht zwei Schritte zurück sein. Aber ich sage Ihnen ganz klar, wie es ist: Wir haben keine Chance. Die Veranstaltung, die wir da draußen aufziehen, ist nur dazu da, den Leuten ein Ventil zu geben für ihren Hass gegen die Chefetage. Die Arbeiter haben keine Lobby in der Politik, das ist das eigentliche Problem. Die Herren da oben machen, was sie wollen. Und wenn es nicht gerade um einen Riesenkonzern geht, dann schauen die Politiker einfach zu. Stichwort: Freie Marktwirtschaft."

„Warum machen Sie das Ganze, wenn Sie wissen, dass es nichts bringt?", fragte Sonja.

„Warum haben die Leute von der Titanic versucht zu schwimmen? Wenn wir Gewerkschaften keinen Widerstand mehr leisten, wer soll es denn sonst machen? So kommen wir wenigstens in die Medien und die Leute verlieren nicht ganz den Blick dafür, was die Kapitalisten für Spielchen treiben. Und irgendwann, da habe ich die Hoffnung noch nicht aufgegeben, wird sich das Blatt einmal wenden."

„Sie sind Kommunist?", Dimi nahm kein Blatt vor den Mund.

„Papperlapapp. Der Kommunismus ist auch nicht das Gelbe vom Ei, hat man ja gesehen. Aber so wie es jetzt läuft, kann es ja wohl nicht bleiben. Dass die paar Reichen immer reicher werden und die Armen immer ärmer."

Dimi wollte gerade mit erhobenem Zeigefinger zu einer Grundsatzdiskussion ansetzen, aber Brechtl fiel ihm schnell ins Wort.

„Das ist jetzt nicht die Zeit, um über Politik zu diskutieren. Wir haben einen Mordfall zu klären."

Er wandte sich wieder an Fremmer. „Und letzte Woche kam es dann zum Eklat zwischen Ihnen und Herrn Wolf?"

„Was meinen Sie?"

„Sie haben Herrn Wolf angespuckt, wie uns gesagt wurde."

„Ich habe ihn nicht angespuckt. Ich habe vor ihm auf den Boden gespuckt, und ich hoffe, man hat Ihnen auch gesagt, warum."

„Nicht genau."

„Dann sage ich es Ihnen. Dieser Mann ist ein Verbrecher. Ein skrupelloser Verbrecher. Der treibt Menschen in den Selbstmord. Einer der Mitarbeiter, Hans Neubauer, hat sich wegen seiner Entlassung vor den Zug geworfen. Und wissen Sie, was er dazu gesagt hat? Warum ich mich so aufrege, das wäre doch in meinem Sinne, wenn die Arbeitslosenzahl zurückgeht."

Man konnte sehen, wie in Fremmer der Zorn aufstieg. Wütend drückte er seine Zigarette im Aschenbecher aus.

„Dieses Arschloch, ich hätte ..."

„... ihn umbringen können?", vervollständigte Brechtl den Satz.

„Ja! Aber ich hab's nicht getan."

Sonja meldete sich zu Wort.

„Wissen Sie, wo Herr Wolf wohnt?"

„Ja, das weiß ich. Ich war auch schon mal dort. Wollte mal wissen, wie er so lebt, auf Kosten der Menschen, die er in die Armut treibt."

„Herr Fremmer, Sie können sich schon denken, dass Sie zum Kreis der Verdächtigen in diesem Fall zählen", machte Brechtl unmissverständlich klar.

Fremmer zuckte mit den Schultern.

„Was soll ich dazu sagen? Ich würde Ihnen ja gerne ein besseres Alibi geben, aber ich habe keines."

„Ich muss Sie bitten, sich zu unserer Verfügung zu halten. Geben Sie mir bitte Ihre Adresse und eine Telefonnummer, unter der wir Sie erreichen können."

Brechtl notierte sich Fremmers Angaben und verabschiedete sich mit der üblichen Einladung zum Protokoll.

„Wissen Sie, was das Schlimmste ist?", sagte Fremmer zum Abschied, „in jedem Märchen bedeutet es das Happy End, wenn der Wolf tot ist. Hier geht das Elend weiter. Jetzt ist eh schon alles zu spät. Schönen Tag, Herr Kommissar."

„Wird ganz schnell böse, der rote Franz", bemerkte Dimi, als sie wieder im Auto waren.

„Auf jeden Fall hat er ein gutes Motiv. Wolf war für ihn sein personifiziertes Feindbild, würde ich sagen. Fragt man sich, warum er ihn nicht schon früher umgebracht hat", ergänzte Sonja.

„Und Alibi hat er auch keines", sagte Brechtl und ließ den Motor an, „bis jetzt steht er ganz oben auf der Liste. Ich bin mal gespannt, was der Rainer für uns hat."

„Wer is Rainer?"

„Rainer Zettner", klärte Sonja Dimi auf, „der Chef vom Erkennungsdienst. Die haben heute früh die Spuren gesichert."

Dimi blieb eine ganze Zeit erfreulich stumm, bis er bedeutungsschwer die Stimme erhob: „Rote Franz ist kein guter Mörder."

Wieder so ein Satz des Bulgaren, mit dem Brechtl erst einmal nichts anfangen konnte. Nach ein paar Sekunden erläuterte Dimi seine These.

„Guter Mörder hat Alibi. Franz ist Kommunist, aber nicht dumm. Wenn er Wolf gemordet hat, dann macht er sich Alibi."

„Dimi, es gibt keine guten Mörder. Und wenn ein Verdächtiger kein Alibi hat, macht ihn das deswegen nicht weniger verdächtig. Wie du schon so richtig bemerkt hast, war der Mord ja nicht geplant. Wie hätte sich Fremmer denn so schnell ein Alibi besorgen sollen?"

Dimi hatte ausnahmsweise keine Antwort parat. Er runzelte die Stirn und machte eine abwägende Handbewegung. Offensichtlich teilte er Brechtls Einschätzung nicht. Nach kurzem Überlegen streckte er ihm die Hand hin.

„Willst du Wette? Ein Bier, dass rote Franz Wolf nicht gemordet hat."

„Auf so was wette ich nicht, Dimi."

„Schade. Bier ist gut in Franken. Ich trinke gern."

Zurück in der Inspektion machte sich Brechtl mit seinem Anhang gleich auf den Weg ins Untergeschoss. Zwar hatte der Erkennungsdienst auch Räume im ersten Stock, aber wenn man Rainer Zettner finden wollte, musste man in „seinen" Keller gehen, wo er eigentlich immer anzutreffen war. Dort hatte er sein Reich eingerichtet. Ein Labor zum Tüfteln und Experimentieren und daran anschließend ein Zimmer als Büro und eines mit seiner Fotoausrüstung. Rainer saß an seinem Schreibtisch und starrte konzentriert auf seinen Bildschirm. Als er die Kommissare bemerkte, streifte er seine schulterlange, schwarzgraue Mähne nach hinten und ging auf sie zu.

„Servus Rainer, des is unser neuer Kollege, der Dimi aus Bulgarien", stellte Brechtl seinen Neuzugang vor.

Rainer schüttelte Dimi die Hand. „Servus. Hob scho vo dir gheerd. Ich bin der Rainer. Also bass aaf, Kalle: Mir hom einiches, wos fiä dich indressand sei kennerd. Aff dem Grundschdügg gibds a Überwachungskamera. Die zeichned immer viererzwandsg Schdundn aaf und ieberschreibd dann. Des Band hobbi in Manne gehm, der schaud si des grod o, wall meine Boum sin alle nu draußn."

Seine „Boum", das war das fünf Mann starke Team, das Rainer bei der Sicherstellung und der Auswertung der Spuren unterstützte.

„Iich hob derwall die Misdgobl undersouchd. Woar nu zimmlich nei und had an scheener lackierdn Schdiel ghabd. Sinn a Haffm Fingerabdrügg draff. Zum Deil vo der Dochder, obber aa nu andere. Ich lass des grod durchn LKA-Kombjuder laffm. Und dann kimmeri mi um däi ganzn Schouabdrügg. Dauerd obber nu äweng. Mir hom eds ämol abgschberrd und morng schaui nummol mid naus."

„Subber, dange scho mol, Rainer. Sagsd mer hald glei Bescheid, wennsd wos wassd."

„Eh gloar."

„Wäi schaudsn mid der Leich aus. Wass mer scho wos?"

„Der Dogder Schneider had gmaand, des werd ner scho suu sei, dasser an derer Misdgobl gschdorm is. Zeidbungd su zwischer aans und dreier heid Nachd. Ummer fümfer wär di Obdugdsion. Solli di midnehmer?"

Rainer grinste. Er hatte im Gegensatz zu Brechtl kein Problem damit, bei der Obduktion anwesend zu sein und dabei noch die Fingerabdrücke abzunehmen und die eine oder andere Spur aus den Fingernägeln der Leiche zu kratzen.

„Naa, des machd der Jan", sagte Brechtl schnell.

„Wäi immer hald."

Brechtl wechselte lieber das Thema.

„Wos hobdern ner sunsd nu gfundn? Werdsachn?"

„A Handy hadder derbei ghabbd. Die ledsde Nummer is sei Fesdnedsonschluss derhamm. In Resd mäimer nu eruiern."

„Ou – Fremdwodd glernd, hä?", neckte Brechtl Rainer und klopfte ihm freundschaftlich auf die Schulter. „Ner schaumer ämol zum Manne nauf, gell. Servusler."

„Ade midnander. Sonja ... Dimi" Er warf den beiden noch ein freundliches Lächeln zu und widmete sich wieder seinem Bildschirm.

Dimi war während der ganzen Zeit lächelnd und nickend neben Brechtl gestanden. Auf dem Weg nach oben wandte er sich schließlich an Sonja:

„Hab ich kein Wort verstanden. Was ist das für Sprache, was Rainer spricht?"

Sonja lachte.

„Das ist Fränkisch. So was Ähnliches wie Deutsch. Ich habe auch ganz schön lange gebraucht, bis ich das verstanden habe."

Sie fing an, dem Bulgaren den Inhalt von Rainers Ausführungen zu übersetzen. Bis sie den ersten Stock erreicht hatten, war dann auch Dimi im Bilde.

Die Kollegen Jan Friedrichsen und Manfred Gruber, genannt Manne, hatten ein Zwei-Mann-Büro gleich neben dem von Brechtl. Beide saßen an ihren PCs. Jan hatte die Fotos von der Leiche neben sich liegen und tippte den Bericht zur Auffindesituation, während Manne den Kopf in die Hände gestützt hatte und auf seinen Bildschirm starrte.

„Moin Jungs!", begrüßte sie Brechtl.

Dieser Gruß, den Jan aus seiner ostfriesischen Heimat mitgebracht hatte, wurde innerhalb der Abteilung zu jeder Tageszeit verwendet. Wie Jan einmal erklärt hatte, stammt „moin" nicht etwa von „Morgen" ab, sondern von „moj", was so viel heißt wie „gut". Mit „moin" wünscht man sich also „einen Guten". Ob das nun der Morgen, Mittag oder Abend ist, ist dabei völlig belanglos.

„Moin Kalle."

Vielleicht hätte Manne das auch noch etwas gelangweilter aussprechen können, er hätte sich aber schon sehr anstrengen müssen.

„Und, was drauf auf dem Band?"

„Der Gartenzaun hat vierundfünfzig Latten, das Vogelhäuschen in dem Baum neben der Einfahrt scheint bewohnt zu sein und nachts ist es auch in Altdorf dunkel."

„Ist ja sehr interessant."

„Wenn du das schneller als in vierfacher Geschwindigkeit laufen lässt, siehst du gar nichts mehr, außer Streifen. Scheint 'ne echte High-End-Überwachungsanlage zu sein."

Manchmal hatte Brechtl schon ein schlechtes Gewissen, weil Manne immer diese Scheißjobs machen musste, aber er war einfach prädestiniert dafür. Er hatte eine Engelsgeduld und freute sich wie ein kleines Kind, wenn er mit seinen Recherchen einen entscheidenden Hinweis geben konnte.

„Sagst mir Bescheid, wenn sich was tut, ja?"

„Ja, freilich ... Und, Kollege, schon bisschen was gesehen vom schönen Frankenland?", wandte er sich an den Bulgaren.

„Dimi!", stellte sich Jordanov vor und schüttelte Manne und Jan die Hand. „Was soll ich sagen. Bin ich Polizist. Als Polizist die Hälfte von Menschen du triffst, sind schlechte Menschen. Aber Deutschland ist schön, sauber und gibt viele gute Menschen."

„Ich bin Jan. Wo wohnst du denn?"

„Hab ich Freund hier in Kammerstein. Der hat Zimmer für mich. Europol zahlt mir Hotel, ich gebe Freund die Hälfte, alle sind zufrieden."

Brechtl musste grinsen, wie sorglos Dimi das erzählte. Schließlich war es nichts anderes als ein Betrug, den er hier so offenherzig zugab. Solange sein Duzfreund Heiner nichts davon erfuhr, hatte er allerdings nichts zu befürchten.

„Und wie kommst du nach Schwabach?"

„Hab ich Fahrrad. Is billiger wie Taxi. Zahlt auch Europol. Is aber noch schwierig mit Quittung."

Brechtl schüttelte den Kopf.

„Kollegen, ich unterbreche euch ja nur ungern, aber ich will noch zum Bammes, mich da umhören. Will jemand mit?"

„Was is Bammes?", wollte Dimi wissen.

„Ein gutes Restaurant, in dem das Opfer gestern Abend noch gegessen hat."

„Da fahr ich mit. Hab ich Hunger!"

„Na ja, Dimi, ich sag dir gleich, das ist nicht ganz billig da."

„Und is gut?"

„Ja, sehr gut!"

„Dann lass uns gehen. Mach ich auf Abrechnung."

Sonja grinste.

„Dann fahrt mal, ihr zwei, ich halt hier die Stellung", sagte sie und ging in ihr Büro.

Dimi war schwer enttäuscht, dass Sonja nicht mitkommen wollte. Brechtl war es jedoch ganz recht. Noch einmal eine Stunde Fahrt mit den beiden auf der Rücksitzbank wäre nur schwer zu ertragen gewesen. Er warf einen Blick auf seine Uhr.

„Du Jan, um fünf wär die Obduktion, der Rainer fährt hoch, aber ich werd's nicht schaffen."

„Schon recht, ich fahr mit."

Normalerweise war es die Pflicht des leitenden Ermittlers, bei der Obduktion dabei zu sein. Aber Brechtl drückte sich, so oft er konnte. Solange er die Leichen nur von außen sah, machte es ihm nicht viel aus. Aber bei der Obduktion konnte er keinen klaren Gedanken fassen, weil er ununterbrochen gegen seinen Brechreiz ankämpfen musste. Da war er wenig hilfreich. Jan hingegen hatte ein dickeres Fell. Er schaute sich das mit stoischer ostfriesischer Ruhe an – der geborene Mann für diese Aufgabe.

„Kalle – Telefon!", rief Sonja über den Flur.

Brechtl eilte in sein Büro und griff sich den Hörer.

„Brechtl, Kripo Schwabach."

„Grüß dich, Heinzi!"

Heinzi. Er hasste es, so genannt zu werden. Aber seiner Mutter konnte er es schlecht verbieten, sie nannte ihn schon immer so. Überhaupt war er mit seinem Vornamen nicht besonders glücklich. Karl-Heinz klang irgendwie so spießig. Warum konnten sich seine Eltern damals nicht entschließen, ihn Thomas zu nennen, wie die Hälfte seiner Altersgenossen? Oder Andreas oder Christian oder Harald oder sonst irgendwas Normales. Karl-Heinz. Das klang nach Cordhose, Ärmelschonern und dicker Brille. Aber Heinzi, das war noch schlimmer.

„Grüß dich, Mama. Wos gibds denn?"

„Wo woarsd denn in ganzn Dooch? Ich hob beschdimmd scho fümfmol ogrufm."

„Ich mou hald aa wos erbern, Mama."

Zum Glück hatte er seiner Mutter nie seine Handynummer gegeben. Er hatte ihr erzählt, dass man damit nur dienstlich telefonieren dürfe und dass es ihn seinen Arbeitsplatz kosten könnte, wenn er bei einem privaten Gespräch erwischt würde. Eine Notlüge, die ihn davor bewahrte, dass ihn seine Mutter zu jeder unmöglichen Zeit anrief.

„Wos gibds ner, dassd di ganz Zeid ned im Büro bisd?", fragte sie neugierig.

„Des derfi der doch ned song, Mama. Dienstgeheimnis."

„Seiner Mama derf mer alles song."

Brechtl rollte mit den Augen. Heinzi ist fünfundvierzig und Hauptkommissar. Seine Probleme löst er selber.

„Mama, bidde! Warum rufsd minn o?"

„Unser Waschbeggn im Bood leffd nimmer ab. Ez wassi aa ned rechd, wossi machen soll."

„Und der Babba?"

„Der is doch mid die Schüddsn in Gleichnberch."

Der Schützenverein war die große Leidenschaft seines Vaters. Dabei war er ein grottenschlechter Schütze. Brechtl hatte den Verdacht, dass es seinem Vater weniger um das Schießen ging als mehr darum, einmal in der Woche im Schützenheim Schafkopf zu spielen und einmal im Jahr eine Woche in der Partnerstadt Bad Gleichenberg in Österreich ohne seine Frau verbringen zu können.

„Hasd kann Schdambfer?"

„Des hobbi scho brobierd, obber des is aa ned ganger. Gäi Bou, schau hald amol vorbei, heid Ohmd."

„Du Mama, ich wass ned, wäi ich heid raus kumm, mir hom an Haffm zum dou. Wäschd der hald dei Hend im Glo, do hobbder doch aa nu a Waschbeggn."

„Des sin doch ka Zuschdänd. Ich ko doch ned mei Zäh im Glo budsn... Des kennerdsd scho amol machen fiä dei Mama."

Sie sagte das in diesem vorwurfsvollen Ton, als hätte er ihr gerade ihren letzten Willen verweigert. Wo war das Problem? Sie schlief doch sowieso getrennt von ihren Zähnen. Aber das konnte er ihr natürlich nicht sagen. Also ließ er sich breitschlagen.

„Ich schau, wossi machen konn, gell. Obber ez mou i widder weider dou. Bis schbäder. Bussi."

„Obber fei ned zu schbäd, um verdl neiner kummd mei Film."

„Ja, Mama. Ade."

„Ade, Heinzi."

Brechtl legte genervt auf. Dann holte er Dimi im Nachbarbüro ab und machte sich mit ihm auf den Weg nach Buch.

Der Gasthof Bammes ist eine der ältesten und besten Adressen im Nürnberger Norden, wenn man es sich leisten kann, ein bisschen mehr für ein ausgezeichnetes Essen hinzublättern. Den Sternekoch, der bis vor ein paar Jahren die Küche unter sich hatte, gab es inzwischen nicht mehr. Aber einige vorzügliche Vier-Gänge-Menüs standen immer noch auf der Speisekarte, die draußen an der Tür hing. Als Brechtl die linke Spalte las, lief ihm das Wasser im Munde zusammen, die rechte Spalte mit den Preisen ließ den Mund dann schnell wieder trocken werden. Sie setzten sich in einem Nebenraum des Gasthauses an einen kleinen Tisch mit gemütlichen Holzstühlen. Von dort aus konnte man in den Biergarten schauen, der trotz des kühlen Wetters recht gut besucht war. Der Kellner begrüßte sie mit einem vornehmen „Willkommen im Gasthof Bammes!" und reagierte etwas verstört, als Brechtl sagte:

„Grüß Gott, ich bin Hauptkommissar Brechtl von der Kripo Schwabach und das ist mein Kollege Jordanov. Kann ich Ihnen eine kurze Frage stellen?"

„Äh, ja, sicher."

Brechtl fiel ein, dass er keine Fotos von den Herren dabei hatte. Das Leichenbild auf seinem Handy konnte er ja schlecht herzeigen. Er versuchte trotzdem sein Glück.

„Kennen Sie Herrn Wolf oder Herrn Greulich?"

„Ja, die kenne ich. Sind beide Stammgäste bei uns."

„Die beiden Herren waren gestern Abend zusammen hier. Hatten Sie da auch Dienst?"

„Ja, schon, aber die Herren sitzen immer im Frankenstüberl, da hat der Johannes bedient."

„Könnten Sie uns dann einmal den Kollegen Johannes schicken?"

„Ja, gerne!", antwortete der Kellner sichtlich erleichtert und machte kehrt.

„Soll gleich zwei Bier mitbringen!", rief Dimi lautstark hinterher.

„Dimi!", zischte Brechtl.

„Was is? Magst du kein Bier? Macht nix, trink ich auch alle zwei."

Kaum eine Minute später kam ein junger Mann zu ihrem Tisch. Er war großgewachsen, hatte einen roten Wuschelkopf und trug den gleichen Kellneranzug wie sein Kollege. Auf dem Namensschild an seiner Brust stand „Johannes" und darunter „Ich lerne noch". Zu Dimis Freude hatte er auch zwei Halbe Bier dabei.

„Sie wollten mich sprechen?", fragte er zögernd und etwas nervös.

„Ja, ich bin Hauptkommissar Brechtl und das ist mein Kollege Jordanov ..." Dimi prostete dem jungen Kellner schweigend zu. „... keine Angst, ich habe nur ein paar kleine Fragen an Sie. Sie haben gestern Abend im Frankenstüberl bedient?"

„Ja."

„Waren da auch Herr Wolf und Herr Greulich?"

„Ja."

„Und saß sonst noch jemand mit am Tisch?"

„Nein."

„Mein Gott, dem musste man ja jedes Wort aus der Nase ziehen", dachte Brechtl ungeduldig.

„Wie war denn so die Stimmung bei den beiden?"

„Gut."

„Geht's vielleicht etwas genauer?"

„Na ja, sie sind um halb acht gekommen, ungefähr, und um eins sind sie gegangen. Sie haben viel getrunken, hatten anscheinend irgendetwas zu feiern."

„Haben Sie etwas von der Unterhaltung der beiden mitbekommen? Haben sie sich gestritten?"

53

„Sie haben sich über irgendwelche Geschäfte unterhalten, aber ich hör da nicht so genau hin. Gestritten haben sie nicht, eher im Gegenteil, würde ich sagen."

„Gut, das war's dann auch schon, Herr äh ..."

„Fremmer. Johannes Fremmer."

Fremmer. In Brechtls Kopf begann es zu rattern. Der Name, die roten Haare, das konnte kein Zufall sein. Noch bevor er eine Frage formulieren konnte, wurde er von Dimi unterbrochen.

„Kann ich bitte Karte haben?"

„Ja sicher!", antwortete der Kellner und ging eilig Richtung Theke.

„Mensch Dimi. Ich war noch nicht fertig. Hast du nicht mitbekommen, wie der heißt?"

„Sicher hab ich bekommen. Aber hab ich trotzdem Hunger. Kommt doch wieder. Schau!"

Johannes Fremmer brachte ihnen zwei Speisekarten. Brechtl fragte diplomatisch:

„Sagen Sie mal, Herr Fremmer, was verdient man eigentlich so als Azubi im Gastgewerbe?"

„Es geht so. Nicht so viel wie in der Industrie, aber hier zahlen sie recht gut."

„Sind Sie verwandt mit Herrn Franz Fremmer?"

Der junge Mann wurde etwas blass.

„Ja, das ist mein Onkel."

„Und kann es sein, dass Sie Ihrem Onkel manchmal kleine Geschichten aus Ihrer Arbeit erzählen?"

Der junge Kellner rieb seine Hände verlegen an den Oberschenkeln und wurde sichtlich nervös. Brechtl ließ mit seinem bohrenden Blick nicht von ihm ab.

„Das darf aber mein Chef nicht erfahren. Sonst schmeißt er mich raus. Bitte", flüsterte Johannes.

„Von mir erfährt er es nicht."

„Von mir auch nicht!", ergänzte Dimi und prostete ihm erneut zu.

„Mein Onkel gibt mir ein bisschen Spritgeld für mein Moped, dafür erzähl ich ihm, was Herr Wolf so mit seinen Geschäftspartnern bespricht. Herr Wolf ist oft bei uns. Immer wenn er vom Flughafen kommt."

„Und was haben sie gestern so besprochen?"

Der Kellner schaute sich um, bevor er antwortete.

„Sie haben wohl einen Kaufvertrag abgeschlossen, in Tschechien über die Firma von Herrn Greulich. Und na ja, über ihre Besuche in so Etablissements haben sie viel gelacht."

„In was?", fragte Dimi.

„Na ja, sie waren wohl bei Prostituierten", flüsterte Johannes so leise, dass man es im Stimmengewirr der anderen Gäste kaum hören konnte.

„Ach, in Puff?" Dimi gab sich weniger Mühe, leise zu sprechen, was ihm einen scharfen Blick von Brechtl einbrachte.

„Und das haben Sie Ihrem Onkel erzählt?"

„Mhm."

„Wann?"

„Gleich nachdem die zwei weg waren. Er hat gesagt, ich soll ihn anrufen, egal um welche Uhrzeit."

„Das war's schon, Herr Fremmer, und keine Angst, Ihr Chef wird nichts davon erfahren."

„Eine Frage noch ...", meldete sich Dimi zu Wort, Brechtl schwante Übles, „... haben Sie auch Bratwürste?"

„Ja, sicher." Johannes wirkte genauso erleichtert wie Brechtl.

„Dann neun Stück, bitte."

„Wir haben fränkische Bratwürste. Normalerweise servieren wir drei davon."

„War ich mit meine Freund in Nürnberg, da habe ich neun bekommen."

„Ja, Dimi, aber das waren Nürnberger Bratwürste, die sind viel kleiner als die fränkischen", erklärte Brechtl.

„Will ich will trotzdem neun!"

„Und was darf ich Ihnen bringen, Herr Kommissar?"

„Mir reichen drei", antwortete Brechtl mit einem Grinsen. Insgeheim freute er sich schon auf Dimis Gesicht, wenn der die neun Fränkischen und anschließend die Rechnung serviert bekommen würde. Der Kellner sammelte die Karten wieder ein und machte sich auf den Weg in die Küche.

„Warum hast du nicht gesagt, dass der Wolf gemordet ist?"

„Das wird ihm sein Onkel schon noch erzählen. Der war sowieso nervös genug."

Die Viertelstunde Wartezeit verkürzte sich Dimi damit, die Frauen im Biergarten zu bewerten. Dazu hatte er sich extra so hingesetzt, dass er durch die offene Tür schauen konnte. Immer, wenn eine Frau in sein Blickfeld kam, vergab er eine Schulnote. Manchmal prostete er ihnen auch zu. Brechtl war das ziemlich peinlich. Er beschäftigte sich damit, die Aussage in seinem Kalender zusammenzuschreiben, und war froh, als der Kellner das Essen brachte.

„Guten Appetit!", wünschte Johannes und warf einen etwas skeptischen Blick auf den Riesenteller, den er Dimi servierte. Darauf lagen neun Bratwürste auf einem gigantischen Berg Sauerkraut.

„Danke schön!", strahlte Dimi.

Brechtl ließ sich die Aussage unterschreiben und beobachtete seinen Kollegen. Der Bulgare verzog keine Miene, stopfte sich die Stoffserviette in seinen Hemdkragen, nahm das Besteck in die Hand und legte los. Die ersten drei Würste hatte er in derselben Zeit verspeist, in der Brechtl eine einzige schaffte. Bei Wurst Nummer sechs lobte er den wunderbaren Geschmack und selbst die neunte Wurst aß er noch mit der Begründung „Iss so gut, darf man nix übrig lassen". Dann tupfte er sich vornehm die Mundwinkel mit der Serviette ab, hob sein Glas und sagte:

„Kalle, das ist prima Kneipe hier. Prost!"

Sie stießen mit ihren Biergläsern an, worauf Dimi sein Glas erst auf seinem Kopf aufsetzte, bevor er trank.

„Was war das denn jetzt?", fragte Brechtl und schaute sich verlegen um, ob jemand diese peinliche Szene beobachtet hatte.

„Was?"

„Na, das mit dem Bierglas auf dem Kopf."

„Macht man so in Bulgarien. Immer wenn man Prost macht mit gute Freund!"

„Bei uns ist das nicht so üblich. Also lass es lieber."

Als der Kellner, der sie zu Anfang bedient hatte, die Rechnung mit den Worten „Zusammen oder getrennt?" brachte, antwortete Dimi ohne zu zögern:

„Zusammen. Bist du geladen, Kalle. Aber brauch ich Quittung!"

Nachdem er bezahlt und die Quittung sorgfältig in seinem Geldbeutel verstaut hatte, fragte er den Kellner noch:

„Kann man auch nachten hier?"

„Entschuldigung?"

„Das ist auch Hotel hier, Bammes?"

„Äh, nein, wir sind nur ein Gasthof."

„Is schade. Brauch ich noch Hotelrechnung. Schönen Abend!"

„Ja, äh, Ihnen auch noch einen schönen Abend."

Dimi schaute auf seine Uhr.

„Jetzt schnell zurück zu Arbeit, Kalle. Sonja wartet wegen die Fernseher, weißt schon ..."

Dabei grinste er bis zu den Ohren. „Na, da wirst du dir die Zähne ausbeißen", dachte sich Brechtl. Aber er wollte Dimi in seinem Glauben lassen und sich lieber morgen über die Abfuhr amüsieren. Deshalb bedankte er sich herzlich für das Essen, erklärte Dimi noch, dass es „Einladung" und „eingeladen" heißt, und fuhr mit ihm zurück in die Inspektion. Dort lieferte er den Dienstwagen ab, verstaute seine Dienstwaffe im Schließfach und setzte sich an seinen Schreibtisch, um die Notizen aus seinem Kalender in Protokolle zu verwandeln. Die elende Schreibarbeit ging ihm auf die Nerven, aber alles konnte er Manne auch nicht aufhalsen. Dimi gesellte sich gleich zu Sonja und erzählte ihr von den leckeren Bratwürsten und ihrem Gespräch mit Johannes Fremmer.

Nach einer halben Stunde spuckte der Drucker die Protokolle aus. Auf dem ungebleichten Ökopapier, das immer etwas vergilbt aussah, auf dem der Chef aber aus Umweltschutzgründen bestand, fehlten nur noch die Unterschriften von Erwin Greulich und Franz Fremmer. Unter die Aussage von Johannes schrieb Brechtl „Im Konzept gezeichnet" und heftete eine Fotokopie der Kalenderseite dazu. So sahen viele seiner Vernehmungsprotokolle aus, weil er praktisch nie daran dachte, eines der Formblätter mitzunehmen, wenn er unterwegs war.

„Ich pack's dann. Bis morgen!", verabschiedete sich Brechtl von Sonja und Dimi.

Für heute war's genug. Wenn der Montag schon so stressig anfing, wie sollte dann der Rest der Woche laufen? Er freute sich auf sein Sofa und seine Stereoanlage, denn das Autoradio in seinem alten Golf war fürchterlich. Das Kassettenteil war so ausgeleiert, dass anstatt vernünftiger Musik nur noch ein dumpfes Wabern aus den Lautsprechern kam. Einige seiner Lieblingskassetten hatte das Mistding schon gefressen und er musste das zerknitterte Band jedes Mal mühsam aus dem Schlitz fummeln. Aber es lohnte sich einfach nicht mehr, das Auto mit einem CD-Player auszustatten. Schließlich war der TT schon in greifbare Nähe gerückt und da würde er an der Musikanlage sicher nicht sparen.

Zu Hause griff er sich seinen Kopfhörer, legte „Queen, Greatest Hits II" ins CD-Fach und sich selbst auf sein Wohnzimmersofa. Bis „It's a Hard Life" kam er noch, dann war er eingeschlafen.

Glava tri / Kapitel drei

Dienstag 8:26

Im Gegensatz zu den meisten Kollegen, die die Abkürzung durch das große Schiebetor und über den Innenhof nahmen, benutzte Brechtl morgens fast immer den Haupteingang. Dort hinter der Glasscheibe saß schon seit Jahren seine Kollegin Dagmar, die immer auf dem Laufenden war. Von ihr konnte man zum Beispiel schon vorab die Tageslaune des Chefs erfahren oder die Neuigkeiten aus der Nachtschicht der Schutzpolizei, die im selben Gebäude untergebracht war.

Heute kam Brechtl nicht dazu, ein Schwätzchen mit ihr zu halten. Rainer fing ihn schon in dem Vorraum ab und hielt ihm ein Blatt Papier vor die Nase. „Kalle, do scha mol her, ich hob wos fiä diich. Den seine Fingerabdrügg woarn aff derer Misdgobl. Had mer is LKA gschigd. BDM-ler, vorbesdrofd wecher Körberverledsung, und wohnd blos zeä Killomeder vom Daadodd wech."

Brechtl griff sich das Papier und las es im Gehen durch. „Thilo Schubert, geb.: 15.02.1990 in Nürnberg. Letzte bekannte Adresse: Jugendhilfe Rummelsberg, Rummelsberg 29b, 90592 Schwarzenbruck". Ein „BTM-ler", also einer, der schon einmal mit dem Betäubungsmittelgesetz in Konflikt geraten war. Auf dem Foto sah der junge Mann mit den kurzgeschorenen, bunt gefärbten Haaren abgesehen von der Tätowierung auf seinem Hals nicht besonders bedrohlich aus. Der Beschreibung, die darunter stand, lieferte aber ein ganz anderes Bild: mehrere Anzeigen wegen Körperverletzung, Widerstands gegen Vollstreckungsbeamte, Drogenmissbrauchs. Diesem jungen Mann konnte man einen Mord mit einer Mistgabel zutrauen. Ein Klassiker: Raubmord wegen ein paar Euro, um sich Stoff zu beschaffen. So einfach kann es manchmal sein.

„Dange, Rainer. Subber. Den schnabb mer uns glei."
Eilig lief Brechtl auf die Treppe zu, aber schon vor der
ersten Stufe blieb er mit einem kurzen Schmerzensschrei
stehen.

„Hasder wos dou?", erkundigte sich Rainer.

„Des Dreggs Drebbmgländer. Den Archidegdn, wo
des blohnd had, wenni ämol derwisch, den hängi a On-
zeich wecher vorsädslicher Körberverledsung nauf."

Das Treppengeländer lief in einem derart spitzen
Winkel zu, dass sich Brechtl nicht das erste Mal einen
blauen Fleck an der Hüfte geholt hatte. Entsprechend
langsam stieg er hoch in den ersten Stock.

In seinen Gedanken sah er schon die Handschellen
klicken. Fast ein bisschen zu einfach, die Lösung, aber
Fingerabdrücke von einem gewalttätigen Drogenabhän-
gigen auf der Mordwaffe! – Was sollte da noch schief-
gehen? Jetzt mussten sie ihn nur noch kriegen. Er ging
schnurstracks in Sonjas Büro.

„Moin Kalle. Was ist denn heut los? Der Rainer hat
schon angerufen und der Manne hat auch schon nach dir
gefragt. Du sollst gleich bei ihm vorbeischauen, wenn du
da bist."

„Ist jetzt alles nicht so wichtig. Schick mir da bitte
eine Streife hin, die sollen den festnehmen und herbrin-
gen. Seine Fingerabdrücke sind auf der Mistgabel."

Er legte den Ausdruck auf Sonjas Schreibtisch und
zeigte mit dem Finger auf die Adresse. Dann ging er in
sein Büro und kramte sein Notizbuch aus der Jackentasche. Nachdem er die richtige Seite gefunden hatte, wählte er die Nummer von Carmen Wolf.

„Ja."

Er hasste es, wenn sich Leute am Telefon mit „ja"
meldeten. Wie sollte man denn wissen, ob man mit dem
richtigen Teilnehmer verbunden war. Er konnte keinen
Sinn in dieser seltsamen Angewohnheit sehen. Wenn es

dem Anrufer nur darum ging, zu erfahren, ob es einen Anschluss unter dieser Nummer gab oder auch noch, ob eine Frau abhob, dann wusste er es auch schon nach diesem einen Wort. Wenn die Nummer sowieso im Telefonbuch stand, hatte das „Ja" schon gar keinen Wert. Und noch schlimmer: Wenn es einer dieser zwielichtigen Werbeanrufer war, konnte er dieses „Ja" in der Aufzeichnung des Gesprächs hinter jede beliebige Frage kopieren. Eigentor. Irgendwann würde Brechtl schon noch die passende Antwort auf diese Unsitte einfallen. Bis dahin musste er eben jedes Mal nachfragen.

„Brechtl. Spreche ich mit Carmen Wolf?"

„Ja, Guten Morgen Herr Kommissar."

„Guten Morgen Frau Wolf. Nur eine kurze Frage. Sagt Ihnen der Name Thilo Schubert etwas?"

„Ja sicher. Der Thilo arbeitet bei uns, schon fast ein Jahr. Kümmert sich um den Garten und auch um die Pferde, wenn ich nicht da bin. Warum?"

„Mist."

„Bitte?"

Brechtl war nicht bewusst, dass er das Wort so laut ausgesprochen hatte, dass es am anderen Ende der Leitung zu verstehen war. Er hüstelte kurz.

„Mistet Herr Schubert auch die Pferdeboxen aus?"

„Ja, öfter, wenn ich in der Uni bin, halt. Wie kommen Sie jetzt auf Thilo?"

„Seine Fingerabdrücke sind auf der Mistgabel. Aber jetzt ist ja wohl auch klar, warum."

„Ach so, ja klar, daran habe ich nicht gedacht."

„Ist nicht weiter tragisch, es hat sich ja jetzt geklärt. Aber trotzdem die Frage: Wie sind Sie denn zu Herrn Schubert gekommen? Kennen Sie seine Vergangenheit?"

„Natürlich kenne ich seine Vergangenheit. Thilo wohnt im Jugendhilfezentrum, das ist so eine Einrichtung von den Rummelsberger Anstalten, für, na ja, früher hat man Schwererziehbare gesagt, heute heißt es Jugendliche mit intensivem therapeutischem Bedarf. Er hat viel Scheiße gebaut in seiner Jugend. Aber jetzt ist er clean und macht eine Ausbildung zum Landschaftsgärtner da. Bei uns verdient er sich ein paar Euro dazu. Papa war in diesem ‚Stifter-Kreis' und hat immer medienwirksam an Rummelsberg gespendet. Meine Mutter ist hier in der Altdorfer Außenstelle ehrenamtlich tätig und weil sie so eine soziale Ader hat, hat sie den Thilo halt genommen. Er ist schon der dritte junge Mann, der uns so vermittelt wurde – immer für ein Jahr geht das."

„Und hat er sich gut mit Ihrem Vater verstanden?"

„Wie meinen Sie das?"

„Na ja, Frau Wolf, wir müssen uns natürlich das Umfeld Ihres Vaters anschauen ..."

„... und da meinen Sie, bloß weil einer mal drogenabhängig war, rennt er rum und sticht Leute ab oder was?"

Carmen Wolf war deutlich verärgert, das war nicht zu überhören. Brechtl versuchte, sie zu beschwichtigen:

„Nein, das ist doch reine Routine. Wenn seine Fingerabdrücke auf der Tatwaffe sind, dann ist doch klar, dass wir solche Fragen stellen müssen. Aber die Sache hat sich ja jetzt geklärt. Vielen Dank für Ihre Hilfe."

Carmen brach das Gespräch ab, ohne sich zu verabschieden.

Das konnte Brechtl noch weniger leiden als das „Ja" am Anfang des Gesprächs. Verärgert legte er den Hörer auf. Im selben Moment klatschte eine Hand von hinten auf seine Schulter. Brechtl fuhr herum. Hinter ihm stand eine Gestalt in einer weiten schwarzen Zunfthose, wie sie von Zimmerleuten auf der Walz getragen wird. Die Hose war ziemlich verschlissen und die Taschen ausgebeult. Auf dem quietschorangenen T-Shirt prangte das Logo der Sommerspiele Sydney 2000. Zur Krönung des Ensembles saß auf dem Kopf eine Takke, eine muslimische Gebetsmütze. Ein breites Grinsen strahlte Brechtl aus einem unrasierten Gesicht entgegen.

„Kommissar Kalle, schönen Morgen!"

Brechtl musste erst einmal schlucken. „Guten Morgen, Dimi. Musst du dich so anschleichen?"

„Hab ich nicht geschleicht. Will ich nur nicht stören, als du telefonierst. Was gibt Neues?"

„Erzähl ich dir gleich ... Sonja!"

„Ja?"

„Pfeif die Kollegen zurück! Hat sich erledigt mit der Festnahme!"

Nach einer kurzen Denkpause setzte er noch „Bitte ... danke!" dazu. Jetzt musterte er die seltsame Gestalt hinter sich in Ruhe.

„Sag mal, Dimi, wie siehst du eigentlich aus?"

„Warum?", fragte er und zupfte an seinem T-Shirt.

„Na ja, mal ehrlich, lauft ihr in Bulgarien alle so rum?"

„Zu Hause hab ich Uniform, aber darf ich hier nicht anziehen. Heiner hat gesagt, kann ich anziehen, was ich will."

Brechtl grinste ungläubig.

„Soso, hat der Heiner gesagt."

„Ja, hab ich ihn extra angerufen heute früh."

„Heute früh, daheim?"

„Ja, steht im Telefonbuch, seine Nummer."

Auch wenn er sehr überzeugend wirkte, Brechtl glaubte ihm kein Wort. Aber er hatte keine Lust, sich jetzt mit so einem Schmarrn zu beschäftigen. Stattdessen klärte er Dimi über die aktuelle Entwicklung auf. Er erzählte ihm von den Fingerabdrücken und der Spur, die gleich wieder im Sande verlaufen war.

„Musst du trotzdem fragen, den Mann."

Brechtl war es leid, sich dauernd von dem Bulgaren sagen zu lassen, was er zu tun habe.

„Das weiß ich auch. Aber ich muss ihn deswegen nicht gleich festnehmen lassen."

Die Tür öffnete sich und Manne steckte seinen Kopf herein.

„Moin Kalle. Bist ja doch schon da. Hat dir die Sonja nicht ausgerichtet, dass ich dich sprechen muss?"

„Ja schon, aber ich hab noch schnell telefonieren müssen. Was gibt's denn?"

„Ich hab das Band durchgeschaut. Da sind einige interessante Sachen drauf. Schaut's euch mal an!"

Brechtl holte Sonja in ihrem Büro ab und dankte ihr noch einmal, dass sie die Kollegen rechtzeitig aufgehalten hatte. Zusammen marschierten sie in einer kleinen Prozession gemeinsam mit Dimi in das Büro der Kollegen, wo sie sich um Mannes Monitor herum versammelten. Manne bot Sonja den einzigen freien Stuhl an. Dimi stellte sich hinter sie, rückte seine seltsame Strickmütze zurecht und stützte sich dann mit den Händen auf die Stuhllehne. Brechtl stellte sich daneben und rieb mit der linken Hand seine Hüfte, die immer noch schmerzte.

Auf dem Tisch klebte ein kleiner gelber Zettel, auf dem säuberlich untereinander geschrieben einige Zahlen standen. Es waren die Zählerstände des Videorekorders, die Manne sich notiert hatte. Die erste Szene, die er ihnen zeigte, stammte vom Vortag des Mordes, genauer gesagt von fünfzehn Uhr zweiundzwanzig, wenn man der Zeitanzeige auf dem Videoband Glauben schenken durfte. Ein dunkler Kombi fuhr von rechts ins Bild und hielt vor dem Haus. Das Nummernschild war auch auf dem Standbild nicht zu erkennen. Die Qualität der Aufnahme war wirklich schlecht.

„Sag mal, Manne, kriegen wir das nicht irgendwie besser?", fragte Brechtl. In den Fernsehkrimis konnten die solche Bilder immer heranzoomen, bis man die Seriennummer auf der Tatwaffe lesen konnte.

„Ich kann mal beim LKA nachfragen, hat der Rainer gemeint, aber große Hoffnung hat er mir nicht gemacht. Diese Kassetten werden ja hundertmal überspielt und dann noch mit Longplay. Da ist die Qualität irgendwann im Eimer."

„Na ja, lass weiterlaufen."

Die Fahrertür des Kombis öffnete sich, ein Mann mit einem großen Kuvert in der Hand stieg aus und ging auf das Haus zu. Dabei schaute er sich ständig um. Als er den Blick in die Kamera richtete, drückte Manne wieder auf „Standbild".

„Rote Franz! Schau, schau!", rief Dimi.

„Was will der denn da?", murmelte Sonja.

„Kennt ihr den?", wollte Manne wissen.

„Ja, den kennen wir", erläuterte Brechtl, „das ist Franz Fremmer, ein Gewerkschaftler, der gar nicht gut auf Herrn Wolf zu sprechen ist. Sieht man, wer die Tür aufmacht?"

„Jetzt noch nicht, aber später, wenn er wieder geht."

Manne legte den Zeigefinger auf die nächste Zahl in seiner Liste und drückte auf Vorspulen. Das Bild wurde schwarz. Als das Zählwerk am Videorekorder die notierte Zahl erreicht hatte, drückte er wieder auf Start. Laut Zeitanzeige war dazwischen fast eine halbe Stunde vergangen. Die Tür des Hauses öffnete sich und Fremmer trat heraus. Mit einem Handschlag verabschiedete er sich von Frau Wolf. Dann ging er zurück zu seinem Auto, wobei er sich wieder mehrfach umschaute. Er stieg ein und fuhr los.

„Stopp! …", rief Brechtl. Manne drückte wieder auf „Standbild". „Ist euch was aufgefallen?"

„Er schaut sich ständig um, als ob er Angst hat, gesehen zu werden."

„Richtig. Und noch was?"

Keine Antwort, nur Schulterzucken. Brechtl klärte

die Kollegen auf: „Er hat den Umschlag nicht mehr dabei. Also hat er ihn im Haus zurückgelassen, bei Frau Wolf. Würde mich brennend interessieren, was da drin war. Der wird uns noch einiges zu erklären haben, der rote Franz."

„Es geht schon noch weiter."

„Moment noch, Manne. Stimmt die Uhrzeit, die da eingeblendet wird?"

„Ja, fast. Ich hab das so ungefähr mit dem Sonnenuntergang abgeglichen. Die Uhr steht auf Winterzeit, ist also genau eine Stunde zu früh."

„Zu spät", sagte Brechtl.

„Nein, zu früh!", widersprach ihm Sonja.

„Diesen Schmarrn mit Sommer- und Winterzeit könnten sie auch mal abschaffen", dachte Brechtl. Jedes Jahr war es dasselbe. Er wusste nicht, in welche Richtung er jetzt die Uhr stellen musste, ob er eine Stunde länger oder kürzer schlafen konnte. Überhaupt sah er keinerlei Sinn darin, sämtliche Uhren zweimal im Jahr zu verstellen. Wer immer sich das ausgedacht hatte – bestimmt ein besonders schlauer Mensch –, war in Brechtls Augen ein Idiot.

„Also wie jetzt?"

„Im Frühjahr wird die Uhr eine Stunde vorgestellt. Wenn man das nicht macht, wie auf dem Videorekorder, geht die Uhr eine Stunde nach."

„Also zu spät, sag ich doch."

„Nein!", Sonja verzweifelte langsam an Brechtls Begriffsstutzigkeit. „Die Uhr hier zeigt drei Uhr, wenn es auf allen richtig gestellten Uhren schon vier ist. Also geht sie nach, also zeigt sie eine Stunde ZU FRÜH."

Brechtl brummte nur vor sich hin. Er beschloss, das später noch einmal zu überdenken.

„Ist ja auch egal. Was ist denn sonst noch so drauf?"

Manne zeigte die nächste Szene: Um achtzehn Uhr

zehn ging Carmen aus dem Haus. Sie holte ihr Auto aus der Garage und fuhr weg.

„Später kommt sie dann wieder heim", bemerkte Manne und spulte weiter vor.

Um zwanzig Uhr vierzig fuhr ein weißer Lieferwagen mit der Aufschrift „kofferservice.de" vor. Im Dämmerlicht konnte man erkennen, wie ein Mann einen Koffer bei Frau Wolf ablieferte und diese den Empfang quittierte.

„Jetzt ist wieder eine ganze Zeitlang nichts passiert, bis Viertel nach elf."

Als Manne wieder einschaltete, war das Bild fast völlig dunkel, bis auf drei kleine helle Punkte. Ein Auto fuhr in die Einfahrt und hielt vor einer der Garagen. Im Scheinwerferlicht sah man, wie das Tor sich automatisch öffnete. Der Kleinwagen fuhr in die Garage. Die Fahrerin konnte man erst identifizieren, als sie an der Haustür das Licht einschaltete. Es war Carmen Wolf, die nach Hause kam.

„Was sind das für Lichter?", fragte Brechtl und zeigte auf die drei hellen Punkte.

„Das sind so kleine Solarlampen, die man in die Erde stecken kann."

Das nächste Mal stoppte Manne um null Uhr sechsunddreißig. Die Kommissare blickten gebannt auf den Bildschirm. Eine Minute lang sah man nichts außer diesen drei Lämpchen, die Brechtl für eine ziemlich nutzlose Modeerscheinung hielt. Im Sommer war es sowieso lange genug hell und im Winter reichte die Sonneneinstrahlung nicht aus, um die Akkus genügend aufzuladen. Plötzlich wurde das Bild heller. Kurz darauf erkannte man ein Auto, das von rechts ins Bild kam und vor dem Haus anhielt. Die hintere Tür wurde geöffnet und im Schein der Innenbeleuchtung sah man einen Mann aussteigen. Er schlug die Autotür zu und blieb stehen.

Auf dem Autodach leuchtete kurz darauf das Schild „Taxi" auf. In diesem Moment drückte Manne wieder auf „Standbild". Er tippte noch ein paar Einzelbilder vor, bis man das Gesicht des Mannes erahnen konnte.

„Das ist einwandfrei Jochen Wolf", war sich Brechtl sicher.

„Ja, würde ich auch sagen. Die Zeit stimmt auch. Lass mal weiterlaufen", bestätigte Sonja.

Manne drückte wieder auf Start. Der Mann blieb stehen, es schien, als würde er seinen Anzug glatt streifen, dann verschwanden die Rücklichter des Taxis aus dem Bild und man sah wieder nur die drei Leuchtpünktchen.

„Scheiße! Können die sich keine vernünftigen Lampen leisten? Haben doch genug Kohle!", fluchte Brechtl.

So sehr er seine Augen auch zusammenkniff, außer ein paar kurzen Aussetzern der Solarlampen konnte er nichts mehr erkennen. Dann war das Bild nicht mehr von einem Standbild zu unterscheiden. Schwarz mit drei hellen Punkten. Super. Jetzt, wo es spannend wurde.

„Spul bitte noch einmal zurück, Manne!", bat Sonja, „und dann passt mal genau auf, in welcher Reihenfolge die Lämpchen blinken."

Zuerst ging das linke Lämpchen kurz aus und wieder an. Danach das mittlere etwa genauso lange. Das rechte Lämpchen blieb längere Zeit erloschen, dann wieder Mitte, Schluss. Alle Lämpchen ein.

„Hmm. Und was sagt uns das?"

„Na ist doch offensichtlich. Er läuft Richtung Haustür. Von links nach rechts. Vor der rechten Lampe bleibt er stehen, dann geht er wieder zurück. Aber nicht ganz."

„Sondern nur bis zur Garage", ergänzte Manne, „da, wo er umgebracht wurde."

„Das heißt, er hatte irgendeinen Grund, dorthin zu gehen und nicht ins Haus", kombinierte Sonja.

„Backe, backe Kuchen, Mörder hat gerufen!", sang

Dimi vor sich hin und hatte wieder sein breites Grinsen im Gesicht.

„Nur ist der leider nicht im Bild", brummte Brechtl.

„Aber andere Sachen. Kannst du nochmal zurückmachen bis Taxi?", bat Dimi.

Manne spulte zurück und ließ die Szene, in der Wolf ausstieg, noch einmal laufen.

„Und, hast du gesehen?", fragte Dimi.

„Was denn?"

„Mach noch mal zurück!"

Wieder lief der gleiche Ausschnitt auf dem Bildschirm.

„Und, hast du gesehen?"

„Nein, ich weiß nicht, was du meinst!"

„Mach noch mal zurück!"

„Herrgott Dimi, wir spielen hier nicht ‚Ich sehe was, was du nicht siehst'. Jetzt sag uns verdammt noch mal, was du meinst." Brechtl wurde langsam sauer.

Dimi machte eine beschwichtigende Handbewegung.

„Mach noch mal zurück!"

Als die Szene zum vierten Mal über den Monitor lief, rief Dimi: „Stopp!", kurz bevor Wolf die Tür des Taxis schloss. Manne drückte auf „Standbild".

„Und, siehst du jetzt?"

„Was, Dimi, WAS?" Brechtl kochte innerlich. Er war kurz davor, den Bulgaren am Kragen zu packen.

„Die Tasche! Der Wolf hat Tasche. Wie er gefunden wird, hat keine Tasche. Also wer hat Tasche? Der ihn gemordet hat. Findest du Tasche, findest du Mörder."

Brechtl betrachtete das Standbild genau. Tatsächlich hatte Wolf etwas vom Rücksitz gezogen.

„Sieht aus wie so eine Laptop-Tasche. Stimmt. Die haben wir bei dem Toten nicht gefunden!"

„Helf ich gern, wenn ich kann!", meinte Dimi mit einer gönnerhaften Handbewegung.

„Gut! Ich sag dem Rainer gleich, seine Männer sollen nach der Tasche suchen, und dann knöpfen wir uns den Fremmer noch einmal vor."

„Langsam, langsam", unterbrach ihn Manne, „das war ja noch nicht alles!"

Im schnellen Bildsuchlauf überbrückte er eine Minute, dann wurde das Bild wieder heller, man konnte die Umrisse des Baumes und der Garage im Scheinwerferlicht eines Autos sehen, das außerhalb des Bildausschnitts angehalten hatte. Dann wurde das Licht des Autos ausgeschaltet. Wieder Dunkelheit mit drei Leuchtpunkten. Es dauerte ein bisschen, bis sich das Bild wieder veränderte.

„Da, schau!", rief Sonja.

„Ja, ja, hab's gesehen!"

Die Lämpchen waren wieder ausgegangen. Erst das rechte, dann das mittlere, als wäre jemand schnell an ihnen vorbeigelaufen. Die Polizisten starrten gebannt auf den Bildschirm. Es dauerte eine Ewigkeit, bis sich das Bild wieder veränderte. Dann, mehr als zwei Minuten später, dasselbe Spiel in der anderen Richtung. Die Person lief wieder zurück. Die Autoscheinwerfer leuchteten auf, das Auto fuhr die Einfahrt entlang, hielt noch kurz in Höhe der Garage an, um dann schnell aus dem Bild zu verschwinden.

„Das war's. In der Früh sieht man noch, wie die Tochter zur Garage geht und dann schreiend zurück ins Haus rennt, und dann, wie der Notarzt und die Streifenwagen kommen. Wollt ihr das auch noch sehen?"

„Nein, ich glaub, des langt. So er Scheiß, dass mer do nix Gscheids sichd!" Brechtl schlug mit der flachen Hand auf die Schreibfläche. Wenn er sich aufregte, kam das Fränkische manchmal durch.

„Was hast du erwartet? Dass der Mörder freundlich in die Kamera winkt?", witzelte Manne.

„Ha-ha. Aber das letzte Auto. Das wär halt wichtig.

Der oder die war der Letzte, der Wolf gesehen hat. Entweder kurz vor oder kurz nach seinem Tod. Auf jeden Fall brauch ich eine Kopie von dem Band. Und einen genauen Inhaltsbericht. Und das Original geht ans LKA, mal sehen, ob die das irgendwie aufmischen können."

Manne streckte sich und salutierte: „Jawoll, Herr Kriminalhauptkommissar!"

Brechtl bemerkte jetzt auch, dass er seinen letzten Satz in einem Befehlston gesagt hatte, der normalerweise zwischen den Kollegen nicht üblich war. Zwar stand er dienstrangmäßig über Manne, das spielte aber in ihrer Zusammenarbeit kaum eine Rolle. Er hatte jetzt nicht den Nerv, um sich zu entschuldigen, und winkte nur ab. Die Menge an Informationen, die er in der letzten halben Stunde aufgenommen hatte, brachte seinen mentalen Arbeitsspeicher schon wieder ans Limit. Er ging ins Büro, setzte sich an seinen Schreibtisch und versuchte, seine Gedanken zu ordnen und gleichzeitig zu Papier zu bringen. Es waren keine fünf Minuten vergangen, als er hörte, wie auf dem Gang jemand laut in die Hände klatschte. Kein Applaus, sondern ein rhythmisches Klatschen, ungefähr alle zwei Sekunden. Er schaute hoch. Es war Dimi, wer sonst.

„Wollte ich dich nicht wieder schrecken, Kalle."

„Ja, toll, Dimi!", verzog Brechtl genervt das Gesicht. Dimi ließ sich davon gar nicht beeindrucken und klatschte munter weiter, bis er neben Brechtl stand und über seine Schulter in dessen Aufzeichnungen schaute. Brechtl legte die Hände darüber. Es waren *seine* Notizen. Was hatte der schon wieder zu glotzen?

„Gibt's noch was? Oder womit habe ich deine Anwesenheit verdient?"

„Ich und Sonja fragen uns, was wir Nächstes machen sollen, Chef."

Ich und Sonja. Der Esel immer zuerst. Passt ja. Am

liebsten hätte er ihn einen zwanzigseitigen Bericht schreiben lassen, aber die Korrektur hätte vermutlich doppelt so lange gedauert.

„Dimi, ich brauch hier noch zehn Minuten. Ich komm dann schon zu euch."

Der Bulgare hatte den freundlichen Rauswurf offensichtlich nicht als solchen verstanden und blieb wie ein Ölgötze hinter ihm stehen. Brechtl versuchte, ihn zu ignorieren und einfach weiterzuschreiben, aber er schaffte es nicht.

„Du, ich kann so nicht arbeiten, wenn du mir dauernd über die Schulter schaust", sagte er in freundlichem, aber bestimmtem Ton.

„Oh, Tschuldigung, aber Heiner hat gemeint, soll ich deutschen Kollegen immer über Schulter schauen."

„Das is mir ...", scheißegal, was der Heiner meint, hätte Brechtl fast geantwortet, aber er beherrschte sich, „... das ist mir halt jetzt gerade nicht recht. Geh zu Sonja und findet raus, wo sich der Fremmer rumtreibt."

Dimi drehte sich wortlos um und ging klatschend durch die Verbindungstür. Hätte er noch eine entsprechende Anzahl davon auf dem Kopf gehabt, hätte Brechtl sich die Haare gerauft. So blies er nur die Backen auf, griff sich seinen Kugelschreiber und knipste ihn immer wieder an – aus – an – aus ... eine Marotte, die er sich eigentlich schon lange abgewöhnt hatte. In seiner Schulzeit hatte er das immer gemacht, wenn ihm das Hirn übergelaufen war. Wenn er in irgendeiner Aufgabe nicht mehr weitergekommen war, hatte er angefangen, mit dem Kugelschreiber zu klicken. Weil er es partout nicht lassen konnte, hatte er damals die Auflage bekommen, seine Abiturprüfung mit Füller zu schreiben. Fünfundzwanzig Jahre war das jetzt her.

Neulich hatte er einen Brief von einer damaligen Klassenkameradin bekommen, mit der Einladung zum fünfundzwanzigjährigen Abiturjahrgangstreffen. Er hatte sich noch nicht entschieden, ob er hingehen sollte. Zu den meisten Mitschülern von damals hatte er keinen Kontakt mehr. Fast alle hatten studiert und viele von ihnen waren ihm zu hochnäsig geworden. In der Einladung stand, man könne zu dem geselligen Abend seine „Lebensabschnittspartner" mitbringen und die Gelegenheit nutzen, Visitenkarten zu verteilen. Schon allein die Art, wie der Brief formuliert war, ließ ihn zweifeln, ob diese Veranstaltung das Richtige für ihn war. Er war nicht besonders gesellig, er hatte keinen Lebensabschnittspartner und würde er seine Visitenkarten verteilen, kämen doch nur wieder Anrufe, ob er nicht irgendwelche Strafzettel verschwinden lassen könne. Nein, konnte er nicht. Er war Polizist und kein Zauberer. Ein paar schöne Erinnerungen hatte er trotzdem an seine Schulzeit. Die Abschlussfahrt zum Beispiel, als sie ihrem Lateinlehrer …

Ein lautes Kichern aus Sonjas Büro riss ihn aus seinen Gedanken. Er drehte sich um und sah seine Kollegin an ihrem Schreibtisch, wie sie sich vor Lachen den Bauch hielt, während Dimi irgendwie grotesk vor ihr herumhampelte. Brechtl stand auf und machte die Verbindungstür zu. Das Gelächter war immer noch zu hören. Also öffnete er die Tür noch einmal einen Spalt und zog sie lautstark ins Schloss. Jetzt war Ruhe. Endlich. Brechtl setzte sich aufrecht hin, drückte den Kugelschreiber ein letztes Mal und fing an zu schreiben. Nach nicht einmal fünf Minuten klingelte sein Telefon. Hat man denn hier nie seine Ruhe? Genervt nahm er den Hörer ab.

„Brechtl, Kripo Schwabach."

„Wo woarsdn gesdern, Heinzi?"

Mist. Seine Mutter hatte er ganz vergessen.

„Grüß dich, Mama! Ich bin gesdern erschd ganz schbäd hamm kummer. Na wolldi di aa nimmer schdörn, do is dei Film scho gloffm."

Keine schlechte Ausrede, fand Brechtl.

„Orufm hädds wenigsdns kenner. In ganzn Ohmd hobbi gwadd. Ich hob scho Angsd ghabbd, dir is wos bassierd."

„Naa, mir is nix bassierd. Wall wenn mer wos bassierd, na songs der scho Bescheid."

„Ez hobbi die Fra Hubfer ogrufm und die had gsachd, beim Schlegger gibds su a Zeich, wo mer eimfach neischüdd und dann läfd is Wasser widder ab."

„Na, des is doch brima. Na maggsd hald des."

„Obber do hads ez zwaarerlei gehm. Aans woar flüssich und is ander woarn su Körnler. Welchs sollin ez nehmer?"

„Des werd woschd sa."

„Die Frau Hubfer had abber gsachd, die Körnler sin besser."

„Na, wenns die Frau Hubfer sachd, na werds scho schdimmer."

„Also, na nimmi des."

„Ja, Mama, nimm des."

„Wall aff diich konni ned waddn."

„Solli vorbei kummer, heid Ohmd, wenni zum Domas fohr?"

„Des konni scho nu selber. Su verdadderd binni aa nu ned."

Jetzt war sie wieder beleidigt. Da war es völlig egal, was er sagte.

„Su hobbi des doch ned gmaand."

„Nerja. Dann seeng mer uns hald am Sundooch. Dann is der Babba aa widder do."

„Ja, bis Sundooch dann. Ade, Mama."

„Ade, Heinzi."

Brechtl legte auf. Den Tag wollte er gerne einmal erleben, an dem er es seiner Mutter recht machte. Er griff wieder zu seinem Kugelschreiber, aber er hatte total den

Faden verloren. So beschloss er, erst einmal Mittag zu machen. Zusammen mit Sonja und Dimi trottete er zu der kleinen Metzgerei in der Schwabacher Innenstadt. Weil Sonja Franz Fremmer für ein Uhr in die Inspektion bestellt hatte, blieb nicht viel Zeit für eine Mittagspause. Dimi hatte auf Brechtls Frage, was er essen wolle, geantwortet: „Ich nehme Gleiche, was ihr esst", worauf Brechtl mit einem Zwinkern zu Sonja „Schweinesushi" vorgeschlagen hatte. Das war die interne Bezeichnung für Bratwurstgehäck, vorzugsweise im Brötchen mit Zwiebeln und Paprikagewürz. Und der Meier-Metzger hatte das beste in der Stadt. „Sushi is gut!", hatte Dimi gesagt, und dass er auch die fränkische Version bestimmt mögen würde.

„Achd Brodwoschdghäggweggler, biddschen!", bestellte Brechtl, als sie an der Reihe waren.

Dimi beobachtete mit großen Augen, wie die Metzgereiverkäuferin das Gehäck auf die Brötchen schmierte, sie dann in eine Schüssel mit klein geschnittenen Zwiebeln tauchte und sie anschließend mit reichlich Paprika puderte.

„Entschuldigung", fragte Dimi die Verkäuferin höflich, „was ist das?"

„Das ist Bratwurstgehäck, das, was auch in den Bratwürsten drin ist", erklärte sie.

„Is da Rindfleisch drin?"

Die Verkäuferin wurde unsicher. Immer wieder ging ihr Blick zwischen Dimis Kopfbedeckung und dem Brötchen, das sie in der rechten Hand hielt, hin und her.

„Nein, eigentlich nicht, das ist reines Schweinefleisch", sagte sie zögerlich und erwartete vermutlich, Dimi jetzt in einen schweren Glaubenskonflikt zu stürzen.

Dimi streckte die Hände theatralisch zum Himmel und legte sie dann über seinem Herzen zusammen.

„Dann ist gut. Ess ich nämlich kein Rindfleisch."

Die Verkäuferin war sichtlich irritiert. Irgendwie hatte sie das mit dem Rind- und dem Schweinefleisch wohl anders in Erinnerung. Sie schaute der Reihe nach in die Gesichter der Polizisten. Dimi hatte ein strahlendes Lächeln im Gesicht und immer noch die Hände auf der Brust, Sonja konnte sich das Grinsen kaum verkneifen und Brechtl rollte mit den Augen.

„Soll ich dann, wollen Sie …?"

„Machen Sie zehn, ist runde Zahl", schlug Dimi vor.

Die Verkäuferin blickte Brechtl hilfesuchend an.

„Ja ja, die isst der schon, keine Angst. Der verdrückt auch neun Fränkische, wenn's drauf ankommt."

Dimi kaufte sich dazu noch einen Halb-Liter-Pack Schoko-Trunk. Wie das zusammenpassen sollte, war Brechtl ein Rätsel und auch Sonja verzog das Gesicht. Sie nutzten das schöne Wetter und gingen durch den Stadtpark. Auf dem Weg zurück zur Polizeiinspektion stellte das kaum einen Umweg dar. Auf einem der zahlreichen Bänkchen ließen sie sich die Vesper schmecken, auch wenn Sonja jedes Mal demonstrativ in eine andere Richtung schaute, wenn Dimi an seinem Strohhalm sog.

Wehmütig blickte Brechtl zum Himmel. Obwohl die Sonne nur ab und zu von ein paar Schäfchenwolken verdeckt wurde, merkte man doch deutlich, dass sie schon an Kraft verlor. Und dabei war erst August.

„Irgendwie hab ich das Gefühl, dass die Jahre immer schneller vergehen", philosophierte er vor sich hin.

„Wie alt bist du, Kalle?", fragte Dimi nach.

„Fünfundvierzig, warum?"

Tröstend legte ihm der Bulgare die Hand auf die Schulter.

„Dann is normal. Zurückweg kommt einem immer schneller vor als Hinweg."

„Blödmann", dachte Brechtl und schaute auf die Uhr.

„Kommd, bagg mers. Is scho dreivierdel eins."

„Ist was?"

„Dreiviertel eins!", wiederholte Brechtl.

Dimi zog die Augenbrauen fragend zusammen. Also versuchte Brechtl, ihn in die Geheimnisse der fränkischen Zeitrechnung einzuführen.

„Zwölf Uhr fünfundvierzig. Viertel vor eins. Oder halt dreiviertel eins. Wir Franken sind die Einzigen, die die Uhrzeit richtig angeben. Dreiviertel eins heißt: Drei Viertel der ersten Stunde sind vergangen. Du sagst ja auch nicht: Mein Bierglas ist viertel vor voll – oder?"

Brechtl wusste nicht sicher, ob Dimi seiner Logik folgen konnte. Jedenfalls nickte der Bulgare sehr verständnisvoll und folgte den Beamten zur Inspektion.

Als die drei den Flur im ersten Stock betraten, wartete der rote Franz schon. Es saß mit übereinander geschlagenen Beinen auf einem der Stühle, die an der Wand zum Besprechungsraum standen. Am anderen Ende des Flurs war der Chef gerade auf dem Weg vom Kaffeeautomaten zurück in sein Büro. Dimi brüllte über den ganzen Gang:

„Heiner, Mahlzeit!"

Dann stellte er sich breitbeinig hin und zeigte mit einer ausladenden Armbewegung auf seine Kleidung, gerade so, als würde eine Braut ihr Hochzeitskleid vorführen. Er drehte sich mit kleinen Tippelschrittchen einmal um die eigene Achse und blickte dabei um Beifall heischend zum Chef. Der lächelte und streckte den Daumen nach oben. Dimi lupfte kurz seine alberne Kappe, dann ging er mit Sonja in ihr Büro. Brechtl blieb mit offenem Mund wie angewurzelt auf dem Flur stehen. Er hätte wohl keinen dümmeren Gesichtsausdruck gemacht, wenn gerade zwei Marsmännchen vor ihm Polka getanzt hätten. „Er hat ihn angerufen. Er hat ihn allen Ernstes zu Hause angerufen", dachte er. Sein Blick hing immer noch wie versteinert an der Stelle, wo der Chef gestanden hatte. Der war inzwischen längst in seinem Büro verschwunden. Plötzlich schob sich ein roter Kopf ins Bild. Fremmer war aufgestanden und hatte sich direkt vor Brechtl gestellt.

„Sie wollten mich noch mal sprechen, Herr Kommissar?"

„Äh, ja. Bitte, kommen Sie doch mit in mein Büro." Er führte Fremmer durch die Tür und bat die beiden anderen, sich zu ihnen zu setzen. Als er die Gedanken an das morgendliche Telefongespräch endlich abgeschüttelt hatte, konzentrierte er sich wieder auf den Fall und wandte sich an Fremmer. Er drückte ihm das Protokoll der letzten Befragung in die Hand und Fremmer unterschrieb es, ohne zu zögern. Brechtl hatte noch einige Fragen.

„Herr Fremmer, Sie haben gesagt, dass Sie schon einmal bei Herrn Wolf waren. Wann waren Sie denn das letzte Mal dort?"

„Wie meinen Sie das? Bei Herrn Wolf zu Hause, oder …?"

„Ja natürlich bei ihm zu Hause."

„Also bei ihm war ich eigentlich nie …"

Brechtl reichte es.

„Herr Fremmer, Sie brauchen nicht zu denken, dass Sie uns hier verarschen können. Wir wissen, dass Sie vorgestern Nachmittag bei Frau Wolf waren …,"

Fremmer blickte unsicher in die Runde.

„… was haben Sie da gemacht?"

„Ich habe Frau Wolf einen Besuch abgestattet."

„Ja und … weiter!" Brechtl machte eine kreisende Armbewegung, als würde er Fremmers Gedächtnis ankurbeln müssen.

„Ich habe mich mit ihr unterhalten. Rein privat."

„Worum ging es dabei?"

„Das war wirklich rein privater Natur, ich glaube nicht, dass ich dazu etwas aussagen muss."

Dimi stand auf, legte seine Mütze auf den Tisch, drehte seinen Stuhl um und setzte sich rittlings direkt vor Fremmer, sodass ihre Köpfe nur noch wenige Zentimeter voneinander entfernt waren.

„Ich glaube schon ...", sagte er betont langsam.

Fremmer zog seinen Kopf, angewidert von Dimis Zwiebelfahne, ein Stück zurück und rutschte mit dem Stuhl etwas nach hinten. Dimi rutschte nach.

„... weil wissen Sie, ihr Mann ist gemordet worden, von einem wo ihn nicht leiden kann. Da ist vielleicht besser, wenn Sie sagen, warum Sie bei seiner Frau waren an den Tag, oder nicht?"

Der Gewerkschafter wedelte mit der Hand vor seinem Gesicht und blickte hilfesuchend zu Brechtl.

„Was soll denn das?"

„Da hat der Kollege schon recht. Es wäre günstiger für Sie, wenn Sie mit uns kooperieren würden."

„Ja von mir aus ... aber ...", er zeigte mit der flachen Hand auf Dimi und Brechtl gab diesem ein Zeichen, dass er mehr Abstand halten sollte. Der Bulgare rutschte etwas zurück.

„Also – was wollten Sie bei Frau Wolf und was war in dem Umschlag, den Sie ihr mitgebracht haben?"

Bei dem Wort „Umschlag" zuckten Fremmers Augen kurz. Offensichtlich wurde ihm jetzt bewusst, dass er den Kommissaren keine Märchen erzählen konnte. Er atmete noch einmal tief durch, nickte und begann zu erzählen.

„Ich habe Frau Wolf schon vor längerer Zeit kennengelernt, bei einer Veranstaltung der Rummelsberger. Ich helfe da ab und zu mal, repariere die Maschinen in der Werkstatt und so – alles ehrenamtlich. Frau Wolf ist da auch öfter und da haben wir uns eben ... na ja, eben kennengelernt. Mir war es einfach unbegreiflich, wie sie von ihrem Mann schwärmte, wie sie in den höchsten Tönen davon erzählte, wie toll er sich für die Firmen einsetzen würde, für die er arbeitete. Die Frau hatte wirklich keine Ahnung, was ihr Mann den ganzen Tag so machte. So eine nette Frau, wie sie sich um die Behinderten gekümmert hat, fast wie eine Mutter, und auf der anderen Seite so naiv, dass sie es einfach nicht gesehen hat, dass ihr Mann – mit Verlaub – ein Arschloch ist ... war."

„Alles schön und gut, aber ich will wissen, was am Sonntag passiert ist."

„Ich hatte mich mit ihr verabredet. Ich wusste ja, dass ihr Mann nicht da war. Und da habe ich ihr ein paar Fotos mitgebracht, um ihr die Augen zu öffnen."

„Was waren das für Fotos?"

Fremmer zögerte kurz.

„Fotos von ihrem Mann. Von seinen Besuchen in einem tschechischen Nachtklub. Hat ein Freund von mir gemacht, der in Prag wohnt."

„Sie haben jemanden auf Wolf angesetzt?"

„Angesetzt ist übertrieben. Mein Freund hat mir noch einen Gefallen geschuldet und da habe ich ihn eben darum gebeten."

„Ich möchte die Bilder sehen. Haben Sie noch Abzüge?"

„Was heißt Abzüge ... sie sind auf meinem Laptop, unten im Auto."

„Dann holen Sie den bitte. Der Kollege wird sie begleiten."

Brechtl warf Dimi einen mahnenden Blick zu. Der schloss beruhigend die Augen und machte mit beiden Händen eine unschuldige Geste. Dann setzte er ein Lächeln auf, legte den Arm auf Fremmers Schulter und führte ihn nach draußen. Brechtl war es ganz recht, dass er sich einmal alleine mit Sonja austauschen konnte. Er wollte ihre Meinung zu der Sache hören – und zwar ohne schlaue bulgarische Kommentare.

„Ich weiß nicht recht", sagte sie zögerlich, „könnte sein, dass er andere Absichten hatte, als Frau Wolf über ihren Mann aufzuklären. Ich denke, da steckt schon mehr dahinter, so wie er über sie gesprochen hat."

„Du meinst, er ist verknallt in sie?", fragte Brechtl.

„Keine Ahnung, aber möglich ist es schon. Und es wäre noch ein weiteres Motiv."

„Also ich weiß nicht, du hast sie ja gesehen. So der Brüller ist die nun auch wieder nicht."

„Ihr Männer seid echt alle gleich!", echauffierte sich Sonja, „es kommt halt auch auf die inneren Werte an."

„Wenn wir Männer alle gleich sind, dann will der Fremmer jedenfalls nichts von der Wolf. Weil eine Heidi Klum ist sie ja nicht gerade und die Kohle gehört ihrem Mann."

Sonja verzog das Gesicht.

„Du weißt genau, was ich meine. Die Geschmäcker sind halt verschieden. Warum versucht er, einen Keil zwischen sie und ihren Mann zu treiben?"

„Weil er ihrem Mann schaden will, zum Beispiel. So eine Scheidung ist teuer!"

„Hmm. Und warum passiert das gerade ein paar Stunden, bevor er ermordet wird? Oder meinst du, Frau Wolf könnte ihren Mann …?"

Brechtl blieb keine Zeit mehr für eine Antwort. Es reichte gerade noch für ein Schulterzucken, denn in diesem Moment öffnete sich die Bürotür und Dimi kam mit Fremmer, der eine schwarze Tasche unter dem Arm trug, zurück. Vorsichtig legte er sie auf den Tisch, zog den Reißverschluss auf und nahm seinen Laptop heraus. Dimi hob die Tasche kurz an und warf den anderen beiden Polizisten einen vielsagenden Blick zu. Brechtl nickte – die Tasche sah der, die Jochen Wolf auf dem Video in der Hand hielt, sehr ähnlich.

Die Kommissare versammelten sich hinter Fremmer,

der den Computer hochfuhr und sein Passwort eingab. Auf dem Bildschirm erschien als Hintergrundbild eine martialische Gestalt in schillernder Rüstung und mit einem blutverschmierten Schwert in der Hand. Daneben der Schriftzug „DAIKATANA". Unter den Icons, die nacheinander Gestalt annahmen, waren auch Verknüpfungen zu F.E.A.R. und HalfLife2.

„Sie spielen Killerspiele?", fragte Sonja.

Fremmer war sofort auf hundertachtzig. Sein ohnehin schon sehr roter Kopf glühte förmlich und sein Unterkiefer schob sich nach vorn.

„Na klar. Das musste ja jetzt kommen. Killerspiele. Wenn ich das Wort schon höre! Und dann kommt immer dieselbe alte Leier: Wer Killerspiele spielt, der ist auch ein potenzieller Amokläufer. In Emsdetten war's ja genauso."

„Man wird ja wohl noch fragen dürfen." Sonja klang schon fast entschuldigend. Sie wollte den hochroten Franz wieder etwas zur Ruhe bringen.

„Ich kann den Scheiß einfach nicht mehr hören. Wer Killerspiele spielt, der frisst auch kleine Kinder ..." Er schaute sich im Raum um. Dann zeigte er auf das 1:50-Modell einer Messerschmitt Bf 109 G-2, die in einem der Regale stand. Brechtls Freund Thomas hatte es ihm zum Geburtstag geschenkt, kurz nachdem der sein liebevoll gebasteltes ferngesteuertes Holzmodell des gleichen Typs mit ordentlichem Geschwindigkeitsüberschuss senkrecht in die Wiese gestampft hatte. „... und wer solche Flugzeugmodelle hat, ist auch ein Nazi ..." Er hob Dimis Mütze an, die immer noch auf dem Schreibtisch lag, „... und wer solche Mützen trägt, der ist ein Islamist, und was man über blonde Frauen sagt, wissen Sie ja auch."

„Nun aber mal langsam, Herr Fremmer!", ermahnte ihn Brechtl.

„Ja, tut mir leid, aber das stinkt mir einfach. Jeder

von den Amokläufern hatte auch eine Waffe. Aber dass man mal den Waffenhandel dafür verantwortlich macht – nein. Die Killerspiele, die sind schuld und die bösen neuen Medien. Sie haben noch nie so ein Spiel gespielt, oder?"

„Nein. Werd ich auch nicht."

„Sollten Sie aber. Sie sollten sich ein Urteil bilden und keine Vorurteile übernehmen. Bei den allermeisten dieser Spiele geht es um mehr, als irgendwelche Gestalten zu killen. Es geht um Teamgeist, um Strategie, nicht selten entwickeln sich zwischen den Online-Spielern richtige Freundschaften."

„Was spricht dagegen, in einen Fußballverein zu gehen, wenn man Teamgeist und Strategie üben will?"

„Nichts. Aber es ist halt nicht jedermanns Sache, sich die Schienbeine malträtieren zu lassen."

„Trotzdem ist es doch so – das werden Sie nicht bestreiten –, dass viele Gewalttaten von Jugendlichen verübt werden, die häufig Killerspiele spielen."

„Das ist doch Schwachsinn. Da kann ich auch sagen, alle Gewalttäter hatten ein Fahrrad zu Hause. Schauen Sie, in unserer Generation hat man Winnetou und Old Shatterhand gelesen und nachgespielt. Da gewinnen auch immer die Guten, weil sie die Bösen umbringen. Aber keiner kommt auf die Idee, Karl May für die Verbrechen unserer Zeit verantwortlich zu machen."

Brechtl dachte daran, wie er mit seinem Bruder im Pegnitzgrund immer Cowboy und Indianer gespielt hatte. Ganz von der Hand zu weisen war das nicht, was Fremmer da gesagt hatte. Aber schließlich war er nicht hier, um sich mit ihm über Computerspiele zu unterhalten.

„Alles schön und gut, Herr Fremmer. Aber deswegen sind wir jetzt nicht hier. Sie wollten uns die Bilder zeigen."

Fremmer brummte vor sich hin, während er im Explorer nach den Dateien suchte. Nach einigen Klicks öffnete sich das erste Foto. Es zeigte Wolf und Greulich, die in Begleitung von zwei leicht bekleideten Damen auf einem halbrunden roten Kunstledersofa saßen. Auf dem Tisch vor ihnen standen ein Champagnerkühler und einige Gläser. Auf dem nächsten Bild erkannte man Wolf, der sich völlig ungehemmt über eine der Damen beugte. Seine linke Hand hielt ihren Kopf fest, die rechte lag auf ihrer Brust. Greulich und die andere Frau schienen sich darüber köstlich zu amüsieren. Fremmer klickte weiter. Das dritte Foto zeigte, wie die Frau breitbeinig auf Wolfs Schoß saß und ihm das Hemd aufknöpfte. Greulich war mit der anderen Dame beschäftigt.

„Und so weiter und so fort ...", resümierte Fremmer, „wenn Sie alle anschauen wollen, ich kann sie Ihnen ja zumailen."

„Brauchen Sie nicht." Dimi griff der Reihe nach in drei der zahllosen Taschen seiner Zunfthose und zog schließlich einen kleinen USB-Stick heraus. „So geht schneller!"

Fremmer hatte gar keine Zeit zu reagieren, da hatte Dimi den USB-Stick schon in eine der Buchsen gesteckt und der PC meldete mit einem „Da-Ding" „Neue Hardware gefunden ... USB Massenspeicher ... die Hardware ist installiert und kann jetzt verwendet werden." Der rote Franz kopierte unter Dimis kritischen Blicken die Bilddateien auf den USB-Stick.

„Danke schön!", sagte Dimi artig, zog das Teil aus der Buchse, „Di-Dong", und ließ es wieder in seiner Hosentasche verschwinden. „Life is to short to remove USB safely!", verkündete er in lupenreinem Englisch und setzte wieder sein Goldzahn-Grinsen auf.

„Wie hat Frau Wolf darauf reagiert?", nahm Brechtl die Vernehmung wieder auf.

„Irgendwie erstaunlich gelassen."

„Wie ... gelassen?"

„Sie wirkte jedenfalls nicht besonders überrascht. Entweder hat sie es schon gewusst oder zumindest geahnt oder es war ihr egal oder ... ich versteh die Frau einfach nicht." Fremmer ließ resigniert die Hände auf die Stuhllehnen fallen.

„Keiner versteht ...", nuschelte Dimi vor sich hin. Sonja hatte es trotzdem gehört und strafte ihn mit einem Seitenblick.

„Aber irgendwas muss sie doch dazu gesagt haben."

„Dass sie das nicht glauben kann und dass das bestimmt ein Missverständnis ist. Ich hab sie gefragt, wo das ein Missverständnis sein kann, das sei doch eindeutig. Sie meinte, das habe ihr Mann bestimmt nur gemacht, damit er die Firma retten kann, und lauter solchen Unsinn."

„Sie haben ihr das nicht abgenommen?"

Fremmer deutete mit beiden Händen in Richtung seines Laptops.

„Sie haben die Bilder doch gesehen. Was gibt es denn da noch falsch zu verstehen? Ich glaube eher, dass sie es nicht zugeben wollte, mir gegenüber. Sie hat mich dann auch schnell hinauskomplimentiert, sie wollte mich loshaben."

„Was haben Sie dann gemacht?"

„Ich bin nach Hause gefahren. Was hätte ich denn sonst machen sollen?"

„Gut, Herr Fremmer. Es wäre besser gewesen, Sie hätten uns das gleich erzählt."

„Ich weiß schon, aber ich wollte mich halt nicht ... verdächtig machen. Kann ich jetzt gehen, ich muss wieder in den Betrieb."

Brechtl schaute in die Runde. Eigentlich sprach nichts dagegen: „Bitte warten Sie noch fünf Minuten draußen, bis das Protokoll fertig ist, dann können Sie gehen."

Fremmer packte seinen Laptop in die Tasche und setzte sich brav auf den Stuhl im Flur.

In einer für Brechtls Verhältnisse atemberaubenden Geschwindigkeit flogen Sonjas Finger über die Tasten. Er selbst tippte immer noch mit zwei Fingern nach dem Adlersystem. So sinnvolle Sachen wie das Zehn-Finger-System hatte er am Gymnasium nicht gelernt. Keine fünf Minuten später war alles fertig.

Brechtl ging mit dem Ausdruck nach draußen, ließ Fremmer unterschreiben und verabschiedete sich mit den Worten: „Bitte halten Sie sich zu unserer Verfügung."

Kaum war Brechtl wieder im Büro, setzte Dimi schon sein breites Grinsen auf.

„Klappt immer wieder."

„Was?"

„Der Trick mit USB-Stick."

„Welcher Trick?"

„Wenn rote Franz E-Mail bekommt oder schickt, krieg ich Kopie davon. Und Archiv und Adressbuch habe ich auch. Prima Trojaner!" Er ließ den USB-Stick an dem daran befestigten kleinen Bändchen kreisen.

Brechtl war entsetzt.

„Dimi, so geht das nicht!"

„Doch, geht prima, hab ich schon paarmal gemacht!"

„Ich meine, du kannst dem doch nicht einfach einen Virus draufspielen."

„Is kein Virus, is Trojaner. Merkt der gar nicht!"

„Aber das ist verboten in Deutschland!"

„Is verboten in Deutschland ...", äffte er ihn nach, „... warum is verboten? Warum darf der Franz Leute überwachen und wird nicht gestraft und Polizei darf nicht. Das is dumm. Jeder kleine dumme Hacker schickt mir Trojaner auf mein PC, nix passiert. Aber wenn Polizei macht, is verboten. Musst du Verbrecher eine Schritt voraus sein, nicht hinterher, sonst kriegst du nicht."

„Trotzdem Dimi", mischte sich Sonja ein, „es ist nicht erlaubt. Wir dürfen das nicht als Beweis verwenden. Die deutsche Polizei darf solche Methoden nun einmal nicht anwenden."

„Deutsche Polizei hat ja nix anwenden. Du bist deutsche Polizei und Kalle ist deutsche Polizei. Ich bin bulgarische Privatmann." Das Grinsen wurde noch breiter. „Bei uns in Bulgarien ist wichtig, erst Verbrecher verhaften, dann schauen, wo ist Beweis. Umgekehrt ist Scheiße. Hast du Beweis, aber Verbrecher is weg."

Brechtl war anzusehen, dass er sauer war. Angenommen, sie würden Fremmer als Täter überführen und irgendein findiger Anwalt käme hinter die Sache mit dem Trojaner, wäre der ganze Prozess geplatzt. Andererseits konnte er das, was Dimi gesagt hatte, auch nicht widerlegen, zumindest nicht ad hoc. „Schlagfertigkeit ist das, was einem auf dem Nachhauseweg einfällt", sagte sein Freund Markus immer. Und er hatte recht. Brechtl brauchte zwar manchmal etwas länger zum Nachdenken, dafür tat er es gründlicher – davon war er überzeugt, und seine überdurchschnittliche Aufklärungsquote bestätigte ihn darin. Ehrlich gesagt war er aber schon neidisch darauf, dass dieser seltsame Forensik-Hiwi auf alles sofort eine Antwort hatte.

Urplötzlich erfüllte ein schauriges Gedudel aus Ziehharmonika und Streichinstrumenten den Raum. Dimi kramte in seinen Hosentaschen und zog ein Handy heraus. Ohne dem ohrenbetäubenden Lärm ein Ende zu setzen, schaute er verdutzt auf das Display.

„Is für mich!", bemerkte er, bevor er das Gespräch endlich annahm, mit dem Handy am Ohr in Sonjas Büro verschwand und die Verbindungstür schloss.

Es hätte sowieso keinen Sinn mehr gehabt, die Sache mit dem Trojaner weiter zu diskutieren – rückgängig machen konnten sie es nicht. Brechtl atmete tief durch und sah Sonja mit einem langen, verzweifelten Blick an. Sie lächelte mitleidig und zuckte mit den Schultern.

„Kaffee?", fragte sie.

„Ja! Den kann ich brauchen."

Sonja legte ein Cappuccino-Pad in den kleinen Kaffeeautomaten, den sie zusammen angeschafft hatten und der auf einem Sideboard neben der Verbindungstür stand. Brechtl holte die Tassen von dem Regal über dem kleinen Waschbecken. Auf seiner Tasse stand „I am the Boss", Sonja hatte immer die mit „Papas Liebling" und für Dimi suchte er eine aus, auf der stand „same shit – different day". Sie warteten geduldig, bis der Automat mit geschäftigem Surren und Röcheln die drei Tassen Kaffee zubereitet hatte. Während der ganzen Zeit sprachen sie kein Wort. Eine Eigenschaft, die Brechtl sehr an Sonja schätzte: Sie ließ ihm seine Ruhe, wenn sie spürte, dass er eine Auszeit brauchte.

Er atmete tief durch und nahm sich vor, Dimi zukünftig einfach so hinzunehmen, wie er war. Zumindest solange es sich mit dem Gesetz irgendwie in Einklang bringen ließ. Schließlich war er ja nur noch drei Tage da und die würden auch vergehen. „Operation Burgfrieden", nannte er das für sich selbst.

Die fünf Minuten Pause taten gut. Dass sie vorbei waren, hörte Brechtl daran, dass das bulgarische Gebrabbel aus Sonjas Büro aufhörte und durch das bekannte rhythmische Klatschen abgelöst wurde. Kurz darauf öffnete Dimi die Tür und tänzelte leichtfüßig in Brechtls Büro. Er grinste bis zu den Ohren. Mit einer überschwänglichen Geste freute er sich über den vorbereiteten Kaffee und griff sich, noch bevor Brechtl die Verteilung vornehmen konnte, die Tasse „I am the Boss". Brechtl wollte zum Protest ansetzen, erinnerte sich aber an die gerade mit sich selbst getroffene Vereinbarung „Burgfrieden" und begnügte sich mit „same shit – different day".

Dimi schlürfte den Schaum von seinem Kaffee, stellte die Tasse auf Brechtls Schreibtisch und ließ sich mit zufriedenem Gesichtsausdruck und hinter dem Kopf verschränkten Armen auf einem der Bürostühle nieder.

„So, Kollegen", sagte er, „jetzt können wir mit Arbeit weitermachen."

Sonja erklärte sich bereit, die Rolle der Schriftführerin zu übernehmen und die Ideen zu notieren. Zunächst stellten sie eine Liste mit den Personen auf, die in dem Fall bisher in Erscheinung getreten waren:

– Franz Fremmer, der Brechtl immer noch sehr suspekt war, weil er nach Salamitaktik nur zugab, was die Polizei sowieso anderweitig herausfinden würde.

– Erwin Greulich, der in enger Verbindung zu dem Opfer stand, aber kein triftiges Motiv hatte.

– Sybille Wolf als gehörnte Ehefrau.

– Carmen Wolf, die ihren Vater zwar nicht leiden konnte, der Brechtl aber einen so brutalen Mord nicht zutraute.

– Thilo Schubert, dessen Fingerabdrücke zwar auf der Waffe waren, den sie aber noch gar nicht befragt hatten.

– die Hinterbliebenen des Suizidopfers Hans Neubauer, die sie noch nicht einmal ausfindig gemacht hatten, die aber wohl ein Motiv gehabt hätten.

Darunter setzte Sonja noch drei große Fragezeichen. Bei der Anzahl an Feinden, die Wolf hatte, war es gut möglich, dass der Täter noch gar nicht auf der Liste stand. Hinter jeden Namen schrieb Sonja stichpunktartig die bisher bekannten Fakten und in eine dritte Spalte Mutmaßungen und Abschätzungen, also alles, was für oder gegen eine mögliche Täterschaft sprach. Diese Spalte war Dimis Eldorado und er bestand darauf, auch die unwahrscheinlichsten Szenarien, die er sich in seinem Kopf zusammengesponnen hatte, darin aufzunehmen.

„Wir sollten erst mal zu denen gehen, bei denen wir noch gar nicht waren, also Thilo Schubert und die Familie Neubauer", schlug Brechtl schließlich vor.

„Das ist guter Gedanke!", bemerkte Dimi und prostete Sonja mit seiner Kaffeetasse zu, bevor er sie austrank.

Brechtl überlegte, welche Aufteilung er vornehmen sollte. Drei Leute für zwei Befragungen ging nicht auf. Er wäre auch alleine gefahren, aber er wollte Sonja nicht mit Dimi alleine lassen. Das Geturtel der beiden gefährdete seiner Ansicht nach den Burgfrieden, was mit Eifersucht seinerseits selbstverständlich nichts im Geringsten zu tun hatte.

„Sonja, ich schlage vor, du fährst mit Manne oder Jan zu den Neubauers. Die Adresse bekommst du sicher von Greulich. Für die Befragung hast du mehr Feingefühl als ich."

Stimmte ja auch. Bei einer Familie, die gerade den Selbstmord des Vaters zu verkraften hatte, ging die Zahl der bereitgestellten Fettnäpfchen gegen unendlich und Brechtl war Experte darin, sie zielsicher zu treffen. Sonja bedankte sich mit einem vielsagenden Lächeln für das Lob, obwohl das nichts anderes bedeutete, als dass sie wieder den unangenehmeren Job machen musste.

„Und wir beide", wandte er sich mit strengem Blick an Dimi, „schauen uns mal den Stallknecht an. Alles klar?"

Dimi hätte sicher eine andere Einteilung getroffen, aber nur weil es auf der Tasse stand, war er noch lange nicht der Boss. Basta.

Glava tschetiri / Kapitel vier

Dienstag 14:20

Ein paar Telefonate später kannte Sonja die Adresse der Familie Neubauer und Brechtl hatte einen Termin mit dem zuständigen Bereichsleiter der Rummelsberger Jugendhilfe vereinbart. Natürlich hatte er sich vergewissert, dass Thilo Schubert auch dort anzutreffen war. Zusammen mit Dimi holte er den BMW aus dem Fuhrpark und nahm den Weg über die Landstraße – der war nicht so langweilig wie die Autobahn und ging fast genauso schnell. Er erzählte Dimi von den Rummelsberger Anstalten, die sich unter anderem auch um behinderte und anderweitig benachteiligte Kinder und Jugendliche kümmerten und schon eine lange Tradition hatten. Sie fuhren gemütlich über Neuses nach Kleinschwarzenlohe auf der schmalen Landstraße, die Brechtl immer an seine Urlaube in Südfrankreich erinnerte. „Über Frankreich fahren" war deshalb zwischen ihm und Sonja ein feststehender Begriff, wenn sie die Route über die St 2239 anstatt der parallel verlaufenden Autobahn nutzten. Als sie an einem Ortsschild vorbeifuhren, rief Dimi:

„Röthenbach! Das ist da, wo du wohnst, oder? Hat Sonja erzählt."

„Nein, das heißt hier zwar auch Röthenbach, aber das ist Röthenbach bei Sankt Wolfgang. Ich wohne in Röthenbach an der Pegnitz."

„Ach, es gibt zwei Orte mit selben Namen?"

„Eigentlich gibt es drei hier in der Gegend, dann noch einen Ortsteil von Nürnberg, der genauso heißt, und noch eine Ortschaft, die aber ein bisschen anders geschrieben wird. Zusammen also fünf."

„Sag mal, seid ihr so arm in Deutschland, dass ihr nicht eigenen Namen für jedes Dorf haben könnt?", spöttelte Dimi.

Eine vernünftige Erklärung für die Namensgleichheit hatte Brechtl auch nicht, aber er betonte wenigstens, dass „sein" Röthenbach die einzige Stadt war, die diesen Namen trug. Die anderen waren nur kleine Ortschaften. In Schwarzenbruck fing Dimi an, sich den Bauch zu reiben.

„Kalle, kannst du halten da vorne? Das ist Bäckerei, oder? Hab ich bisschen Hunger."

Brechtl war es schleierhaft, wie man zwei Stunden nach fünf Schweinesushi-Brötchen schon wieder Hunger haben konnte (und bei dieser Kalorienaufnahme eine so sportliche Figur behielt), aber er tat ihm den Gefallen.

„Was ist gut bei euch?", erkundigte sich der Bulgare.

„Krapfen würde ich empfehlen", antwortete Brechtl, der eine Vorliebe für das Hefegebäck hatte.

„Nehm ich drei!", beschloss Dimi.

Während sie in der Schlange anstanden, überflog Brechtl wie üblich die Schlagzeilen der ausliegenden Zeitungen und Dimi starrte ununterbrochen aus dem Fenster. Als Brechtl endlich die Tüte mit den Krapfen in Händen hielt und sie an Dimi weiterreichen wollte, war der wie vom Erdboden verschwunden. Brechtl bezahlte, ging nach draußen und hielt verwundert nach ihm Ausschau. Schließlich entdeckte er ihn auf der anderen Straßenseite. Dimi schlich gebückt hinter parkenden Autos vorbei, ohne sein Ziel aus den Augen zu lassen. Nur noch ein paar Meter von ihm entfernt an einer Bushaltestelle bedrängte eine dreiköpfige Gruppe von Jugendlichen einen Jungen, der augenscheinlich Ausländer war. Brechtl versuchte, ebenfalls die Straßenseite zu wechseln, aber die Schlange der Autos, die an ihm vorbeifuhr, schien kein Ende zu nehmen. Einer der drei Jugendlichen packte den Jungen an der Jacke und drückte ihn mit Wucht an die Glasscheibe des Wartehäuschens. In diesem Moment kam Dimi aus seiner Deckung, rannte auf den Angreifer zu und stürzte sich auf ihn, sodass beide in einer Hecke landeten. „Policija", brüllte er dabei. Die beiden anderen Jugendlichen nahmen augenblicklich Reißaus. Als Brechtl endlich die Straße überqueren konnte, waren die Flüchtigen längst außer Reichweite. Eine Verfolgung erschien ihm zwecklos, sein sportlicher Ehrgeiz war nicht der größte.

„Jetzt pass mal auf, Kamerad", hörte er Dimi sagen, „hab ich zwei Freunde dabei. Das ist eine ...", er zog ein Schnappmesser aus der Hosentasche und ließ die Klinge herausspringen, „... und andere macht bumm bumm. Und jetzt stehst du ganz langsam auf."

Der junge Mann war sichtlich beeindruckt, krabbelte aus der Hecke und richtete sich mit erhobenen Händen auf. Der Bulgare stand dem Angreifer Aug in Aug gegenüber.

„Jetzt gibt zwei Möglichkeiten. Entweder läufst du ganz schnell weg oder fährst du mit in Polizeiauto."

Der Jugendliche drehte sich auf der Stelle um und wollte losrennen, aber Dimi trat ihm in die Hacken, sodass er wieder zu Boden stürzte.

„Habe ich nicht gesagt, darfst du entscheiden."

Er drehte dem jungen Mann den Arm auf den Rücken und zog ihn hoch. Das Ganze sah ziemlich schmerzhaft aus. So führte er ihn über die Straße zum BMW. Brechtl war entsetzt, aber da Dimi die Situation offenbar unter Kontrolle hatte, kümmerte er sich zunächst um den angegriffenen Jungen.

„Alles in Ordnung?", fragte er den kleinen Türken, der zwar sehr eingeschüchtert war, aber augenscheinlich nicht verletzt.

„Ja ja, danke!", antwortete der höflich.

Brechtl half ihm auf und führte ihn in das Wartehäuschen.

„Setz dich mal hier hin, ich komm gleich wieder."

Er rannte über die Straße zum Auto, wo Dimi den jungen Mann auf den Beifahrersitz gesetzt und sich dahinter auf der Rückbank platziert hatte.

„Sag mal, Dimi, spinnst du jetzt komplett?"

Statt einer Antwort erhielt Brechtl eine Gegenfrage.

„Habt ihr keinen Griff in eure Autos?"

„Was für einen Griff? Und was macht der auf dem Beifahrersitz? Der kommt hinten rein!"

„In Bulgarien haben wir eine Griff vorne, wo wir Hände festmachen. Und hinten sitzt Kollege mit Pistole. Aber immer von links, damit du nicht Fahrer triffst, verstehst du?"

Er deutete mit zwei Fingern an, wie man dem Verhafteten die Pistole an den Kopf halten sollte. Der junge Mann rührte sich keinen Zentimeter. Er hatte seinen Kopf in den Nacken gelegt und hielt sich mit zwei Fingern die Nase zu, aus der er blutete. Brechtl schnaufte kurz durch.

„Ich nehme Sie vorläufig fest wegen des Verdachts auf vorsätzliche Körperverletzung. Und ich möchte mich für das Verhalten des Kollegen entschuldigen. Dimi, steigst du mal bitte aus?"

Nachdem Dimi ausgestiegen war, gab Brechtl dem Mann ein Papiertaschentuch, schloss die Tür und verriegelte den BMW mit der Fernbedienung. Dann ging er zu Dimi und versuchte, leise zu schreien.

„Bist du jetzt total übergeschnappt? Du kannst doch nicht so mit dem umgehen!"

„Ich verstehe nicht. Verdacht auf Körperverletzen – hast du doch gesehen! Und warum muss man bei so einem entschuldigen? Das ist doch Nazi!"

„Aber deswegen darfst du ihm noch lange nicht die Nase einschlagen."

„Hab ich nicht. Ist hingefallen. Blöd gelaufen."

„Und was war das mit dem Messer?"

Dimi zog das Springmesser aus seiner Hosentasche und ließ die Klinge herausschnappen.

„Ist Geschenk von meine Großvater, Vater Seite."

„Dimi, solche Messer sind in Deutschland nicht erlaubt. Schau bloß, dass du das verschwinden lässt."

„Ey, was soll ich machen? Heiner hat gesagt, darf ich Pistole nicht nutzen, Messer ist verboten und schlagen darf ich auch nicht. Was soll ich machen? Sagen: ‚Lieber Nazi, komm mit zu meine deutsche Polizeifreund, bitte, wenn nix ausmacht', oder was?"

Brechtl schnaufte tief ein, seine Backenzähne rieben aufeinander und seine Finger verkrampften sich zunehmend. Er war kurz davor, die Beherrschung zu verlieren.

„Herrgott noch mal, Dimi, du bist hier in Deutschland. Wie ihr das in Bulgarien macht, ist mir scheißegal! Aber solange du hier bist, hältst du dich gefälligst an das deutsche Gesetz. Und da geht so etwas eben einfach nicht. Habe ich mich jetzt da klar ausgedrückt."

„Hast du gedrückt, aber …"

„Kein Aber. Du bleibst jetzt genau hier stehen und machst gar nix. Kapiert? Und halt die Klappe!"

Brechtl drehte sich um und ließ Dimi stehen. Er konnte sich nicht erinnern, wann er sich das letzte Mal so aufgeregt hatte. Seine Fingerknöchel wurden schon weiß, so sehr ballte er die Fäuste. Um sich zu beruhigen, ging er sehr langsam um den BMW herum, stieg auf der Fahrerseite ein, griff sich das Funkgerät und forderte einen Streifenwagen an. Während er seinen Bericht abgab, fiel ihm der kleine Türke wieder ein. Mist, den hatte er ja ganz vergessen. Er sprang wieder aus dem Wagen und schaute hinüber zur Bushaltestelle. Nur noch die Tüte mit den Krapfen stand da. Der Junge war verschwunden. Wütend knallte er die flache Hand auf das Dach des BMW, sodass der junge Mann auf dem Beifahrersitz erschrocken zusammenfuhr.

„Dimi, wo ist der Junge?"

Dimi machte nur eine abwehrende Geste.

„Der kleine Türke, wo ist der hin?"

Dimi zuckte mit den Schultern, sagte aber kein Wort. Genervt stieg Brechtl wieder ein. Keine fünf Minuten später war der Streifenwagen mit zwei Polizisten vor Ort. Trotz der kurzen Zeit, die er zur Verfügung hatte, schaffte es Brechtl, sich eine Geschichte zurechtzulegen, die sehr nahe an der Wahrheit war, ohne Dimi dabei zu belasten. Und er hoffte inständig, dass der junge Mann mit der blutigen Nase keine Anzeige erstatten würde. Denn das würde selbstverständlich auf ihn zurückfallen, weil er für Dimi verantwortlich war.

Nachdem die „Grünen" mit dem Jugendlichen weggefahren waren, setzte er sich ins Auto. Wenn er jetzt Zigaretten gehabt hätte, er hätte das Rauchen auf der Stelle wieder angefangen. Dimi war die ganze Zeit wie angewurzelt stehen geblieben und es dauerte bestimmt noch mal fünf Minuten, ehe er zaghaft an die Seitenscheibe klopfte und mit einer Handbewegung um Einlass bat. Brechtl machte die Beifahrertür von innen auf und ließ ihn einsteigen, sprach aber kein Wort mit ihm. Schweigend fuhren sie los.

Die Rummelsberger Anstalten sind quasi eine eigene Stadt. Ein großes Krankenhaus, Wohnhäuser für die Angestellten und die Auszubildenden, Geschäfte, Schulen, Werkstätten, eine hübsche kleine Kirche und sogar einen Friedhof gibt es dort. Menschen jeden Alters mit unterschiedlich schweren körperlichen und geistigen Beeinträchtigungen werden umsorgt. Die vielen Gebäude sind kreuz und quer gebaut und das System, das dahintersteckt, ist nicht so einfach zu durchschauen.

Als Brechtl den BMW auf den Parkplatz des Krankenhauses stellte, fragte Dimi kleinlaut:

„Kalle, wie spät ist?"

„Halb vier. Warum?"

„Dann ist über halbe Stunde her, unser Streit."

„Hmm", brummte Brechtl unterkühlt.

„In Bulgarien, wenn man halbe Stunde nix mehr sagt, Streit ist vorbei."

„In Deutschland", antwortete Brechtl und imitierte dabei Dimis Tonfall, „Streit ist vorbei, wenn sich einer entschuldigt hat. Und das bin nicht ich."

Er verschränkte die Arme und schaute beleidigt aus dem Fenster.

„Kalle."

„Hmm."

„Entschuldigung."

„Aber ...?"

Dimi dachte kurz nach.

„Nix aber!" Er streckte ihm die Hand hin.

Brechtl nahm die Entschuldigung mit einem festen Händedruck an und wollte Dimi noch einige Worte sagen. Um sicherzugehen, dass sie nicht noch einmal in eine solche Situation gerieten. Als er aber den Gesichtsausdruck des Bulgaren sah, der an einen Dackel erinnerte, der gerade den Sonntagsbraten vom Tisch geklaut hatte, ließ er es bleiben. Stattdessen sagte er:

„Und wenn wir jetzt da drin sind – benimm dich gefälligst, ja!"

Dimi nickte und drückte die Hand noch etwas fester. Dann stieg er aus, kramte eine Zwei-Euro-Münze aus seiner Hosentasche und sagte:

„In Deutschland Polizei muss bestimmt auch für Parken zahlen. Mache ich das." Er lief zum Parkscheinautomaten, holte ein Ticket und legte es sorgfältig auf das Armaturenbrett. Brechtl musste über so viel Reumütigkeit schon fast wieder grinsen.

Es dauerte eine Weile, bis sie sich mithilfe der Info-Tafeln auf dem riesigen Gelände zurechtgefunden hatten. Nach einem zehnminütigen Fußmarsch erreichten sie schließlich ihr Ziel.

Der Leiter des Jugendhilfe-Zentrums, Diakon Häberle, empfing die beiden in seinem kleinen, sehr altmodisch eingerichteten Büro. An der Wand hingen ein großes Kruzifix, das Portrait eines Mannes, den Brechtl nicht kannte, und einige Kinderzeichnungen. Die Regale voller säuberlich sortierter Aktenordner, die gepolsterten Stühle und der Schreibtisch aus dunklem Holz passten gar nicht zu dem großen Flachbildschirm, der darauf stand. Häberle hatte einen gepflegten Vollbart und lockige schwarze Haare, war überaus freundlich und sehr korrekt. Irgendwie war ihm seine Frömmigkeit anzusehen. Seine Stimme war tief und er sprach in dem ruhigen Ton, der für Sozialpädagogen typisch ist.

„Wie kann ich Ihnen helfen, Herr Brechtl?"

„Wie schon am Telefon gesagt, ermitteln wir im Mordfall Jochen Wolf und möchten von Ihnen etwas über Thilo Schubert erfahren und nachher auch selbst mit ihm sprechen."

Häberles grüne Augen fixierten Brechtls Gesicht. Wie eine Katze, die ihre Beute anvisiert. Brechtl hatte den Eindruck, diese Augen könnten in ihn hineinschauen. Ein beklemmendes Gefühl.

„Die Sache mit Herrn Wolf ist schrecklich. Sie werden sicher verstehen, dass wir hier leider öfter Besuch von der Polizei haben, als uns lieb sein kann. Deshalb muss ich Sie fragen: Liegt irgendetwas gegen Thilo Schubert vor?"

„Ich will nicht um den Brei herumreden", sagte Brechtl, dem der Blick des Diakons immer noch unheimlich war, „Thilo Schubert ist bei den Wolfs beschäftigt und seine Fingerabdrücke sind auf der Mordwaffe. Ich muss gleich dazu sagen, dass die Mordwaffe eine Mistgabel ist, die Thilo während seiner Arbeit benutzt hat, und deswegen sind natürlich seine Fingerabdrücke darauf. Wir müssen ihn auf jeden Fall befragen, um uns ein Bild zu machen, ob er zum Kreis der Zeugen oder sogar zum Kreis der Verdächtigen zu zählen ist oder, im günstigsten Fall, gar nichts mit der Sache zu tun hat ..."

Der Diakon nickte verständnisvoll und wandte endlich den Blick von Brechtl ab.

„Was können Sie mir denn über Herrn Schubert erzählen?"

Häberle drehte sich um und zog einen Ordner aus dem Regal. Er nahm eine Akte mit der Aufschrift „Schubert, Thilo" heraus und blätterte kurz darin. Bei jeder Seite, die er aufschlug, nickte er, als würde er darin bestätigt, was er eh schon wusste. Nachdem er den Ordner wieder zugeklappt hatte, referierte er in stoisch ruhigem Tonfall:

„Thilo ist seit April 2005 bei uns. Sein Vater ist untergetaucht, seine Mutter ist alkoholabhängig und mit der Erziehung des Jungen überfordert. Thilo hat einige Vorstrafen, wegen Körperverletzung und Drogenbesitz, und war selbst drogenabhängig, als er zu uns kam. Aber das wissen Sie sicher aus der Polizeiakte."

Brechtl nickte.

„Er hat eine Entziehungskur gemacht, erfolgreich, soweit mir bekannt ist. Er muss regelmäßig Haarproben abgeben, um das zu überprüfen. Er hat sich sehr gut in das Leben hier im Haus eingefügt, macht eine Ausbildung zum Garten- und Landschaftsbauer und hat sehr gute Aussichten, diese auch erfolgreich abzuschließen. Es ist bei uns möglich, dass die Jugendlichen, soweit es aus unserer Sicht vertretbar ist, auch außerhalb der Einrichtung ein Praktikum machen. Frau Wolf, die ich persönlich kenne, hat sich bereit erklärt, ihm diese Chance zu geben. Und, so viel ich von ihr höre, macht sich der Junge gut. Es gibt keine Probleme – was mich natürlich sehr freut. Allerdings muss ich dazusagen, dass Thilo kein einfacher Charakter ist. Er ist eher verschlossen und pflegt nur wenige soziale Kontakte innerhalb des Hauses."

„Hat er keine Freunde hier?", fragte Dimi.

„Doch, mit seinem Zimmernachbarn versteht er sich recht gut. Kevin Seiler. Die beiden sind fast gleichzeitig zu uns gekommen und haben von Anfang an so etwas wie ein Team gebildet. Wir sehen das gerne und unterstützen das auch. Das erhöht die Chancen, sauber zu bleiben."

„Aber dieser Kevin hat nicht bei den Wolfs gearbeitet?", erkundigte sich Brechtl.

„Nein."

„Gibt es feste Zeiten, zu denen die Jugendlichen hier sein müssen oder raus dürfen?"

„Wir sind hier kein Gefängnis, Herr Hauptkommissar Brechtl, aber natürlich gibt es Einschränkungen. Nach Feierabend, also ab ungefähr sechzehn Uhr, können die Jugendlichen, abgesehen von ihren Aufgaben hier im Haus, ihre Freizeit auch außerhalb der Einrichtung gestalten. Bis einundzwanzig Uhr müssen sie zurück sein und nach zweiundzwanzig Uhr sind die Türen versperrt und eine Nachtbereitschaft sorgt dafür, dass die Jungs keinen Unfug machen. Am Wochenende können die Jugendlichen mit Erlaubnis auch ihre Eltern besuchen. Das hängt alles vom Einzelfall ab."

„Und wie ist das bei Thilo, besucht er seine Eltern?"

„Nein, sein Vater ist wie gesagt verschwunden und seine Mutter befindet sich selbst in psychiatrischer Behandlung. Unter diesen Umständen wäre das nicht sinnvoll."

„Was macht er dann in seiner Freizeit?"

„Thilo ist da etwas eigen. Obwohl es ihm erlaubt war, hat er das Haus anfangs sehr selten verlassen. Inzwischen hat sich das geändert. Er fährt manchmal nach Nürnberg ins Kino oder zum Einkaufen. Und er ist oft bei den Wolfs, die Arbeit scheint ihm Spaß zu machen und soweit ich weiß gibt die Tochter ihm Reitunterricht."

Brechtl war fürs Erste zufrieden und Dimi war längst aufgestanden und betrachtete die Kinderzeichnungen an den Bürowänden.

„Ja, dann danke ich Ihnen für die Auskünfte. Jetzt möchte ich mich gern noch mit Herrn Schubert unterhalten, bitte."

Der Diakon führte die Kommissare hinaus und ging mit ihnen über eine kleine Brücke an einem großen Gebäude vorbei. Er erklärte ihnen, dass dies die geschlossene Anstalt für, wie er sich ausdrückte, „kompliziertere Fälle" sei. Sie gelangten zu einer Anzahl von Doppelhäusern, die allesamt etwas renovierungsbedürftig aussahen. Häberle steuerte auf das Haus ganz links zu.

„Das ist Haus 29b. Thilo Schubert hat sein Zimmer im ersten Stock. Unten sind die Küche und die Gemeinschaftsräume. Und ganz oben haben wir ein Apartment, das ist für kleine Gruppen gedacht, steht aber im Moment leer."

Sie stiegen die Treppe hoch, die sich zwischen den beiden Haushälften befand. Auf dem ersten Treppenabsatz befand sich eine Gittertür, die zu einem hoch umzäunten Sportplatz führte.

„Der Azubi-Hartplatz", erklärte der Diakon, „da können die Jugendlichen in ihrer Freizeit Fußball oder Basketball spielen. Und hier oben ist das Nachtbereitschafts-Zimmer. Ein Bereitschaftler ist immer für zwei Häuser zuständig."

Die Polizisten folgten Häberle durch das Zimmer in einen Flur und schließlich an eine Zimmertür. Daran hing ein DIN-A4-Blatt mit einem kunstvoll gestalteten Schriftzug, der an einen Graffiti-Tag erinnerte: „Thilo".

„Bitte. Das ist das Zimmer von Thilo Schubert. Sie finden allein zurück?", verabschiedete sich Häberle.

„Ja, sicher, vielen Dank!"

Brechtl klopfte an die Tür und hörte ein „Ja" von drinnen.

Er öffnete die Tür und hielt sie für Dimi auf, aber der winkte ab. Er blieb auf dem Flur an dem Geländer der Holztreppe stehen, die nach unten in die Gemeinschaftsräume führte.

Das Zimmer von Thilo Schubert war für einen Jugendlichen seines Alters ungewöhnlich aufgeräumt. Ob er das nur wegen des Besuchs gemacht hatte, konnte Brechtl nicht beurteilen. Thilo saß im Schneidersitz auf seinem Bett und legte eine Zeitschrift weg. Er sah erschreckend alt aus. Natürlich nicht wie ein alter Mann, aber auf siebzehn hätte man ihn sicher nicht geschätzt. Seine Gesichtszüge hatten nichts Kindliches, er war schlank, fast dünn und die dunkle Tätowierung auf seinem Hals ließ ihn noch blasser wirken, als er ohnehin war. Die Haare waren ordentlich geschnitten und auch nicht mehr so bunt wie auf dem Foto aus der Polizeiakte.

„Ich bin Hauptkommissar Brechtl von der Kripo Schwabach und möchte mich gerne mit Ihnen unterhalten. Oder darf ich noch du sagen?"

„Wie Sie wollen." Seine Stimme klang etwas nervös.

„Thilo, ich ermittle in dem Mord an Jochen Wolf. Das hast du ja sicher schon mitbekommen."

Thilo nickte. Brechtl setzte sich auf den Schreibtischstuhl und nahm sein Notizbuch aus der Jackentasche.

„Herr Wolf ist mit einer Mistgabel erstochen worden. Darauf waren unter anderem deine Fingerabdrücke."

„Na ja, ich miste ja immer die Pferde aus. Klar sind da meine Fingerabdrücke drauf."

„Aber außer deinen und den Fingerabdrücken von Carmen Wolf haben wir keine gefunden."

„Und was soll das jetzt heißen? Dass es einer von uns beiden war, oder was?"

„Es ist natürlich möglich, dass der Täter Handschuhe getragen hat."

„Also. Was wollen Sie dann von mir? Ich hab ihn sicher nicht umgebracht! Und Carmen bestimmt auch nicht!"

Brechtl machte eine kurze Pause, dann fragte er weiter: „Wie verstehst du dich denn mit Herrn Wolf?"

„Ich hab jetzt nicht so viel mit ihm zu tun. Der ist ja nie zu Hause und so."

„Du bist schon fast ein Jahr bei den Wolfs, da wirst du ihn ja wohl mal getroffen haben."

„Ja, sicher."

„Und …?"

„Ich glaube, er mochte mich nicht besonders. Das liegt wohl mehr daran, na ja, an meiner Vergangenheit und so. Er mochte die anderen Jungs vom JHZ auch nicht, die vorher da waren."

„JHZ?"

„Jugendhilfe-Zentrum", erklärte Thilo.

„Und wie stehst du zu Herrn Wolf?"

„Ganz ehrlich? Ich kann ihn auch nicht leiden. Hält sich für was Besseres."

„Und der Rest der Familie?"

„Frau Wolf ist nett, sehr nett sogar, macht halt so auf sozial engagiert und so. Ist ein bisschen auf dem Mutter-Teresa-Trip, aber sonst schon okay."

„Und Carmen?"

„Is schwer in Ordnung. Weiß 'n Haufen über Pferde und so."

„Du bist doch oft mit ihr zusammen, oder?"

„Ja, schon, im Stall und so."

„Konnte der keinen Satz ohne ‚und so' sagen?", dachte Brechtl.

„Und was sagt sie so über ihren Vater?"

Er zuckte mit den Schultern.

„Dass er 'n Arschloch is, aber 'n Haufen Kohle hat."

„Du meinst, sie mochte ihn nicht?"

„Nee!"

„Aber er ist doch ihr Vater."

„Na und? Deswegen muss sie ihn doch nicht mögen, oder? Ich hab meinen Alten nicht mehr gesehen, seit ich sieben war."

„Wann warst du denn zuletzt bei den Wolfs?"

„Heute Mittag. Aber war alles voller Bullen da, die haben mich nicht reingelassen. Carmen ist rausgekommen und hat mir alles erzählt und mich wieder heim geschickt."

„Die ‚Bullen' hab ich überhört, ja. Ich meinte vor dem Mord, wann warst du da das letzte Mal dort?"

„Am Sonntag, meinen Sie?"

„Ja, am Sonntag meine ich."

„Früh halt, misten, füttern und so."

„Geht's ein bisschen genauer?"

„Ich schau doch nicht dauernd auf die Uhr. Vormittags halt, so um zehn."

„Und ist dir irgendetwas aufgefallen?"

Er zuckte mit den Schultern.

„Pfff! Nee, war alles ganz normal."

„Wie kommst du eigentlich da hin? Sind ja doch zehn Kilometer nach Altdorf."

Thilo zögerte kurz.

„Wollen Sie die offizielle Version oder die Wahrheit?"

Brechtl warf ihm nur einen vielsagenden Blick zu.

„Offiziell fahr ich mit dem Fahrrad. Aber ich hab einen Motorroller, von Carmen. Darf aber der Häberle nicht wissen."

„Und du hast einen Führerschein?"

Er griff in seine Hosentasche.

„Woll'n Sie 'n sehn? Ich bin doch nicht blöd und lass mich wegen Schwarzfahren verknacken."

„Nein danke, ich bin nicht von der Verkehrspolizei. Wo hast du denn den Roller, wenn Herr Häberle ihn nicht sehen soll?"

„Der steht beim Mauschel-Hof in einem von den Schuppen."

„Mauschel-Hof?"

„So ein alter Bauernhof, den sie wieder hergerichtet haben. Keine fünf Minuten von hier. Ich kenn den Besitzer. Ist voll in Ordnung, der Typ. Der hat mir erlaubt, dass ich den Roller da reinstelle."

Brechtl nickte und schrieb eifrig in seinen Kalender.

„Wollen Sie sonst noch was wissen?", fragte Thilo.

„Tut es dir leid, dass Herr Wolf tot ist?"

Thilo zuckte nur gleichgültig mit den Schultern.

„Wo warst du eigentlich in der Nacht von Sonntag auf Montag?"

„Na hier natürlich. Wir dürfen nachts nicht raus. Ab zehn Uhr sind die Schotten dicht."

Brechtl hielt Thilo den Kalender hin und bat ihn, alles durchzulesen und dann zu unterschreiben.

„Gut, das war's im Moment", endete Brechtl, nachdem Thilo unterschrieben hatte, „aber ich komm bestimmt noch mal zu dir. Wiedersehn, Thilo."

„Ja, bitte, meinetwegen. Aber ich kann Ihnen eh nichts sagen", antwortete Thilo mit einer gleichgültigen Geste und nahm seine Zeitschrift wieder in die Hand.

Vor der Tür wartete Dimi auf Brechtl.

„Und, Kalle, was hast du gefunden?"

„Nicht viel. Ist nicht besonders gesprächig, der Junge."

„Dafür ich weiß bisschen mehr."

Brechtl schaute ihn verwundert an.

„Was weißt du?"

„Zum Beispiel, dass der junge Mann geht gerne mit Carmen Wolf in die Scheune, aber nicht zum Heuholen, um so zu sagen."

„Wie meinst du das?"

„Geht er auch gerne mal nachts aus Haus, wenn nicht darf. Da gibt es Fenster in leere Zimmer da hinten, wo man über Zaun von Sportplatz klettern kann."

„Woher weißt du das alles?"

„War ich bei seinem Kumpel Kevin."

„Und der hat dir das alles einfach so erzählt?", fragte Brechtl skeptisch.

„Nicht einfach so, Kalle. Musst du Brücken bauen."

„Was für Brücken bauen?"

Dimi holte seinen Geldbeutel aus der Hosentasche und zog einen Zwanzig-Euro-Schein heraus. Er zeigte Brechtl die Rückseite des Scheins.

„Da siehst du, auf jedem Euro-Schein sind Brücken drauf. Drum in Bulgarien wir sagen ‚Brücken bauen'."

„Du hast ihn bezahlt?"

„Ich habe Geld geschenkt, weil er dringend braucht, und er hat Information geschenkt, weil ich dringend brauche. Wir sind quitt."

Brechtl war gar kein Freund dieser bulgarischen Methoden. Aber was sollte er machen, jetzt war es sowieso schon zu spät. Außerdem war das, was Dimi herausgefunden hatte, wirklich interessant. Deshalb schaute er Dimi nur streng an. Der zog die Schultern hoch, als wollte er sagen: „Was soll's, hat doch geklappt!"

Als sie auf dem Rückweg zum Auto waren, fiel Brechtl etwas ein.

„Ihr habt doch überhaupt keinen Euro in Bulgarien. Ihr habt doch Dings ... Lew."

„Kalle. Für Lew du kannst Brot kaufen und Benzin. Aber sonst nix. Sind bloß alte Männer und komische Bildchen drauf. Damit kann man nicht Brücken bauen."

Er setzte wieder sein breites Grinsen auf. Das erste Mal seit dem Zwischenfall auf der Herfahrt. Bis sie die Inspektion erreichten, war Dimi wieder ganz der Alte. Klatschend ging er in das Büro von Sonja. Die saß an ihrem PC und tippte ihre handschriftlichen Aufzeichnungen ab. Dimi stützte sich auf die Lehne ihres Stuhls und schaute ihr dabei über die Schulter.

„Auch interessant. Kalle, schau mal!"

„Du musst das nicht lesen. Ich kann es euch beiden auch erzählen", sagte Sonja.

Dimi schlenderte hinüber in Brechtls Büro und ließ sich auf einen Stuhl fallen.

„Gut, dann nicht lesen, sondern hören!"

„Wie wär's mit einem Kaffee dazu?", fragte Sonja mit einem Lächeln.

„Sehr gute Idee! Kalle, machst du Kaffee?"

Brechtl ließ sich erst gar nicht auf eine Diskussion ein. Er schaltete die Kaffeemaschine ein und hatte so die Chance, sich seine Tasse zu sichern. Anschließend setzten sie sich an seinem Schreibtisch zusammen und berichteten von ihren Vernehmungen. Nachdem Brechtl fertig war, erzählte Sonja von ihrem Besuch bei der Familie Neubauer.

Die Witwe des Fertigungsleiters, Anna Neubauer, hatte erhebliche Schwierigkeiten. Die Lebensversicherung ihres Mannes weigerte sich, die ihr zustehende Summe auszuzahlen. Der Streit um eine im Vertrag stehende Suizidklausel würde wohl vor Gericht gehen. Der Verlust ihres Mannes war für sie und die Kinder schwer zu verkraften. Vor allem der neunzehnjährige Sohn war Sonja aufgefallen. Er hatte immer wieder gegen Greulich und Wolf gewettert. Dass es jetzt auch Wolf „erwischt" habe, „sei nur gerecht", zitierte ihn Sonja. Ohne ihn wäre es gar nicht so weit gekommen mit der Firma Greulich. Der Junge schien gut informiert zu sein und ein vernünftiges Alibi konnte er auch nicht vorweisen. Sonja plädierte dafür, ihn auf die Liste der Verdächtigen zu setzen.

„Na toll", sagte Brechtl mit einem ironischen Unterton, „dann sind wir jetzt bei fünf. Fremmer, Frau Wolf, Greulich, Thilo Schubert und der ... wie heißt der Sohn von den Neubauers?"

„Christoph."

„Genau. Und Christoph Neubauer."

„Du darfst nicht vergessen, Carmen Wolf und die Fragezeichen. Du kennst ‚Mord in Orientexpress'? Vielleicht waren ja alle zusammen", mutmaßte Dimi.

„Also ganz ehrlich, Dimi, ich kann mir nicht vorstellen, dass da eine ganze Gruppe Leute hinter der Garage lauert und gemeinsam eine Mistgabel in Herrn Wolf rammt. Ich gehe schon eher von einem Einzeltäter aus. Gibt's eigentlich sonst was Neues?"

„Während ich mit Jan bei den Neubauers war, hat Manne das Video aufbereitet. Er hat alles rausgeschnitten, wo sich nichts bewegt, und den Rest auf eine CD gebrannt. Die Originalkassette ist unterwegs zum LKA."

„Das hat unser Manne ganz allein fertiggebracht?", spöttelte Brechtl.

„Der Martin hat ihm dabei geholfen. Den hat er sich noch schnell geschnappt, weil der ab morgen im Urlaub ist."

Urlaub. Brechtl fiel ein, dass er für nächste Woche auch Urlaub beantragt hatte. Aber er war da sehr flexibel. Seit er wieder Single war – und das war er inzwischen seit über fünf Jahren – verbrachte er seinen Urlaub sowieso meistens zu Hause. Die letzte Urlaubsreise mit seiner Ex-Freundin Regine war ihm noch in sehr schlechter Erinnerung. Er zog es vor, ab und zu mit seinen Freunden übers Wochenende zum Modellfliegen in die Berge zu fahren und seinen Urlaub ansonsten mit Basteln, Musikhören und Faulenzen zu verbringen. Deshalb würde es ihm auch nichts ausmachen, notfalls seinen Urlaub zu verschieben, um den Fall abzuschließen. Das hatte er in den letzten Jahren schon des Öfteren getan.

„Wer is Martin?", wollte Dimi wissen.

„Martin Georgis, unser Computerfreak. Macht hier den Admin und kümmert sich um alles, was mit Computern zu tun hat."

„Is kein Problem, wenn er Urlaub hat. Das er kann, kann ich auch", war sich Dimi sicher, „war ich auf technische Gymnasium."

„Ja, is klar, Dimi ...", Brechtl lächelte süffisant und wechselte gleich wieder das Thema.

„... hat der Jan was von der Obduktion erzählt?"

„Ja, Todesursache war die Mistgabel. Ein paar Hämatome am Kopf. Anscheinend hat es einen Kampf gegeben, vor dem Mord. Du kriegst 'nen Bericht. Und der Rainer hat ein paar Textilfasern gefunden."

„Hmm. Du, Sonja, ich wollt heut ein bisschen eher heimgehen ..."

„Dienstag, weiß schon. Dimi und ich schmeißen den Laden hier schon."

„Wieso gehst du heim, weil Dienstag ist?"

„Weil Dienstag Männerabend ist. Sonja erklärt's dir schon. Ich pack's dann, gell."

„Äh, Kalle, warte noch!"

Dimi folgte ihm auf den Flur und fragte leise:

„Kalle, wer hat Kasse?"

„Welche Kasse?"

„Na ... Kasse halt, weißt schon."

„Nein, weiß ich nicht."

„Wo ich krieg meine dreißig Euro wieder, wo ich dem Freund gegeben habe. Kasse halt."

Brechtl schmunzelte. Er zog Dimi zu sich heran und begann zu flüstern: „Dimi, hör gut zu: Bei uns gibt es keine Kasse. Nicht für so was. Du bist in Deutschland."

„Und was is mit mein Geld? Is weg, oder was?"

„Nein, Dimi. Is nicht weg. Is nur woanders. Blöd gelaufen!"

Er klopfte ihm auf die Schulter, drehte sich um und ließ ihn stehen. Mit einem Lächeln auf den Lippen setzte er sich in seinen Golf und fuhr nach Hause.

Dienstagabend, Männerabend. Ein Termin, der in Brechtls Kalender eingemeißelt war. Einmal die Woche traf er sich mit seinen beiden besten Freunden Thomas und Markus und außer schweren Krankheiten und Auslandsaufenthalten gab es nichts, was als Entschuldigung für ein Fehlen am Dienstagabend akzeptierbar gewesen wäre. Treffpunkt war wie immer der Keller von Thomas' Modellbauladen. Der Platz war ideal. Hier konnten sie nicht nur ihrem gemeinsamen Hobby, dem Modellbau, nachgehen. Sie waren auch ungestört und wussten, dass das, was sie sagten, den Raum nicht verlassen würde. Obwohl er natürlich eigentlich nicht über laufende Ermittlungen sprechen durfte, tat Brechtl es manchmal trotzdem, weil er sich sicher sein konnte, dass seine Freunde nichts ausplaudern würden. Schon ein paar Mal hatte er von einem der beiden die entscheidende Idee zur Lösung eines Falls bekommen.

„Alles klar, Herr Kommissar?"

Die immer gleiche Begrüßung, wenn er den Keller durch die Hintertür betrat.

„Wie leffd is Gschäfd?"

Die immer gleiche Gegenfrage an Thomas, der das Glück hatte, mit seinem Hobby auch noch Geld zu verdienen.

„Bassd scho."

„Wossn min Markus?"

„Kummd glei. Had nu an Wasserschoden."

Als Installateurmeister hatte Markus keinen regelmäßigen Feierabend. Da erging es ihm nicht anders als

111

Brechtl. Thomas saß auf einem Drehstuhl vor einer der Werkbänke. Auf seinem voluminösen Bauch ruhte das filigrane Teil eines Einziehfahrwerks, in das er geduldig versuchte, eine Feder einzuhängen. Über den Brillenrand lugte er zu Brechtl.

„Schausd schlechd aus, Alder. Sdress ghabd?"

„Dange fias Komblimend. Ey, du glabbsd ned, wos bei mir in der Erberd los is."

Brechtl wollte gerade ansetzen, von dem Ärger mit Dimi zu erzählen, als Markus in den Keller kam. Seine Hose war bis zu den Knien nass und sein T-Shirt sah auch ziemlich mitgenommen aus. Mit gesenktem Kopf und hängenden Schultern ging er zu einem der Stühle und ließ seine fast zwei Meter große Gestalt hineinfallen.

„Legg mi am Aarsch. Su a Volldebb!"

„Servus Markus, wos woarn los?"

Markus schüttelte resigniert den Kopf.

„Unser Spezialstift. Der is zu bläid, dass er a Luuch in Schnee nei brunsd. Blos an Gaddnwasserhohner hädder oschläisn solln. Woss machd er? Aa Muffm had er ned gscheid verbressd, ned noochbrüfd, wäi is scho dausnd-mol gsachd hob, eimfach is Wasser aafdreed und hamm ganger. Ner had sis 'n nauspfiffm, di Muffm. Und bis die Kundschafd wos gmergd had, is der Keller scho under Wasser gschandn. In Schädl hobbi mer aa nu oghaud in den Scheiß niedern Aldbaukeller."

Demonstrativ senkte er den Kopf auf die Brust. Auf seiner kreisrunden Glatze, die aussah wie eine Mönchs-tonsur, war ein dicker roter Strich zu sehen. Thomas blickte wieder über den Brillenrand und meinte nur:

„Delle in der Fontanelle?"

„Ez glaabis langsam mid dem Fachgräfdemangl. Hasd du a Seidler fiä mich?"

Thomas deutete mit dem Kopf in Richtung Kühl-schrank. Brechtl stand auf und versorgte Markus und sich mit einem Meisterbräu aus Unterzaunsbach. Thomas hatte wie üblich sein Malzbier vor sich stehen.

„Wos dreibsdn?", fragte Markus, mit Blick auf das Teil, das immer noch auf Thomas' Bauch ruhte.

„Die Dreggsfeder gäid ned nei."

Brechtl musste jetzt endlich seinen Kummer loswerden. Im Gegensatz zu seinen Freunden, die beide verheiratet waren, hatte er niemanden zu Hause, dem er sein tägliches Leid klagen konnte. Also erzählte er ihnen ausführlich, was er mit seinem neuen Kollegen erlebt hatte, und auch von dem Fall, den er gerade bearbeitete.

„Ja mei, mid dem mousd rechner, dass die andern anderschd sin. Mir sinns ja aa", war Markus' lapidare und zugleich philosophische Antwort auf Brechtls Schilderung der bulgarischen Methoden.

Thomas zeigte sogar Verständnis für Wolf und Greulich.

„Die Undernehmer werd immer vorgworfm, wenns a Geld verdiener wolln. Obber ihr gäid doch aa in die Erberd, dasser a Geld verdiend."

„Ja subber. Und die boar hunderd Leid, die wo edz aff der Schdrass schdenner?"

„Siegs hald amol anderschd. Wenn der des Gschäfd ned su grous gmachd hädd, häddn die alle erschd goar ka Erberd ghabbd."

„Wenn iich meine zwaa Kinder ned gmachd hädd, wärns aa ned aff der Weld", argumentierte Markus, „desweng derf is aa ned umbringer."

„Ez ieberdreib amol ned. Arbeidslos wern und umbringer is ja woll doch nu erweng a Underschied."

„Ner ja, zwaa Doude hommer scho", gab Brechtl zu bedenken.

„Des is freili Scheiße. Ich sooch ja aa ned, dass iich des gud find vo dem Dings, dem Greulich, ich wass ja aa ned, wäi des genau gloffm is mid seiner Firma. Obber di Leid seeng des hald immer erweng einseidich. Wenns der Firma goud gäid, lichds an di Arbeider und wenns erra schlechd gäid, woars der Chef."

„Du als Chef siggsd des freili anderschd."

„Iich glaaner Hansl mid meine drei Leid … Obber es schdimmd scho. Wenn die an Scheiß verzabfm, bin iich aa ganz schnell wech vom Fensder."

„Und der Wolf, der wo bloß Geld machd midm Elend vo die Leid?"

„Siggsd ja, wossn des brachd had. Obber schau, der sicherd dein Arbeidsblads, Kalle", grinste Thomas.

„Du bisd a Debb!"

„Ez hobbis!"

„Wos?"

„Däi Dreggsfeder. Ez is nei gschlubfd!"

Glava pet / Kapitel fünf

Mittwoch 8:45

Es war wieder spät geworden, wie so oft am Dienstagabend. Zu spät. Mit entsprechend kleinen Augen schlurfte Brechtl am nächsten Morgen in sein Büro und ließ sich in seinen bequemen Schreibtischsessel fallen. Unter Berufung auf seine gelegentlichen Rückenprobleme hatte er dem Chef letztes Jahr dieses ergonomisch optimierte Modell mit Nackenstütze und gepolsterten Armlehnen aus dem Kreuz geleiert. Es war fast so gemütlich wie sein Wohnzimmersofa, was aber nicht gerade dazu beitrug, ihn wacher werden zu lassen.

Vor ihm auf dem Tisch lag, von Sonja sorgfältig ausgearbeitet, die Liste mit den Verdächtigen und den dazugehörigen Anmerkungen. Brechtl betrachtete sie mit einem Kopfschütteln. Es waren zu viele – Wolf hatte einfach zu viele Feinde und jeder von ihnen hätte ein ausreichendes Motiv gehabt, ihn umzubringen. Neben der Liste lag die CD mit den Bildern der Überwachungskamera. Brechtl nahm sich vor, sie sich noch einmal ganz genau anzuschauen, aber jetzt brauchte er erst einmal einen Kaffee. Es kostete ihm einige Überwindung, sich wieder aus dem Sessel zu erheben. Aber schließlich schaffte er es und schlich hinüber zu Sonja.

„Moin. Kaffee?"

„Moin, Kalle. Gerne. Spät geworden gestern?"

Er winkte nur ab, stellte Sonjas Tasse unter den Kaffeeautomaten und drückte auf die Taste.

„Gibbds wos Neis?"

„Die Jungs vom Rainer haben eine Tasche und einen Laptop in einem Gebüsch am Waldrand gefunden. Die Fingerabdrücke vom Wolf waren drauf, sonst keine. Allerdings war er übel zugerichtet, das ganze Display ist zerbrochen, hat der Rainer gesagt."

Brechtl stellte die „I am the Boss"-Tasse unter die Maschine. Sein Blick fiel auf „same shit – different day".

„Wo issn der ander?" In seinem Zustand war er des Hochdeutschen noch nicht mächtig.

„Der Dimi? Der hat den Laptop vom Rainer geholt und ist damit zum Martin."

„Hmm." Mehr brachte Brechtl nicht heraus. Nachdem er Sonjas Kaffee abgeliefert hatte, nahm er seine Tasse und setzte sich an den Schreibtisch. Die Buchstaben auf der Liste verschwammen vor seinen müden Augen.

„Die Staatsanwaltschaft hat auch schon angerufen. Das Übliche halt", berichtete Sonja.

„Wen hommern?"

„Hermann."

„Owäi – is jüngsde Gerichd. Der had mer grod nu gfelld!"

Staatsanwalt Hermann war noch ziemlich jung, daher hatte er seinen Spitznamen unter Brechtls Kollegen weg. Er war sehr engagiert und manchmal auch ein bisschen übereifrig. Außerdem war er ein „Dibferlers-Scheißer", also ein ausgesprochen korrekter Mensch, dem Formulare über alles gingen und der keinerlei Verständnis für unkonventionelle Ermittlungsmethoden hatte.

Brechtl schlürfte vorsichtig den Schaum von seinem Kaffee. Dabei fiel ihm etwas ein:

„Hasd du ned gsachd, der Maddin had Urlaub?"

„Ja, stimmt."

„Und wo iss der Dimi dann mid dem Rechner hie?"

„Zum Martin in die Werkstatt."

Das war der Moment, in dem Brechtl hellwach wurde. „Oh bidde, ned!" Er knallte die Tasse so auf den Schreibtisch, dass ein Schluck Kaffee überschwappte, sprang aus seinem Sessel und rannte los. Während er auf dem Weg ins Erdgeschoss war, wo sich Martins Computerwerkstatt genau am anderen Ende des Gebäudes befand, schickte er Stoßgebete gen Himmel. Vergeblich. Als er die Werkstatttür aufriss, fand er Dimi genau so vor, wie er befürchtet hatte. Der Bulgare saß in derselben komischen Tracht, die er schon am Vortag getragen hatte, an einem der Arbeitstische. Vor ihm lag Wolfs Laptop, in Einzelteile zerlegt, wie auf dem Seziertisch. Ein Wust von Kabeln und Werkzeugen war auf dem Schlachtfeld verteilt. Dahinter flimmerte ein Bildschirm.

„Dimi, was zum Teufel machst du da?"

„Dir auch wunderschönen guten Morgen, Kommissar Kalle!" Schon wieder dieses Grinsen. „Ich arbeite."

Brechtl stellte sich neben ihn und hielt schützend die Hände über das Elektronikgemetzel.

„Lass bloß die Finger davon. Das sind Beweismittel. Da muss ein Fachmann ran."

„Bin ich Experte. Hab ich dir schon gesagt."

„Hör auf mit dem Unfug."

„Bin schon fertig. Schau!"

Unter Brechtls ängstlichem Blick drillte Dimi zwei Kabel zusammen. Der Bildschirm wurde erst schwarz, dann erschien die übliche weiße Schrift und schließlich das Windows-Logo, das zur Eingabe des Passworts aufforderte. Dimi drehte die Handflächen nach oben und grinste.

„Hab ich gesagt. Bin ich Experte."

„Ja schön. Und jetzt? Du weißt doch das Passwort nicht."

„War nur Test. Jetzt mache ich Kopie von ganze Festplatte, dann hab ich Zeit."

„Dimi, wenn das schiefgeht, dann Gnade dir Gott."

„Schwarze Sara ist immer gnädig mit mir", meinte Dimi.

„Welche Sara?"

„Schwarze Sara. Ist Schutzpatronin von Roma."

„Du bist Roma?"

„Nicht direkt. Meine Großvater war Ziganin. Aber hat Schnauze voll und ist geblieben bei Oma."

„Was ist Ziganin"

„Bulgarische Wort für Zigeuner."

„Bei uns ist Zigeuner ein Schimpfwort."

„Bei uns auch. Aber Opa war Ziganin. Hab ich viel von ihm gelernt."

„Das glaub ich sofort. Das Computerreparieren wahrscheinlich auch."

„Kalle. Hast du keine Vertrauen in mir?"

Brechtl warf ihm nur einen vielsagenden Blick zu.

„Wartest du halbe Stunde, dann bringe ich dir Daten. O.K.?"

„Mach bloß keinen Scheiß!"

„Sag ich dir noch mal, bin ich Experte. Jetzt gehst du hoch, machst du Kaffee und dann komm ich."

Dimi klopfte ihm freundschaftlich auf die Schulter, drehte sich um und widmete sich wieder seinem Chaos.

Als Brechtl nach zahlreichen weiteren Stoßgebeten sein Büro erreicht hatte, stand Sonja mit ein paar DIN-A4-Seiten in der Hand in der Verbindungstür.

„Und?", fragte sie.

„Der hat den kaputten Laptop auseinandergenommen und echt wieder zum Laufen gebracht. Ich hoff bloß, der macht keinen Unfug damit."

„Du, der hat echt was drauf in solchen Sachen. Da brauchst du dir keine Sorgen zu machen."

Brechtl blieb skeptisch. Er zeigte auf die Papiere.

„Was ist das?"

„Der Autopsiebericht. Nix Neues."

Brechtl blätterte das Fax durch. Todesursache und Zeitpunkt, die beiden wichtigsten Punkte, standen gleich am Anfang und brachten tatsächlich nichts Neues. Einige Fotos zeigten die Hämatome an der Schläfe, die ein seltsames regelmäßiges Muster aufwiesen. Auf weiteren drei Seiten wurde ausführlich erklärt, dass Wolf außer zwei Promille Alkohol keine Giftstoffe im Blut hatte und dass er im Prinzip kerngesund wäre, wäre er nicht tot. Auch was er gegessen hatte, war genau beschrieben – eine opulente Henkersmahlzeit. Brechtl erinnerte sich nur zu gut an die letzte Obduktion, bei der er zugeschaut hatte. Als sie damals den Magen öffneten und den Inhalt herausnahmen, war für ihn der Zeitpunkt erreicht, an dem auch sein eigener Magen seinen Inhalt loswerden wollte. Diese Bilder gingen ihm nicht mehr aus dem Kopf. Doktor Schneider hatte ihn nur mitleidig angeschaut und dann weiter sein Liedchen vor sich hin gepfiffen. Seltsame Typen waren das schon – eine Mischung aus Metzger und Forensiker. Einerseits schnitten und sägten sie brutal an den Körpern herum, dann aber analysierten sie wieder feinste Gewebeproben. Brechtl legte das Fax auf seinen Schreibtisch. Eines interessierte ihn aber doch noch, also griff er zu seinem Telefon und wählte die Nummer, die oben auf dem Briefkopf stand.

„Uni Erlangen Gerichtsmedizin, Eckhard, Grüß Gott!", meldete sich eine freundliche Frauenstimme. Was heißt freundlich! Genau gesagt war sie richtig sexy.

„Brechtl, Kripo Schwabach, Grüß Gott. Ich wollt gern mit Herrn Doktor Schneider sprechen."

„Der Herr Doktor Schneider ist leider gerade nicht da. Kann ich Ihnen auch weiterhelfen, ich bin seine Assistentin."

„Ich weiß nicht, vielleicht … es geht um den Fall Wolf, da hätte mich noch etwas interessiert."

„Haben Sie unser Fax nicht bekommen?"

„Doch, doch. Aber ich wollt noch was anderes wissen."

„Na, dann sagen Sie mir doch mal die Vorgangsnummer, die steht oben rechts auf dem Fax."

Was sollte das denn jetzt? So viele Mordopfer namens Wolf werden sie diese Woche ja wohl nicht hereinbekommen haben. Aber bitte … Brechtl diktierte brav die Nummer.

„Danke, Herr Brechtl. Ich wollte nur überprüfen, ob ich Ihnen tatsächlich eine Auskunft geben darf. Könnt ja jeder anrufen."

„Ach so, ja klar." So klar war ihm das gar nicht, aber wenn er so darüber nachdachte … sie hatte wirklich eine sexy Stimme. Brechtl versuchte, sich die Frau am anderen Ende der Leitung vorzustellen. Aber vor seinem inneren Auge sah sie aus wie Regine, seine Ex-Freundin. Das konnte nicht sein.

„Und was möchten Sie jetzt wissen?"

„Hmm?"

„Was Sie wissen möchten?"

„Ach so, ja, ich wollte wissen, warum er nicht geblutet hat, also fast nicht."

„Zu dem Zeitpunkt, als Sie ihn gefunden haben."

„Ja genau."

„Er war tot."

Klasse Aussage. Vielleicht hätte er doch auf ihren Chef warten sollen.

„Aber er hatte vier Löcher in der Brust. Da hätte er irgendwie schon ein bisschen mehr bluten können, finde ich."

„War's Ihnen zu wenig? Das tut mir leid."

„Haha. Sehr witzig. Man wird auf eine vernünftige Frage doch wohl eine vernünftige Antwort erwarten können", dachte Brechtl brummig. Sie erinnerte ihn immer mehr an seine Ex-Freundin.

„Wenn ich Ihnen das erklären darf, Herr Brechtl: Einer der Zinken hat die linke Herzkammer durchbohrt, die anderen die Lunge. Das Herz hat also sofort aufgehört zu schlagen und kein Blut mehr gepumpt. Und die

Löcher waren mit den Zinken verstopft. Also ist – zumindest zu dem Zeitpunkt – kaum Blut herausgeflossen. Als wir den Patienten dann auf unserem Tisch liegen hatten und die Mistgabel herausgezogen haben, da ist dann …"

„Danke, das kann ich mir schon lebhaft vorstellen. Eine Frage nur noch: Wie wurde die Leiche denn transportiert? Stelle ich mir schwierig vor, mit der Mistgabel in der Brust."

„Wir haben den Stiel vorher abgesägt. Haben Sie sonst noch … Fragen?"

Dem Ton nach hörte sich das an wie: „Blöde Fragen."

„Nein, danke für die Auskunft, Frau …" Schon wieder den Namen vergessen.

„Eckhard. Doktor Regine Eckhard. Schönen Tag noch, Herr Brechtl."

„Ihnen auch, Frau Regine." Brechtl hatte schon aufgelegt, als er den Fauxpas bemerkte. Warum musste die jetzt ausgerechnet Regine heißen?

Brechtl ging zum Waschbecken, holte sich ein paar Papierhandtücher und wischte die Pfütze auf, die sich immer noch unter seiner Kaffeetasse befand. Er probierte einen Schluck, stellte aber angewidert fest, dass das braune Gebräu inzwischen eiskalt war. Er schüttete den Rest ins Wachbecken und warf die Maschine wieder an.

„Koffeinspiegel zu niedrig?", fragte Sonja, als sie das Röcheln der Maschine hörte.

„Magst auch noch einen?"

„Nee, danke! Mit wem hast du denn telefoniert?"

„Ach – nicht so wichtig … Du sag mal, wie viele Frauen kennst du, die Regine heißen?"

Sonja überlegte und zählte unnötigerweise mit den Fingern mit.

„Zwei. Deine Ex und die Regine Eckhard, die Assistentin vom Doktor Schneider."

„Die kennst du?"

„Klar. Ist eine gute Freundin von meiner Schwester, wir gehen sogar öfter mal zusammen weg."

„Wie iss 'n die so?"

„Nett. Warum?"

„Ach, nur so!"

Das inzwischen gewohnte, aber trotzdem nicht minder nervige Klatschen auf dem Flur kündigte Dimis Ankunft an. Mit großer Geste betrat er das Büro.

„Und ...", fragte Brechtl, „... hast du's geschafft?"

Dimi sah ihn mit einem gespielt empörten Gesichtsausdruck an. Dann zog er einen USB-Stick aus der Hosentasche.

„Alles drauf, was interessant. Hab ich dir gesagt bin ich ..."

„Experte. Ja, das hast du erwähnt. Aber du glaubst jetzt nicht ernsthaft, dass ich den USB-Stick in meinen Rechner stecke – oder?"

„Warum?"

„Weil ich keine Lust auf irgendwelche Viren und Trojaner habe!"

„Das ist andere. Der ist sauber."

„Wer's glaubt, Dimi. Vergiss es!"

Dimi holte einen zweiten Stick aus der Tasche: Schaust du, der hat rote Kappe. Das ist der mit Trojaner."

Brechtl überlegte fieberhaft, ob nicht irgendwo ein alter PC ohne Netzanbindung herumstand, aber es fiel ihm keiner ein.

„Kalle, ehrlich, ich schwör ..." Dimi legte die rechte Hand auf das Herz und streckte drei Finger der linken in die Höhe. Dazu machte er einen feierlichen Gesichtsausdruck: „... bei schwarze Sara!"

„Ich warne dich!" Brechtl nahm langsam und vorsichtig den USB-Stick, ohne Dimis Gesicht aus den Augen zu lassen. Dann steckte er ihn in seinen PC. „Da-Ding."

„Reingefallen!", rief Dimi.

Brechtl riss den Stick wieder heraus. „Di-Dong." Er warf Dimi einen bitterbösen Blick zu.

„Nur Spaß!", grinste der Bulgare.

„Ich bin jetzt wirklich nicht zum Scherzen aufgelegt!", brummte Brechtl und steckte den Stick erneut ein. „Da-Ding."

„Wie bist du denn auf das Passwort gekommen?"

„Bin ich nicht. Hab ich Software dafür."

Der Explorer zeigte eine Unmenge an Unterverzeichnissen unter dem Ordner „Daten_Wolf" an. Es würde ewig dauern, sie zu durchsuchen. Sie mussten ein System finden, um die relevanten Daten herauszufiltern. Brechtl scrollte die Liste rauf und runter. Dann lehnte er sich zurück und legte die Stirn in Falten.

„Warum schmeißt der Täter den Laptop weg?"

„Weil kaputt ist", antwortete Dimi.

„Und warum macht er ihn kaputt? War doch ein teures Teil. Ich meine, der Wolf hat ja sicher keinen kaputten Computer mit sich rumgeschleppt. Der war ja wohl vor dem Mord noch in Ordnung."

„Vielleicht war irgendwas drauf, was den Täter belastet hätte. Irgendwelche Daten, die er zerstören wollte", mutmaßte Sonja.

Dimi war natürlich wieder anderer Meinung.

„Warum nimmt er dann nicht mit? Dann er kann in Ruhe Platte ausbauen und richtig kaputt machen."

„Vielleicht hatte er keine Zeit?"

„Keine Zeit mitnehmen, aber Zeit, kaputt machen. Das Quatsch, Kalle."

„Mann, was weiß ich. Irgendeinen Grund wird er schon gehabt haben!"

„Ist doch egal", mischte sich Sonja ein. „Auf jeden Fall müssen wir uns die Sachen genau anschauen. Von mir aus mach ich das." Sie zog den USB-Stick heraus. „Hilfst du mir, Dimi?"

Brechtl hielt das für keine besonders gute Idee. Wenn die beiden sich ins Kämmerlein verziehen würden, käme sicher nichts Vernünftiges dabei heraus. Zum Glück nahm Dimi ihm die Suche nach einem Alternativvorschlag ab.

„Hab ich mal ganz andere Frage. Mögt ihr Lammfleisch?"

„Was soll das jetzt wieder werden", dachte sich Brechtl, „das hatte ja wohl überhaupt nichts mit dem Fall zu tun."

„Ja, schon." Auch Sonja nickte heftig.

„Ich ...", er dachte kurz nach, wie das Wort richtig lautete, „... ich einlade euch zu Lammfleisch essen, heute Abend, bei meine Freund Boris in Garten."

„Danke, da komm ich gerne!", freute sich Sonja.

„Kommst du auch, Kalle. Musst du probieren!" Dimi küsste seine Fingerspitzen.

„Ja, warum nicht. Wie kommst du jetzt da drauf?"

„Hab ich Hunger. Kalle, kann ich Auto haben?"

„Wozu?"

„Muss ich Lamm besorgen. Gestern wie wir fahren nach Rummelsberg, hab ich ein Tchobanov gesehen, ein ... wie heißt deutsch ... Schäfer!"

An seinem alten Golf konnte er ja nicht viel kaputt machen, also holte Brechtl den Schlüssel aus der Jackentasche. Bevor er ihn dem Bulgaren überreichte, zögerte er noch.

„Du hast einen Führerschein, oder?"

„Natürlich kann ich Auto fahren." Er griff nach dem Schlüssel, aber Brechtl zog ihn wieder zurück.

„Das habe ich nicht gefragt. Ich will wissen, ob du einen Führerschein hast."

„Weißt du, Kalle, Deutsche sind komisch. Bei euch immer wichtig, was auf Papier steht, nicht, was einer kann. Was nutzt Papier? Papier ist billig. Hab ich meine Mutter Führerschein geschenkt, zu sechzigste Geburtstag, weil kann sie nicht mehr so gut laufen. Hat fünfzig Euro gekostet, kriegst du in Bulgarien an jede Ecke, wenn du weißt, wo Ecke ist. Aber Mutter kann nicht fahren. Hat später erst gelernt, von Vater. Also was ist Papier wert?"

„Dimi … zeig mir deinen Schein!"

Dimi holte seinen Geldbeutel heraus und zeigte seine Polizeimarke.

„Kalle, bin ich bei Polizei. Natürlich hab ich Führerschein."

„Den Schein, Dimi!"

Mit einem Kopfschütteln zog Dimi eine Karte aus dem Geldbeutel, auf der ein Foto von ihm und jede Menge kyrillischer Schriftzeichen waren. Brechtl untersuchte das Dokument. Klein gedruckt stand auch in verschiedenen anderen Sprachen das Wort „Führerschein" darauf.

„Da bitte. Und, weißt du ob echt ist?", fragte Dimi.

Brechtl gab ihm den Schein zurück und händigte ihm den Autoschlüssel aus. Im Namen des Burgfriedens.

„Danke, Kalle! Bring ich Mittagessen auch." Er steckte die Sachen ein und machte sich auf den Weg.

Brechtl und Sonja fingen an, die Daten zu inspizieren. Es war furchtbar langweilig. Hauptsächlich befanden sich auf dem USB-Stick Word-Dokumente, seitenlange Verträge, die in einem grauenhaften Juristendeutsch verfasst waren. Ellenlange Inventarlisten, Ordner mit Hunderten von Fotos, auf denen Gebäude und Maschinen abgebildet waren. Etwas interessanter waren schon die E-Mails, die zum Teil auch Wolfs persönliche Ansichten wiedergaben. Sie bestätigten, was alle Beteiligten, die sie bisher befragt hatten, über Jochen Wolf gesagt hatten. Er war ein Arschloch.

Über eine Stunde starrten sie jetzt schon auf den Monitor. Brechtl brauchte dringend eine Pause und lehnte sich zurück.

„Wie war's eigentlich Montagabend? Läuft dein Fernseher wieder?"

„War richtig nett! Dimi hat nicht mal eine halbe Stunde gebraucht, um alles einzustellen. Der hat echt mehr auf dem Kasten, als man glaubt."

„Ist er Experte – ich weiß. Und, wie lang war er noch bei dir?", fragte Brechtl beiläufig, dabei hätte ihn brennend interessiert, was sich am Montag bei Sonja abgespielt hatte.

„Och, wir sind erst noch eins trinken gegangen und dann noch auf einen Kaffee zu mir. War richtig lustig." Sonja blätterte derweil weiter in den Dateien von Wolfs Laptop.

„Auf einen Kaffee zu mir ... richtig lustig ..." Brechtl fühlte ein leichtes Kribbeln im Magen. Eifersucht? Quatsch! Schließlich war Sonja erwachsen und konnte machen, was sie wollte, redete er sich ein.

„Mhm", machte er bloß, weil ihm partout nicht einfiel, wie er sie weiter ausfragen sollte, ohne zu neugierig zu wirken. Das brauchte er auch nicht. Sonja erzählte ganz freiwillig weiter:

„Und gestern Abend sind wir auch zusammen weggegangen. Der Dimi kann privat ganz anders sein, als er sich so in der Arbeit gibt. Du musst ihn nur ein bisschen besser kennenlernen."

Sonja strahlte über das ganze Gesicht, während sie offensichtlich den gestrigen Abend vor ihrem inneren Auge Revue passieren ließ. Brechtls Gesichtszüge entgleisten. Das konnte ja wohl nicht wahr sein. „Seine" Sonja und der komische Kauz? So viel anders konnte der privat gar nicht sein. Er spürte sein Herz schlagen. Wenn die anderen Kollegen irgendwelche anzüglichen Bemerkungen machten, ließ ihn das kalt, aber jetzt auf einmal meldete sich sein Beschützerinstinkt. Was sollte er darauf sagen? Alle Varianten, die er in seinem Kopf durchspielte, könnte sie falsch verstehen. Denn obwohl sie ein wirklich freundschaftliches Verhältnis hatten, war sie immer noch eine Frau. Und da musste man seine Worte vorsichtig wählen, das wusste er aus leidvoller Erfahrung. Er beschloss, erst einmal die Klappe zu halten. Vielleicht würde sich heute Abend eine Gelegenheit ergeben? Um das Thema zu wechseln, rückte er mit seinem Stuhl wieder an den Schreibtisch und sagte:

„Mann, irgendwas muss doch da zu finden sein!"

Aber sie fanden nichts. Nichts, was als eindeutiges Indiz zu werten gewesen wäre. Brechtl war mit seinen Gedanken auch nicht richtig bei der Sache. Seine Augenlider waren schwer, die kurze Nacht machte sich bemerkbar und die Geschichte mit Sonja ging ihm nicht aus dem Kopf. Außerdem knurrte sein Magen. Er schaute auf die Uhr. Über zwei Stunden war Dimi jetzt schon weg. Die Sorge um sein Auto wurde zunehmend größer.

Endlich stand der Bulgare in der Tür, in einer Hand den Autoschlüssel, in der anderen eine Plastiktüte. Weil der Metzger nicht wusste, was Schweinesushi sein sollte, hatte Dimi Leberkäsweggla mitgebracht. Dazu packte er einen Schokotrunk und mehrere kleine Flaschen mit Gewürzsaucen aus. Dabei erzählte er aufgekratzt, wie er sich mit dem Schäfer unterhalten hatte. Von ihm hatte er den Tipp bekommen, wo es gutes Lammfleisch gibt, es gleich besorgt und zu seinem Freund gefahren. Er versprach ihnen das beste Lamm ihres Lebens, weil nur Bulgaren wüssten, wie man Lamm richtig zubereitet. Um sieben Uhr sei alles fertig, sagte er und gab ihnen die Adresse.

„So, jetzt wieder arbeiten!" Dimi war nach vier Leberkäsweggla, die er mit einer Chili-Sauce mit dem Aufdruck „X-tra hot" gewürzt hatte, satt und voller Tatendrang. „Was habt ihr gefunden?"

„Nix. Da ist so viel Scheiß drauf, da kannst du ewig

suchen. Aber was Brauchbares ist nicht dabei gewesen", meinte Brechtl resigniert.

Statt zu antworten, legte sich Dimi auf den Boden. Er machte einige seltsame Streckübungen und wälzte sich auf dem blauen Linoleumboden nach links und rechts. Sonja und Brechtl schauten sich an. Was war das denn? Aus dem Kerl konnte man nicht schlau werden. Dimi machte ein paar Sit-ups, drehte sich dann auf den Bauch und begann mit Liegestützen.

„Musst du ...", keuchte er zwischen den Liegestützen, „... Körper ... fit machen ... damit ... Kopf ... funktioniert." Er verlagerte das Gewicht auf eine Seite und machte mit einarmigen Liegestützen weiter, erst rechts, dann links. Brechtl beobachtete ihn mit Argusaugen. So ein Angeber. Er gab sich Mühe, sich nicht anmerken zu lassen, was er dachte. Schließlich sprang Dimi mit einer eleganten Bewegung auf und klatschte in die Hände.

„So. Jetzt kann losgehen! Was machst du für Sport, Kalle?"

„Hallen-Jo-Jo mit kurzer Schnur", brummte Brechtl, der sich heute manchmal fragte, wie er es bei der Einstellung in den Polizeidienst geschafft hatte, die Sportprüfung zu bestehen.

„Was?" Dimi verstand den Scherz nicht.

„Nicht schlecht, Dimi! Trainierst du öfter?", mischte sich Sonja ein und Brechtl glaubte, ein Leuchten in ihren Augen zu erkennen.

„Früher hab ich viel mehr, wie ich noch in Spezialeinheit war. Aber jetzt Knochen sind schon alt, ist nur noch bisschen Gymnastik für Rentner", grinste er.

Man wusste nie, ob er das, was er sagte, ernst meinte oder nicht. Immer hatte er ein unverbindliches Lächeln auf den Lippen und schaute, als könne er kein Wässerchen trüben. Brechtl tat sich schwer damit. Nach so langer Zeit bei der Polizei traute er sich einiges an Menschenkenntnis zu, aber der Bulgare brachte ihn an seine Grenzen. Brechtl musterte ihn. Die seltsamen Klamotten, die aus einem Altkleidercontainer stammen konnten, dazu die Takke, von der man nicht wusste, ob sie nun ein religiöses Symbol sein sollte oder ob er sie nur trug, weil sie ihm gefiel. Einerseits die naive Offenheit, mit der er auf Personen zuging, dann wieder der Scharfsinn, mit dem er Situationen erfasste und interpretierte. Und schließlich die Geschichten aus seiner Vergangenheit, von denen man nicht wusste, wie viel Wahrheit sie enthielten. Im Großen und Ganzen hinterließ er nur Fragezeichen in Brechtls Gehirn.

Der Kommissar nahm sich vor, die Gelegenheit heute Abend zu nutzen, um etwas mehr aus ihm herauszuquetschen. Bis dahin hatte er aber noch einiges an Arbeit vor sich, deshalb schloss er diese Gedankenspiele jetzt schleunigst ab.

„Also: Wenn auf dem Computer nichts Wichtiges oder Belastendes ist, was wollte der Täter dann? Vielleicht war ja noch was anderes in der Tasche, was ihn mehr interessierte."

„Gute Idee", lobte ihn Sonja. „Hast du schon mal den Rainer gefragt?"

Brechtl schüttelte den Kopf und wählte Rainers Nummer.

„Servus, iich bin's, der Kalle. Du sooch amol, woar außer dem Läbbdobb nu wos in derer Daschn?"

„A boar Babiere und a Fluch-Digged. Sunsd nix."

„Und Werdsachn?"

„Hommer goar nix gfundn. Di Fraa Wolf had gsachd, normol mäiserd er a Briefdaschn derbei ghobd hom. Däi is obber wech. Ich hob in Jan gsachd, er soll si drum kümmern, weecher die Grediddkaddn und so."

„Dangschen, Rainer."

„Du horch, Kalle, ich mou eds dann numol fodd zu

an Einbruch, obber morng fräi mousd amol unbedingd bei mir vobeischauer. Ich mou der wos zeing."

„Ja, mach i. Bis morng dann."

Brechtl legte auf und gab den Kollegen eine kurze Zusammenfassung.

„Vielleicht machen wir uns viel zu viele Gedanken und es war doch einfach ein Raubmord?", überlegte Sonja.

„Das Quatsch, Sonja. Räuber stellt sich nicht mit Mistengabel in die Ecke und wartet, bis einer mit Taxi vorbeikommt. Und dann macht auch nicht Laptop kaputt, sondern verkauft."

Klang einleuchtend.

„Ich will mir auf jeden Fall das Überwachungsvideo noch mal genau anschauen", sagte Brechtl und legte die CD in seinen Rechner. „Vielleicht haben wir irgendwas übersehen."

Eigentlich hatte er genug vom ewigen Auf-den-Bildschirm-Starren. Aber was blieb ihnen anderes übrig? Die Indizienlage war reichlich dürftig. Dimi zog einen weiteren Stuhl an den Schreibtisch und ließ sich gemütlich darauf nieder.

„Gut, machen wir Kino."

Auf Brechtls Monitor liefen die gleichen Szenen noch einmal ab, die sie schon am Vortag gesehen hatten. Immer wieder betrachteten sie den Zusammenschnitt, der im Ganzen jetzt nur noch zehn Minuten dauerte. Plötzlich klatschte Brechtl in die Hände und zeigte auf den Bildschirm.

„Ha!", rief er, „jetzt hab ich dich!"

Er war voller Stolz, dass es nicht Dimi war, dem die entscheidende Kleinigkeit aufgefallen war, und zog den Balken des Videoprogramms ein Stück zurück.

„Fällt euch an dem Auto was auf?"

Die Szene, in der das Auto nach der Tat vom Hof fuhr,

erschien auf dem Monitor. Es kam von rechts, hielt kurz an und verschwand dann links wieder aus dem Bild. Den Autotyp konnte man nicht erkennen, nur, dass es ein Kombi war. So sehr sich die anderen beiden auch anstrengten, sie konnten weder das Nummernschild noch sonst ein besonderes Merkmal ausmachen.

„Was ist?", fragte Dimi.

„Da!" Brechtl legte den Zeigefinger auf den Bildschirm. „Das rechte Bremslicht ist kaputt!"

„Oh prima." Dimi streckte den Daumen nach oben. „Wenn wir Mörder erwischt haben, kannst du gleich noch Strafzettel geben."

„Obacht!" Brechtl zog die Augenbrauen hoch und hob schulmeisterlich den Zeigefinger. Dann wählte er eine frühere Szene aus: Man sah, wie Fremmer mit seinem Wagen das Grundstück verließ und an fast derselben Stelle bremste. Das rechte Bremslicht leuchtete nicht.

„Na ... was sagt ihr jetzt?"

Sie verglichen die beiden Standbilder. Die Größe des Autos, die Form und die Anordnung der Lichter, alles passte. Es war offensichtlich Fremmer, der da nachts vom Hof fuhr. Wer sonst?

„Gut geschaut, Kalle. Sag ich dir Glückwunsch!" Dimi klopfte ihm auf die Schulter.

„Das wird er uns erklären müssen!", meinte Brechtl, zog die Liste mit den Adressen und den Telefonnummern aus dem Papierstapel auf seinem Schreibtisch und nahm den Hörer ab. Dimi legte langsam den Zeigefinger auf die Gabel des Telefons. Sonja und Brechtl sahen ihn fragend an.

„Der lauft nicht weg. Bis jetzt ist auch nicht weglaufen. Wenn wir ihn fragen, wir müssen mehr wissen. Wir müssen erst seine E-Mails schauen, kann sein, da ist Motiv drin."

„Du weißt, dass das nicht erlaubt ist, Dimi. Wir können das nicht verwenden, es hat dir der Kalle doch schon erklärt", wandte Sonja ein.

„Müssen wir rote Franz ja nicht auf Rücken binden, warum wir wissen. Wichtig ist, dass wir wissen."

„Und wenn er fragt?"

„Wir sagen nicht. Er sagt uns auch nicht alles."

Brechtl war nicht ganz wohl bei der Sache. Die Gefahr war zu groß, dass Dimi sich verplappern könnte. Eine Zeitlang dachte er angestrengt nach und erschrak vor sich selbst, als er die Lösung gefunden hatte. Sie war fast schon bulgarisch.

„Dimi, du schaust die E-Mails an. Allein. Wenn was Wichtiges dabei ist, sagst du es uns. Das ist dann keine polizeiliche Ermittlung, sondern ein Tipp von einer Privatperson."

Sonja schmunzelte und Dimi grinste bis zu den Ohren.

„Kommissar Kalle, lernst du schnell!", sagte er mit Bewunderung und schüttelte Brechtls Hand, „mein Laptop ist noch in Werkstatt. Mach ich jetzt Pause von Polizeiarbeit. Auf Wiedersehen."

Es dauerte nur zwanzig Minuten, bis Dimi wieder zurückkam und das Ergebnis seiner Recherchen präsentierte: einige Mails zwischen Fremmer und seinem Freund aus Prag, der ihn mit den Bildern von Wolfs Nachtclubaktivitäten versorgt hatte. Dazu ein paar Nachrichten von seinem Neffen und viel Korrespondenz mit Gewerkschaftskollegen und Killerspiel-Kameraden sowie die üblichen Werbebotschaften verschiedener Internethändler und Softwareanbieter. Kein Hinweis auf die Tat oder ein Motiv.

Brechtl griff zum Telefon und bestellte Fremmer für fünfzehn Uhr noch einmal in die Inspektion. Einen Grund dafür nannte er nicht. Er wollte ihm keine Möglichkeit geben, sich auf das Gespräch vorzubereiten.

Brechtl blieb seinerseits genug Zeit, seine Fragen vorzuformulieren. Diesmal würde er sich nicht wieder auf die Salamitaktik einlassen. Er wollte einen vollständigen Bericht über den Tag des Mordes und würde Fremmer so lange ausquetschen, bis er mit der ganzen Wahrheit herausrückte.

Fremmer kam erst kurz nach drei mit der Ausrede, im Stau gestanden zu haben. Die Anspannung war ihm anzumerken. Insgeheim freute sich Brechtl schon auf die Vernehmung. Er hatte vor, mit Fremmer ein Spielchen zu machen, das er gerne mit Verdächtigen spielte. Er ließ sie reden und gab selbst nicht preis, was er bereits wusste und was nicht. Diese Art Zermürbungstaktik funktionierte besser als das abgedroschene „Guter Bulle – böser Bulle"-Spiel, das gerade mal bei Jugendlichen noch brauchbar war. Brechtl ging mit Fremmer in den Besprechungsraum, der sich neben dem Büro von Manne und Jan befand. Dabei handelte es sich um einen ungenutzten Büroraum, den sich die Abteilung für Vernehmungen eingerichtet hatte, die man nicht im eigenen Büro durchführen wollte – aus welchen Gründen auch immer. Sonja setzte sich an den kleinen Tisch mit dem PC, um eventuell das Protokoll mitzutippen, und Dimi nahm sehr leger auf einem Stuhl in der Ecke Platz. Brechtl wies Fremmer einen Platz an dem großen Doppeltisch in der Mitte des Raums zu, an dem er Dimi im Rücken hatte. Er selbst setzte sich Fremmer gegenüber.

„Herr Fremmer, sind Sie damit einverstanden, dass wir dieses Gespräch aufzeichnen?", fragte er in sachlichem Ton.

„Ja, von mir aus."

„Sehr gut", dachte Brechtl, schaltete das Diktiergerät ein und stellte es auf den Tisch. So konnte sich Sonja an der Vernehmung beteiligen und musste sich nicht aufs Tippen konzentrieren. Er legte Fremmer ein Formular vor, auf dem er sich schriftlich mit der Tonaufzeichnung einverstanden erklären sollte. Nachdem er unterschrieben hatte, schob ihm Brechtl gleich das nächste Formular zu, das Beschuldigte über ihre Rechte aufklärte. Fremmer unterschrieb auch dieses Blatt, ohne mit der Wimper zu zucken. Oft reichten diese Aufklärungen schon, um Verdächtige nervös werden zu lassen. Bei Fremmer musste man da schon etwas subtiler vorgehen.

„Sie wissen, dass Sie nichts aussagen müssen, was Sie belasten könnte, und dass Sie jederzeit einen Anwalt hinzuziehen können?", betonte Brechtl noch einmal.

„Ich brauch keinen Anwalt. Ich habe nichts getan."

„Hmm. Ihre Entscheidung." Brechtl machte eine sehr lange Pause. Das war überhaupt seine Spezialität. In der Schultheatergruppe, in der er als Jugendlicher spielte, nannten sie ihn den Pausenkönig. Er konnte stilistische Pausen so in die Länge ziehen, dass er die Souffleuse regelmäßig in die Verzweiflung trieb. Sonja kannte diese Masche natürlich und Dimi hielt sich ausnahmsweise strikt an die Anweisung, nichts zu sagen. Brechtl kontrollierte den Schliff seiner Fingernägel und warf ab und zu einen freundlichen Blick zu Fremmer. Der gewünschte Effekt blieb nicht aus. Schon nach einer Minute wurde der rote Franz unruhig.

„Also was soll das jetzt? Ich dachte, Sie hätten Fragen an mich."

„Ich dachte", antwortete Brechtl regungslos, „Sie hätten uns noch ein bisschen was zu erzählen. Vom Sonntag zum Beispiel."

„Was wollen Sie denn noch wissen? Ich habe Ihnen doch schon alles gesagt."

„Nein, haben Sie nicht."

Mehr sagte Brechtl nicht, er betrachtete weiter seine Fingernägel. Fremmer schaute sich etwas unsicher um. Er musste seinen Kopf weit drehen, um alle Gesichter zu erfassen. Die beiden anderen Polizisten blickten genauso freundlich und gelangweilt wie Brechtl.

„Ja was denn? Ich hab nicht den ganzen Tag Zeit!" Er wirkte genervt.

„Wir schon."

„Stellen Sie mir eine konkrete Frage und ich werde Sie Ihnen beantworten."

Brechtl ließ sich wieder Zeit.

„Gut. Funktioniert das rechte Bremslicht an Ihrem Auto?"

„Wie?"

„Das war eine konkrete Frage."

„Keine Ahnung. Ich denke schon."

„Ich denke nicht. Besser gesagt, ich weiß, dass es nicht funktioniert."

„Und deshalb haben Sie mich hierher kommen lassen?", reagierte Fremmer empört.

„Ich habe Sie hierher kommen lassen, um die Wahrheit zu hören."

„Welche Wahrheit?"

„Gibt es mehrere?"

„Verdammt noch mal. Ich lass mir doch nicht von Ihnen die Zeit stehlen. Da hab ich echt Wichtigeres zu tun."

Brechtl streckte die Beine aus und schwieg. An der Gesichtsfarbe Fremmers konnte man seine innere Temperatur ablesen. Sie stieg langsam, aber stetig. Dann entschloss er sich, es dem Kommissar gleichzutun, verschränkte seine Arme vor der Brust und presste demonstrativ die Lippen aufeinander. Sein Gegenüber ließ er dabei nicht aus den Augen. Es war wie in dem Kinderspiel, in dem verloren hat, wer zuerst lacht. Aber gegen den Meister der Sprechpause anzutreten, war ein hoffnungsloses Unterfangen. Der rote Franz hielt es nicht einmal zwei Minuten aus. „Ich hab jetzt die Schnauze voll!", erklärte Fremmer und stand auf: „Ich gehe."

Brechtl blieb weiterhin ruhig sitzen und sagte, ohne die Aufmerksamkeit von seinen Fingernägeln abzuwenden:

„Herr Fremmer, ich nehme Sie vorläufig fest wegen des Verdachts auf Beihilfe zum Mord an Jochen Wolf. Die nächsten vierundzwanzig Stunden bleiben Sie hier. Wenn Sie vorhaben, zu fliehen, kann ich Ihnen von diesem Versuch in Ihrem Interesse nur abraten. Bitte setzen Sie sich wieder."

Fremmer ließ sich wieder auf seinen Stuhl sinken. Sein Gesicht war auf einmal blass geworden.

„Ich hab mit dem Mord nichts zu tun. Das schwör ich Ihnen."

„Nicht so voreilig mit dem Schwören. Sie haben uns nicht die Wahrheit gesagt, Herr Fremmer. Ich schlage vor, dass Sie Ihre Chance nutzen, das nachzuholen. Denn die Indizienlage sieht offen gesagt sehr schlecht für Sie aus. Für einen Haftbefehl reicht es allemal."

Das war ein bisschen übertrieben, aber es zeigte Wirkung.

„Ich hab ihn nicht umgebracht!"

Brechtl rückte seinen Stuhl näher an den Tisch, stützte sich auf seine Ellenbogen und schaute Fremmer direkt in die Augen. An dem leichten Zucken der Gesichtsmuskeln konnte er erkennen, dass er nicht mehr lange auf eine Aussage warten musste. Schließlich wischte Fremmer seine Hände auf den Oberschenkeln ab und begann zu sprechen.

„Johannes hat mich angerufen. Mein Neffe, mit dem Sie schon gesprochen haben. Er hat mir erzählt, was im Bammes los war und dass Wolf jetzt im Taxi nach Hause fahren würde. Das war so gegen eins. Ich hab mich ins Auto gesetzt und bin nach Altdorf gefahren."

„Warum?"

„Warum … ich wollte es selber sehen. Ich wollte wissen, ob Sybille das wirklich einfach so hinnimmt oder ob sie ihrem Mann die Meinung geigt, wenn er heimkommt."

Fremmer wartete auf eine Frage des Kommissars, aber der machte nur eine auffordernde Handbewegung.

„Ich hab gesehen, wie das Taxi in die Einfahrt gefahren ist. Nachdem es wieder weg war, habe ich noch ein bisschen gewartet und bin dann auch reingefahren. Ich bin ausgestiegen und habe durch das Fenster an der Haustür geschaut, aber es war alles dunkel. Als ich wieder zurück zum Auto gegangen bin, hab ich an der Garage etwas gehört. Also bin ich hingelaufen. Und da hab ich den Wolf gesehen, wie er da saß, mit der Mistgabel in der Brust."

„Was haben Sie gehört?"

„Geräusche halt. Da war irgendwer."

„Und haben Sie jemanden gesehen?"

„Nein, niemand, außer dem Wolf natürlich."

„Haben Sie sich nicht nach dem Täter umgeschaut?"

„Wie denn? War ja stockdunkel. Wo hätte ich denn schauen sollen? Außerdem war ich erst mal geschockt von dem Anblick."

„Was haben Sie dann gemacht?"

„Dass dem Wolf nicht mehr zu helfen war, war mir gleich klar. Ich hab gemacht, dass ich wegkomme."

„Warum haben Sie nicht die Polizei gerufen oder Frau Wolf verständigt?"

„Jeder weiß, dass ich den Wolf gehasst habe. Und jetzt steh ich hier vor seiner Leiche. Mir hätte doch kein Mensch geglaubt, dass ich unschuldig bin."

„Wie kommen Sie darauf, dass wir Ihnen jetzt glauben?"

Fremmer zuckte mit den Schultern.

„Sie wollten die Wahrheit hören, ich habe sie Ihnen erzählt."

„Sie haben uns schon viele Wahrheiten erzählt, Herr Fremmer."

„Ja, ich weiß schon, ich hätte gleich alles sagen sollen."

„Das wäre in der Tat besser für Sie gewesen."

Brechtl blickte zu seinen Kollegen und deutete mit einem Kopfnicken an, dass sie mit ihm nach draußen kommen sollten. Er wies Fremmer an, sitzen zu bleiben, steckte das Diktiergerät ein und ging mit den beiden auf den Flur.

„Was haltet ihr davon?", fragte er leise, nachdem Sonja die Tür hinter ihnen geschlossen hatte.

„Klingt plausibel und deckt sich mit dem, was wir schon wissen. Wenn er wirklich der Täter wäre, hätte er sich doch schon längst aus dem Staub gemacht. Spätestens, als er von seinem Neffen erfahren hat, dass wir mit ihm gesprochen haben", sagte Sonja.

„Er hatte aber auch genug Zeit, sich die Geschichte zurechtzulegen. Er kann Wolf auch ermordet haben, den Laptop dann mitgenommen und entsorgt haben, nur um uns an der Nase herumzuführen", wandte Brechtl ein.

„Nein, glaub ich nicht. Warum ist der Wolf zur Garage gelaufen? Da war Fremmer noch gar nicht am Tatort. Und die Sache mit dem Laptop ist doch ziemlich weit hergeholt. Warum sollte Fremmer den mitnehmen? Ich glaube ihm die Geschichte", ergänzte Sonja.

„Hm, was meinst du, Dimi?"

„Hab ich gleich gesagt, rote Franz ist kein guter Mörder."

Brechtl rieb sich sein schlecht rasiertes Kinn und dachte nach. Eine Variante hatte er noch.

„Und wenn es so war, dass Frau Wolf ihren Mann zur Garage gerufen hat und ihn dort umgebracht hat? Und der Fremmer ist dummerweise dazugekommen und hat sich jetzt die Geschichte ausgedacht, um sie zu decken?"

Dimi schüttelte den Kopf.

„Frau bringt Mann nicht mit Mistengabel um. Brauchst du viel Kraft. Und warum soll sie warten so lange bei Garage? Weiß sie nicht, wann er kommt. Kann sie ihn warten in Haus. Warum ist Fremmer nur zwei Minuten da bei Leiche? Macht er nicht, wenn Frau Wolf ist da. Warum er geht allein zurück?" Er überlegte kurz. „Freilich, kann auch anders sein. Aber hat er Geschichte erzählt, wo genau passt in was wir wissen und er hat nicht gewusst."

Brechtl nickte.

„Also gut. Wir haben keine stichhaltigen Beweise gegen ihn. Ich schlage vor, wir lassen ihn laufen und schauen, was er macht. Wenn er den Mörder oder die Mörderin kennt, wird er sich mit ihm oder ihr in Verbindung setzen. Jan und Manne sollen ihn beobachten. Ich brauch noch ein O.K. vom Richter für die Telefonüberwachung. Kannst du das managen, Sonja? Ich halt ihn so lange auf. Ich sag ihm, dass er das Protokoll noch unterschreiben muss."

Brechtl gab ihr das Diktiergerät.

„Soll ich das jetzt tippen?", fragte Sonja, denn eigentlich war das noch gar nicht nötig, wenn eine Tonaufzeichnung vorlag.

Brechtl unterstrich die Bitte mit einem herzzerreißenden Dackelblick. Sonja ließ sich wie immer breitschlagen und verschwand in ihrem Büro. Die beiden Männer gingen zurück in den Vernehmungsraum.

„Gut, Herr Fremmer", sagte Brechtl, „wir werden jetzt Ihre Aussage zu Papier bringen und Sie müssen sie dann noch unterschreiben. Das dauert ein bisschen. Wollen Sie inzwischen einen Kaffee?"

„Gerne, danke." Fremmer schien erleichtert, dass das Ganze vorbei war.

„Machst du mir auch einen?", bat Dimi.

Brechtl nickte. Schließlich hatte sich Dimi bei der Vernehmung vorbildlich zurückgehalten. Das hatte schon eine Belohnung verdient. Er ging in sein Büro und warf den Automaten an. Als er nach ein paar Minuten wieder zurückkkam, saßen Fremmer und Dimi gemeinsam an dem großen Tisch und unterhielten sich angeregt über Bulgarien. Fremmer hatte vor ein paar Jahren dort einmal seinen Urlaub verbracht. Sie machten den Eindruck, als würden sie sich schon lange kennen, und plauderten, als ob sie zusammen in einer Kneipe säßen. Brechtl nahm sich einen Stuhl und setzte sich dazu. Er hörte aufmerksam zu und stellte fest, dass Dimi es mit seiner offenen Art schaffte, Fremmer auszuhorchen, ohne dass dieser es bemerkte. Über die Urlaubsreise kamen sie auf ihre verschiedenen Autopannen, dadurch auf das kaputte Bremslicht und so ganz nebenbei erwähnte Dimi auch, dass das ganze Geschehen vor dem Haus der Wolfs von einer Videokamera aufgezeichnet worden war. Fremmer reagierte darauf nicht nervös, sondern eher erleichtert. Für Brechtl ein sicheres Zeichen, dass der rote Franz diesmal tatsächlich die Wahrheit gesagt hatte. Er musste sich eingestehen, dass der bulgarische Kollege seinen Job richtig gut machte.

Nach einer halben Stunde kam Sonja mit dem Protokoll. Sicher hatte sie für die zwei Seiten höchstens zehn Minuten gebraucht, aber sie musste ja auf die richterliche Genehmigung der Telefonüberwachung warten. Mit hochgestrecktem Daumen zeigte sie Brechtl an, dass alles glattgegangen war. Nachdem Fremmer seine Aussage unterschrieben hatte, begleiteten sie ihn zu dem Besucherparkplatz vor dem Haupteingang. Mit einem kurzen Seitenblick stellte Brechtl fest, dass Jan und Manne schon im Auto saßen. Er lächelte. Ein gutes Gefühl, Kollegen zu haben, auf die man sich verlassen konnte.

Glava schest / Kapitel sechs

Mittwoch 18:57

Boris war ein Bulgare wie aus dem Bilderbuch. Er war nur einen Meter siebzig groß, hatte kurzgeschorene schwarze Haare, die an den Schläfen schon angegraut waren, einen etwas ungepflegten Vollbart und eine große, knubbelige Nase. Seine kräftige Figur schmückte ein ordentlicher Bauch und aus dem Kragen seines Poloshirts quollen vorne und hinten dichte schwarze Haarbüschel. Er begrüßte Brechtl wie einen alten Freund und hielt ihm die verrostete Gartentür auf.

Das Grundstück war nicht besonders groß, aber es reichte dennoch für ein paar Gemüsebeete, einen kleinen Kartoffelacker, mehrere Obstbäume und Sträucher. Neben dem kleinen fränkischen Haus stand ein Gartenhaus mit Wellblechdach. An der rechten Seite waren einige Ster Holz aufgeschichtet, davor brannte ein Lagerfeuer. Dimi saß auf einer Gartenbank, die ebenso selbst gezimmert aussah wie der Rest der Sitzgruppe, die aus einem Tisch und drei Stühlen bestand. Neben ihm saß Sonja und ihr gegenüber eine weitere Frau, die Brechtl nicht kannte.

Dimi stand auf und empfing ihn mit einem festen Händedruck.

„Willkommen Kalle. Hast du gleich gefunden?"

„Ja klar. Das ist also dein Hotel, ja?"

„Hotel Boris." Er klopfte dem anderen Bulgaren auf die Schulter. „Boris, das ist Kollege Kalle."

Sie gaben sich die Hand. Brechtl ging hinüber zum Tisch und begrüßte zunächst Sonja, bevor er sich der unbekannten Frau vorstellte.

„Kalle Brechtl, Grüß Gott!", sagte er und reichte ihr ebenfalls die Hand.

„Ich weiß", antwortete sie, „Regine Eckhard, Sonja hat mir schon viel von Ihnen erzählt."

Brechtl fühlte, wie sein Gesicht rot wurde. Er schaute zu Sonja hinüber – ein fragender, verblüffter, etwas vorwurfsvoller Blick.

„Ich hab mir gedacht, ich bring Regine mit, damit ich nicht die einzige Frau bei der Veranstaltung bin", erklärte sie mit einem Lächeln.

Einen Moment lang wusste er nicht, was er sagen sollte. Er musterte Frau Eckhard etwas verstohlen. Zum Glück sah sie überhaupt nicht aus wie seine Ex-Freundin. Sie hatte kurze, kastanienbraune Haare, ein freundliches Gesicht mit einer frechen Brille und einem gewinnenden Lächeln. Brechtl erwischte sich dabei, dass er auch einen Blick auf ihr gut gefülltes Dekolleté warf. Er schätzte sie auf über neunzig. Die Oberweite. Vom Alter her war sie eher Mitte dreißig. Beim besten Willen konnte er sich nicht vorstellen, wie sie mit dem Skalpell an Leichen herumschnitzte oder eine Schädeldecke aufsägte oder sonst etwas Unappetitliches tat. Mit einem Mal wurde ihm bewusst, dass er schon viel zu lange auf die Frau starrte.

„Ja, äh, dann hoffe ich, dass Ihnen Sonja nur Gutes über mich erzählt hat."

„Sie können ruhig Regine zu mir sagen, wenn's Ihnen nichts ausmacht."

Ihre Stimme war live mindestens genauso sexy wie am Telefon.

„Sicher, gern. Ich bin der Kalle."

Ein Lächeln machte sich in seinem Gesicht breit. Regine schaute auf ihre Hand, die er immer noch festhielt. Brechtl ließ sie sofort los und rieb sich verlegen die Hände.

„Mann, ich hab schon richtig Hunger!", rief er, um seine Verlegenheit zu überspielen.

„Dauert noch bisschen", sagte Dimi, „probier mal das da inzwischen!"

Er stellte einen Teller mit kleinen Häppchen auf den

Tisch. Auf jedem der schwarzen Spieße waren ein Hackfleischbällchen, ein Stück Paprika und ein Stück Schafskäse aufgespießt. Dimi nahm sich einen Spieß und verspeiste ihn genussvoll. Einen weiteren drückte er Brechtl in die Hand, sodass der gar nicht anders konnte, als zu probieren.

„Hmm. Gar nicht schlecht!", bemerkte Brechtl.

„Nicht schlecht?", entrüstete sich Dimi und nahm gleich noch ein zweites Spießchen. „Sind die besten Igel-Häppchen à la Ziganin außerhalb von Bulgarien!"

Brechtl erstarrte. Er hatte das Zeug noch im Mund und überlegte entsetzt, wohin er es ausspucken sollte. Ungläubig musterte er das leere schwarze Spießchen mit der hellen Spitze in seiner Hand. Es sah wirklich aus wie ein Igelstachel. Bei genauerer Betrachtung war es aber nur ein halbiertes Schaschlikstäbchen, das vom Grillen etwas angekokelt war. Dimi grinste, als er in Brechtls Gesicht schaute.

„Nur Spaß! Sind Kjufte, bulgarische Spezialität." Er tätschelte Brechtls Schulter.

Sonja prustete los und auch Brechtl konnte über den gelungenen Gag lachen, nachdem er sein „Igel-Häppchen" hinuntergeschluckt hatte.

„Da – noch was zum Runterspülen!", sagte Dimi, stellte vier Schnapsgläser auf den Tisch und füllte sie mit einer klaren, leicht bräunlichen Flüssigkeit. Die Flasche, aus der er einschenkte, hatte kein Etikett. Brechtl zeigte mit zwei Fingern an, dass er nur einen kleinen Schluck probieren möchte. Dimi war das egal, er machte alle Gläser randvoll und verteilte sie an die Gäste. Schon am Geruch konnte Brechtl erkennen, dass es sich um etwas Hochprozentiges handelte. Er führte sein Glas an die Lippen und nippte vorsichtig daran. Wow! Der Alkoholgehalt war jedenfalls deftig. Als das Brennen nachließ, schmeckte er Birne, Apfel oder sonst etwas Fruchtiges.

„Was ist das für ein Zeug? Bist du sicher, dass man davon nicht blind wird?"

Dimi lachte.

„Das ist Plodowa, ganz spezielle Rakija. Aus meine Heimat. Selber gebrannt. Zu Hause wir sagen, macht Männer stark und Frauen schön." Er ließ sich auf die Bank fallen, nahm Sonja in den Arm und sein Glas in die andere Hand. „Hier ist nicht nötig. Aber schmeckt trotzdem gut!"

Er prostete den Damen zu, setzte das Glas kurz auf seinem Kopf auf und trank es dann in einem Schluck aus, ohne mit der Wimper zu zucken. Die Frauen nippten ebenfalls, wobei Regine das Gesicht verzog – Sonja schien der Obstler besser zu schmecken. Dimi schenkte sein leeres Glas sofort wieder voll, ohne seinen Arm von Sonjas Schultern zu nehmen. Brechtl beobachtete die beiden argwöhnisch. Musste er sie jetzt schon in der Öffentlichkeit angrapschen? Was fand Sonja eigentlich an dem Kerl? War sie von allen guten Geistern verlassen? Da – jetzt steckten sie schon wieder die Köpfe zusammen und tuschelten miteinander. Wie sollte das erst werden, wenn sie im Laufe des Abends noch mehr von diesem Zeug trinken würden? Brechtls glaubte, hier einschreiten zu müssen. Deshalb fragte er Dimi ganz direkt:

„Sag mal, Dimi, hast du eigentlich eine Frau?"

„Oooh! Hab ich drei Frauen zu Hause. Und wie aussieht, sind bald vier!"

Dimi und Sonja schauten sich an, zwinkerten sich lächelnd zu und hoben die Gläser, um gemeinsam anzustoßen. Brechtl war fassungslos. Er sah in die glücklichen Gesichter von Dimi und Sonja, dann hinüber zu Regine, die den beiden grinsend zuprostete, allerdings ohne zu trinken. Weil sein Mund sowieso schon weit offen stand, kippte Brechtl gleich seinen Schnaps hinunter.

Boris kam mit einem Korb voll Weißbrot und stellte

ihn auf den Tisch. Er nahm die Flasche, füllte Brechtls Glas wieder auf und sagte: „Trink noch einen, Kalle, gibt was zu feiern heute!"

Wussten denn alle Bescheid, außer ihm? Wie konnte das sein? Sonja war doch sonst nicht so. Die Kollegen in der Inspektion, die manchmal ihre Machosprüche losließen, fand sie eher abstoßend. Und jetzt so einer, so ein zwielichtiger Kerl aus dem hintersten Bulgarien, der offen zugab, dass er schon drei Frauen hatte. Brechtl war nicht im Entferntesten rassistisch, aber das ging ja nun doch zu weit. Egal was das für eine komische Religion war, schwarze Sara hin oder her. Polygamie hatte immer etwas mit Unterdrückung der Frauen zu tun. Wie konnte Sonja sich nur von so einem einwickeln lassen? Drei Tage hatte der Typ gerade mal gebraucht, um sie mit seinem albernen Geflirte rumzukriegen – drei Tage! Brechtl verstand die Welt nicht mehr. Er hatte gute Lust, auch den nächsten Schnaps auszutrinken und sich richtig die Kante zu geben. Aber die Vernunft siegte.

„Nein danke!", sagte er zu Boris und legte die Hand über das Glas, „ich muss noch fahren."

Dimi drückte seine Hand weg.

„Is kein Problem. Kannst du hier nachten. Ist genug Platz. Nachten wir alle hier. Heute Abend wir feiern, morgen ist anderer Tag."

Brechtl überlegte kurz und entschied sich für die Variante Kante. Er trank sein Glas aus und hielt es Boris gleich wieder hin. Nüchtern würde er diesen Abend wohl nicht ertragen. Dimi war bester Laune, das breite Grinsen schien gar nicht mehr aus seinem Gesicht zu weichen und Sonja schaute ihn an wie eine Dreizehnjährige, die sich unsterblich in ihren Erdkundelehrer verliebt hatte.

Während Boris verschiedene Salate und selbst gemachte Saucen auftrug, erklärte er, wie ein guter Plodowa mithilfe eines Ölfasses, einer Regentonne und einer

Milchkanne destilliert wurde. Egal, Hauptsache, das Zeug vernebelte die Bilder des bulgarischen Harems, die in Brechtls Kopf herumspukten. So langsam hinterließ der Alkohol ein großes Loch in seinem Magen und er hoffte, dass endlich das versprochene Lamm serviert werden würde. Wie er so darüber nachdachte, fiel ihm ein, dass er nirgends einen Grill oder etwas Ähnliches gesehen hatte. Auf seine Nachfrage lachte Boris und lüftete das Geheimnis.

„Ich glaube, jetzt ist fertig!", rief er. „Dimi, mojschesch li da mi pomognesch?"

Die beiden Bulgaren nahmen zwei lange Eisenstangen und schoben sie unter das Blech, auf dem das Lagerfeuer brannte. Dann hoben sie das gesamte Feuer zur Seite. Unter dem Blech befand sich ein kreisrunder Hohlraum, in dem, in Alufolie eingewickelt, das Lammfleisch lag. Dimi erklärte das Prinzip.

„Für Lamm wirklich gut machen, brauchst du Felge von LKW. Wird vergraben mit Steine und Lehm außen rum. Dann machst du Feuer in Felge, drei Stunden. Nimmst du Feuer heraus, legst Fleisch hinein und machst Deckel drauf. Dann wieder drei Stunden Feuer auf Deckel. Fertig."

Dimi hatte nicht übertrieben – es war das beste Lammfleisch, das Brechtl je gegessen hatte. Dazu die Saucen und Salate, ein wirkliches Festmahl. Und in noch einem Punkt hatte Dimi recht: Durch den Plodowa wurden die Frauen immer schöner. Brechtl unterhielt sich angeregt mit Regine, die, mal abgesehen von ihrem Beruf, erfrischend normal war. Außer ihm vermutlich die einzig Normale an diesem Abend. Boris spielte auf einer total verstimmten Ziehharmonika bulgarische Volksmusik und Sonja und Dimi klatschten im Takt dazu und tanzten um das Lagerfeuer herum. Sie tranken viel und amüsierten sich köstlich. Als sie sich nach dem Ende eines Liedes lachend in die Arme fielen, war es Brechtl dann genug. Er mischte sich ja normalerweise nicht in Sonjas Privatleben ein, aber jetzt musste er einfach mit ihr reden, sonst würde es ihn zerreißen. Er passte einen geeigneten Zeitpunkt ab und führte sie etwas abseits, wo sie sich ungestört unterhalten konnten. Noch wusste er nicht so genau, wie er anfangen sollte.

„Sonja, du weißt, ich bin nicht nur dein Kollege, sondern auch dein Freund."

Sonja schaute ihn fragend und sichtlich erheitert an. Der Schnaps hatte auch bei ihr schon Wirkung hinterlassen. „Ach so?", grinste sie.

„Ja, nicht sooo. Du weißt schon, was ich meine. Jetzt bleib doch mal ernst. Ich muss mit dir reden."

Sonja setzte ein ernstes Gesicht auf.

„Was gibt's?"

„Sonja", fuhr Brechtl mit ruhigem, väterlichem Tonfall fort, „hast du dir das wirklich genau überlegt?"

„Was?"

„Die Sache mit Dimi."

„Was meinst du?"

„Na ich meine, du kennst ihn doch kaum und er hat schon drei Frauen. Bist du dir wirklich sicher, dass du mit ihm ..."

Sonja brach in schallendes Gelächter aus.

„Du meinst, dass ich und Dimi ... wegen der vierten Frau und so ...?" Sie hielt sich den Bauch vor Lachen.

„Was ist jetzt da so lustig?"

„Pass auf, ich erklär's dir", sagte sie und wischte sich die Tränen aus den Augen, „Dimi ist verheiratet und hat zwei Töchter. Also drei Frauen zu Hause. Und gestern hat ihn seine Frau angerufen und ihm erzählt, dass sie wieder schwanger ist. Also sind es vielleicht bald vier Frauen. Und das feiert er heute." Sie tätschelte seine Wange. „Alles klar, Dummerchen?"

„Oh naa, bin iich a Debb!", flüsterte Brechtl und schlug sich gegen die Stirn.

Sonja hängte sich bei ihm ein und führte ihn zu den anderen zurück.

„Aber es ist lieb von dir, dass du dir solche Sorgen um mich machst. Ich erzähl's auch keinem."

Ab diesem Zeitpunkt konnte Brechtl den Abend wirklich genießen. Immer wieder tauschte er verstohlene Blicke mit Sonja aus, woraufhin beide anfingen zu kichern. Diese Geschichte würde er sich noch lange anhören müssen.

Irgendwann kam das Gespräch auch auf Regines Arbeit. Tatsächlich hatte sie bei der Autopsie an Wolf mitgearbeitet und erklärte Brechtl, was sie gemacht hatten. Sie nahm eine Salatgabel und zeigte anhand der Lammknochen auf ihrem Teller, wie sie die Mistgabel entfernt hatten. Brechtl, der schon reichlich angeheitert war, stand auf und erhob die Stimme zu einem feierlichen Sprechgesang:

„Der Wolf … das Lamm …"

„HURZ!", rief Regine und die drei Deutschen fingen an zu lachen, während die Bulgaren den Witz gar nicht verstehen konnten.

Die Stimmung war gelöst und mit jedem Schnaps wurde es lustiger. Vieles von dem, was Brechtl an diesem Abend erzählte, hätte er im nüchternen Zustand wohl für sich behalten. Es war schon reichlich spät, als er mit seinem x-ten Plodowa mit Boris anstieß. Anschließend stellte er das Glas auf den Kopf, wie Dimi es ihm beigebracht hatte.

„Was machst du da?", fragte Boris.

„Ich dringe bulgarisch. Mid Glas aufm Kobf! Naschdrowje!"

„Hat dir der Dimi das erzählt?"

„Jou!"

„Zu Hause in Bulgarien erzählt er, die Deutschen machen das so. Du musst dem nicht alles glauben."

„Dimi", schrie Brechtl und drehte seinen Oberkörper hinüber zum Lagerfeuer, wo Dimi mit den beiden Frauen stand, „du bischd ..."

Weiter kam er nicht mehr. Der selbst gezimmerte Stuhl unter seinem Hintern klappte zusammen und er landete rücklings auf der Erde. Er versuchte aufzustehen, aber die Muskeln in seinem Körper versagten den Dienst. Die vier Gesichter, die jetzt im Flackern des Feuerscheins von oben auf ihn herabschauten, begannen sich zu drehen, schneller, immer schneller, bis er die Augen schloss und sich nichts mehr wünschte, als aus diesem Karussell aussteigen zu dürfen.

Als Brechtl die Augen wieder öffnete, lag er in einem Bett in einem Raum, den er nie zuvor gesehen hatte. Vorsichtig setzte er sich auf. Sein Rücken tat weh und sein Kopf war schwer wie Blei. Er stank nach Schnaps. Mein Gott, so elend hatte er sich lange nicht mehr gefühlt – er war auch schon lange nicht mehr so besoffen gewesen.

„Morgen Kalle, alles gut?", brüllte Dimi durchs Zimmer. Eigentlich sagte er es in ganz normaler Lautstärke, aber Brechtl hielt sich die Ohren zu.

„Bitte, Dimi, nicht so laut! Wo bin ich denn eigentlich und wie spät ist es?"

„Bist du in Hotel Boris, unten warten dich zwei schöne Frauen und ein Frühstück. Es ist sieben Uhr dreißig. Steh auf, müssen wir in Arbeit heute. Bad ist andere Seite."

Dimi klatschte dreimal in die Hände. Es fühlte sich an, als würde jemand Topfdeckel gegen Brechtls Ohren schlagen. Er rappelte sich hoch und suchte seine Klamotten zusammen, die neben ihm auf einem Stuhl lagen. Das Hemd war voller Grasflecken und stank nach Schnaps, die Jeans sah auch nicht viel besser aus. Mangels Alternativen zog er sie trotzdem an. Er schlich hinüber ins Bad und ging zur Toilette. Dann stützte er sich auf das Waschbecken und schaute in den Spiegel. Zu seinem Entsetzen sah er genauso aus, wie er sich fühlte. Er drehte das kalte Wasser auf und hielt seinen Kopf, so lange er es aushielt, unter den Wasserhahn. Zum Glück reichte ein Handtuch, um seine wenigen verbliebenen Haare, die er regelmäßig auf sechs Millimeter Länge stutzte, wieder in Form zu bringen. Er fuhr sich mit dem Finger über die Zähne, versuchte, ein Lächeln in sein Gesicht zu zaubern, und ging die Treppe hinunter in die geräumige Küche, wo die anderen schon am Frühstückstisch saßen.

„Na, Kalle, auferstanden?", fragte Sonja.

Wie schafften es Frauen eigentlich, nach so einer Nacht am nächsten Morgen wie aus dem Ei gepellt am Frühstückstisch zu sitzen? Es war Brechtl unbegreiflich. Er winkte nur ab und setzte sich auf einen freien Stuhl. Auf dem Tisch stand ein Frühstück, wie er es in einem Sternehotel erwartet hätte. Zu schade, dass er keinen Bissen hinunterbringen würde. Boris stellte ein Glas mit einer undefinierbaren Flüssigkeit vor ihn hin.

„Trinken!", befahl er.

„Was ist das?", wollte Brechtl wissen, der genug von bulgarischen Rezepten hatte, sofern sie sich auf Getränke bezogen.

„Nicht fragen, trinken!", antwortete Boris und drückte ihm das Glas in die Hand.

Brechtl war nicht in der Verfassung, um Widerstand zu leisten, und trank das Gesöff in einem Zug aus. Es schmeckte widerlich und er war eigentlich froh, dass er nicht wusste, woraus es bestand. Aber es zeigte Wirkung. Schon nach kurzer Zeit waren sowohl die Kopfschmerzen als auch die Verstärker in seinen Ohren verschwunden.

„Leute, tut mir leid, aber ich muss nach Erlangen",

sagte Regine mit einem Blick auf ihre Uhr und stand auf. Sie bedankte sich herzlich für die Einladung und verabschiedete sich reihum. Als Brechtl ihr die Hand gab, beugte sie sich hinunter und flüsterte ihm ins Ohr: „War nett mit dir, Kalle!"

Sie gab ihm ein Küsschen auf die Wange und ging winkend hinaus. Brechtl schaute verdutzt in die Runde, aber die anderen grinsten nur. Er beschloss, in seinem Leben nie mehr einen Tropfen Plodowa zu trinken.

Für die Fahrt in die Inspektion ließ Brechtl Sonja ans Steuer seines Golfs. Er war sich sicher, dass sein Restalkoholgehalt für einen Führerscheinentzug reichen würde.

Der Cappuccino im Büro machte wieder einen Menschen aus ihm. Er hatte sich von Dimi Klamotten geliehen, weil seine eigenen so nach Schnaps stanken. Zum Glück sahen die deutlich besser aus als die Garderobe, in der der Bulgare zur Arbeit erschien.

„So!", rief Brechtl voller Tatendrang und klatschte in die Hände, „jetzt will ich erst mal wissen, was unser roter Franz gestern noch so gemacht hat."

„E-Mail hat er nicht geschrieben. Hab ich schon geschaut heute früh", bemerkte Dimi.

Brechtl ging hinüber zu Jan und Manne, um deren Bericht zu hören. Die beiden hatten Fremmer verfolgt, der geradewegs nach Hause gefahren war. Nach einer Stunde Wartezeit vor dem Haus hatten sie die Observation abgebrochen. Das einzige Ereignis war der Pizzabote, der vor Fremmers Tür erschienen war. Das Telefonprotokoll zeigte auch nur diesen einen Anruf – beim Pizzalieferservice. Für Brechtl stand damit fest, dass Fremmer den Mörder nicht kannte. Wenn er einen Bekannten hätte decken wollen, hätte er sofort nach der Vernehmung versucht, mit ihm Kontakt aufzunehmen. Das war ein simpler Erfahrungswert aus seiner inzwischen über zwanzigjährigen Berufspraxis. Auch, dass Fremmer Jan und

Manne bemerkt hatte, war unwahrscheinlich. Die beiden wussten, wie man richtig observiert. Brechtl bedankte sich herzlich bei seinen Kollegen und ging zurück in sein Büro.

„Also passt mal auf", begann Brechtl mit seinen Überlegungen, „nach dem, was mir Manne und Jan erzählt haben, können wir davon ausgehen, dass Fremmer den Mörder nicht kennt. Wenn es also stimmt, was er gesagt hat, und wenn wir davon ausgehen, dass ein Mann die Tat verübt hat, bleiben für mich nur noch zwei Verdächtige übrig: Christoph Neubauer und Thilo Schubert. Das bessere Motiv hat Christoph Neubauer, würde ich sagen."

Er schaute fragend in die Runde. Dimi war skeptisch.

„Der Junge hat schon Motiv, aber was ist mit Laptop von Wolf. Wenn Neubauer war, warum hat er mitgenommen?"

„Wie ich mitbekommen habe, ist der ein ziemlicher Computerfreak. Als Alibi hat er auch angegeben, dass er die Nacht am PC verbracht hat", bemerkte Sonja.

„Warum macht er dann Laptop kaputt und schmeißt weg? War teures Gerät."

„Ich weiß es nicht Dimi, er hatte bestimmt einen Grund dafür. Oder auch nicht. Vielleicht wollte er ihn klauen und hat später erst daran gedacht, dass ihn das überführen könnte. Das ist alles Spekulation. Aber wir kommen nur weiter, wenn wir einen Verdächtigen nach dem anderen ausschließen. Ich will mir den Burschen auf jeden Fall mal anschauen. Sonja, kannst du anrufen und fragen, ob er zu Hause ist?"

Sonja nickte und ging hinüber zu ihrem Telefon.

Als Dimi gerade ansetzen wollte, die Diskussion über den zerstörten Laptop wieder aufzunehmen, betrat der Chef das Büro.

„Morgen, die Herren!" Er schaute durch die Tür zu

Sonja. „Und die Dame. Wie ist der Stand der Dinge im Fall Wolf? Die Presse wird schon langsam ungeduldig. Ich muss denen irgendetwas erzählen."

Während Brechtl noch dabei war, sich die richtigen Worte zurechtzulegen (er konnte ja schlecht zugeben, dass sie weder einen Hauptverdächtigen noch ein Motiv zu bieten hatten), nahm Dimi ihm die Antwort ab.

„Einen schönen Morgen, Heiner! Machen wir gerade Besprechung wie weiter geht. Kalle hat schon viele Sachen herausgefunden. Ist guter Kommissar, kann ich viel lernen."

„Dann würde ich vorschlagen, du kommst mit in mein Büro und erzählst mir alles. Meine Frau kommt gleich vorbei, die möchte dich auch gerne kennenlernen."

Brechtl schwante Übles – das konnte nicht gut gehen. Irgendwie musste er das verhindern.

„Sie könnten ja gleich hier bleiben bei der Besprechung", schlug er vor und hob den Stapel Papier hoch, der ihre Aufzeichnungen enthielt, „dann kann ich Ihnen einen Überblick verschaffen."

„Nein, nein, machen Sie ruhig weiter. Es gibt genug Arbeit. Herr Jordanov wird mir sicher einen ausführlichen Bericht geben können", wehrte er ab, legte die Hand auf Dimis Schulter und führte ihn aus dem Büro.

Einen ausführlichen Bericht. Das war es genau, was Brechtl befürchtete. Angefangen von der Geschichte mit dem kaputten Laptop über den Trojaner und die Festnahme in Schwarzenbruck bis zu ihrer Feier gestern Abend. Er sah sich schon im Büro des Chefs sitzen und sich seine Standpauke abholen. Hilfe suchend blickte er hinüber zu Sonja. Die zuckte nur mit den Schultern: „Der Christoph Neubauer ist zu Hause. Fahren wir gleich?"

Brechtl nickte und stand auf. Es war wohl besser, erst einmal Land zu gewinnen. Sie holten sich den BMW aus dem Fuhrpark und fuhren nach Unterasbach, wo die

Neubauers ein kleines Siedlungshäuschen besaßen. Unterwegs klingelte Brechtls Handy. Er fischte es aus seiner Brusttasche.

„Brechtl."

„Servus Kalle. Iich bins, der Rainer. Wo dreibsd dinn rum?"

„Ich bin grod mid der Sonja affm Weech zu an Verdächdichn."

„Ich hob der doch gsachd, du sollsd bei mir vobeischauer."

„Ja, sorry, hobbi ganz vergessn. Wos braugsdn?"

„Schou."

„Schou?"

„Ich hobb doch an Haffm Schouabdrügg vom Daododd. Iich brauch Vergleichsmadrial. Wennsd widder do bisd, kummsd glei amol zu mir nunder, gell."

„Ja, machi. Servus Rainer!" Er legte auf. „Der Rainer braucht Schuhe für seine Vergleichsabdrücke", erklärte er Sonja.

Christoph Neubauer war ein aufgeweckter, schlanker junger Mann, deutlich größer als Brechtl, mit einem dichten Wuschelkopf und Brille. Die Einrichtung seines Zimmers bestand aus einem Bett, einem Kleiderschrank, einem bequemen Bürostuhl und einem Schreibtisch. Damit war das kleine Zimmer auch schon gut gefüllt. Auf dem Tisch standen ein PC und ein riesiger Monitor. Ein Wust von Kabeln verband die verschiedenen Peripheriegeräte miteinander. Auf dem Schrank, einem überforderten kleinen Regal und dem Schreibtisch stapelte sich eine Unmenge Bücher. Mangels anderer Sitzgelegenheiten nahmen Brechtl und Sonja auf dem Bett Platz, Neubauer setzte sich in seinen Sessel.

„Tut mir leid, wenn's etwas unbequem ist", begann er, „Sie wollen mit mir persönlich sprechen, hat meine Mutter gesagt."

„Ja, das stimmt. Ich bin Hauptkommissar Brechtl, meine Kollegin Kommissarin Nuschler kennen Sie ja bereits. Es geht immer noch um den Mord an Jochen Wolf, wie Sie sich denken können."

Mit einem interessierten Blick auf die vielen Bücher fragte Brechtl: „Was machen Sie eigentlich beruflich, Herr Neubauer?"

„Ich studiere Maschinenbau und Philosophie."

Brechtl zog die Augenbrauen hoch.

„Ungewöhnliche Kombination."

„Eigentlich interessiert mich die Philosophie. Aber damit kann man sich seine Brötchen nicht verdienen. Maschinenbau mache ich nur meinem Vater zuliebe. Damit ich was Vernünftiges lerne, hat er immer gesagt. Mit Philosophie konnte er gar nichts anfangen."

„Das mit Ihrem Vater tut mir sehr leid, Herr Neubauer. Wissen Sie, warum er das getan hat?"

„Deswegen sind Sie doch hier, oder nicht?"

Für einen hellen Kopf wie Neubauer war es nicht schwer, den Hintergedanken ihres Besuchs zu durchschauen. Brechtl brauchte nicht um den heißen Brei herumzureden.

„Kannten Sie Herrn Wolf?"

„Nicht persönlich. In letzter Zeit hat mein Vater oft von ihm gesprochen. Deshalb habe ich mich für ihn interessiert, für das, was er getan hat. Es ist für mich schwer nachvollziehbar, wie man aus purer Geldgier die Existenzen so vieler Menschen vernichten kann. Wolf war ein durch und durch schlechter Mensch. Irgendjemand hat ihn dafür bestraft."

„Sie billigen das?"

Neubauer schaute Brechtl in die Augen. Er ließ sich Zeit mit seiner Antwort und stellte schließlich eine Gegenfrage.

„Kennen Sie Gustav Radbruch?"

Klang wie eine Comicfigur aus einem Disney-Heftchen. Wenn er jemanden mit einem so dämlichen Namen kennen würde, hätte sich Brechtl bestimmt daran erinnert. Er schüttelte den Kopf.

„Nein. Sollte ich?"

„Gustav Radbruch war ein Rechtsphilosoph, Anfang des letzten Jahrhunderts. Er hat einige sehr interessante Thesen aufgestellt. Ganz grob gesagt war er der Meinung, dass die Gerechtigkeit höher einzustufen sei als das Recht. Wenn ein Unrecht geschieht, es aber vom Staat versäumt wurde, ein Gesetz dagegen zu erlassen, oder wenn die Gesetze ungerecht sind, ist niemand moralisch zu verurteilen, wenn er gerecht handelt, im Gegenteil."

Brechtl schaute ihn fragend an. Sein Hirn war damit beschäftigt, diesen Wortschwall zu verarbeiten. Neubauer erklärte das Ganze an einem Beispiel.

„Denken Sie mal ans Dritte Reich. Im Nachhinein sind die als Helden hervorgegangen, die sich gegen das damals geltende Recht und für die Gerechtigkeit eingesetzt haben. Nach den Hitler-Attentätern werden heute Straßen benannt."

„Ach so, für Sie ist der Mörder von Herrn Wolf ein Held?"

„Nein, das habe ich nicht gesagt. Ich weiß nicht, aus welchen Motiven er gehandelt hat. Aber auf jeden Fall hat er der Gerechtigkeit einen Dienst erwiesen."

„Sie meinen, nur weil Herr Wolf ein schlechter Mensch war, hatte er es verdient, zu sterben?"

„Wolf war ohne Zweifel schuld am Tod meines Vaters."

„Deshalb hat noch niemand das Recht, ihn zu töten."

„Das sage ich doch die ganze Zeit: Es war nicht recht, dass er getötet wurde. Es war gerecht."

Brechtl wurde die Wortspielerei langsam zu bunt. Philosophie hin oder her.

„Herr Neubauer, wo waren Sie in der Nacht von Sonntag auf Montag, genauer gesagt zwischen ein Uhr und ein Uhr dreißig?"

„Ich war hier. Ich hab an meinem Computer gesessen."

„Kann das jemand bezeugen?"

Neubauer dachte kurz nach.

„Ich bin in einem Forum über Philosophie. Sie können meine Einträge überprüfen. Die sind mit Datum und Uhrzeit vermerkt."

Er drehte sich zu seinem PC und öffnete eine Seite im Internet. Nach einigen Klicks zeigte er auf einen Forumseintrag, der unter dem Pseudonym „Justus CN" zur Tatzeit geschrieben worden war. Brechtl stand auf und stellte sich hinter Neubauer, um die Schrift auf dem Bildschirm lesen zu können.

„Justus CN, das sind Sie?"

„CN für Christoph Neubauer."

Und Justus für den Gerechten – so weit reichte Brechtls Latein auch noch. Die Diskussion in dem Forum beschäftigte sich mit Ethik und Moral. Die Einträge waren derart abgehoben, dass Brechtl nur die Hälfte von dem verstand, was da geschrieben wurde.

„Schön und gut", bemerkte er, nachdem er einige Absätze überflogen hatte, „aber das kann schließlich jeder geschrieben haben, unter diesem Pseudonym, oder nicht?"

„Theoretisch schon. Aber wenn Sie meine Diskussionspartner fragen, werden die Ihnen bestätigen, dass ich das geschrieben habe. Jeder hat seinen eigenen, unverwechselbaren Stil."

„Ich vertraue da mehr unseren IT-Fachleuten", konterte Brechtl und notierte sich die ewig lange Internetadresse, die oben in der Browserzeile stand, „ich muss Sie bitten, uns Ihren PC zu überlassen."

„Das geht nicht! Ich brauche meinen PC. Ich glaube nicht, dass Sie das Recht haben, ihn mitzunehmen."

„Es ist im Sinne der Gerechtigkeit!" Brechtl war wahnsinnig stolz auf sich. So schlagfertig war er selten. „Ich werde dafür sorgen, dass Sie ihn möglichst schnell wieder zurückbekommen."

„Herr Kommissar, ich habe Herrn Wolf nicht umgebracht. Ich war hier, zu Hause. Wie soll ich denn um diese Uhrzeit nach Altdorf kommen. Ich habe noch nicht mal einen Führerschein, geschweige denn ein Auto."

„Glauben Sie mir, Herr Neubauer, ich habe in meinem Beruf schon die unglaublichsten Dinge erlebt. Wenn wir feststellen können, dass die Einträge von diesem PC aus erfolgt sind, haben Sie schon mal so was Ähnliches wie ein Alibi. Das ist besser als nichts."

Widerwillig fuhr Neubauer den Computer herunter, steckte alle Kabel aus und hob ihn vom Tisch, um ihn Brechtl zu übergeben.

„Da sind meine ganzen Sachen fürs Studium drauf, bitte seien Sie vorsichtig mit dem Teil."

„Sie können sich darauf verlassen, bei unseren Experten ist er in besten Händen." Bei dem Wort „Experte" musste er unwillkürlich an Dimi denken und an die Standpauke, die ihn bestimmt in der Inspektion erwartete. „Auf Wiedersehen, Herr Neubauer."

Brechtl hatte keine Hand mehr frei, also nickte er nur freundlich mit dem Kopf. Die Kommissare gingen die schmale Treppe hinunter und verabschiedeten sich bei Frau Neubauer, die ihnen mit großen Augen hinterherblickte.

„Was machst du jetzt mit dem Ding?", fragte Sonja, während Brechtl den Computer auf die Rücksitzbank lud.

„Das schicke ich zum LKA. Ich werd ihn sicher nicht Dimi überlassen."

„Ich weiß nicht. Können die das echt herausfinden? Und selbst wenn die Einträge von dem Computer aus gemacht wurden, wer sagt uns, dass er sie selbst geschrieben hat?"

Brechtl überlegte kurz, dann griff er zu seinem Handy und ließ sich über die Zentrale mit dem LKA verbinden. Er sprach mit einem der dortigen Computerspezialisten und erhielt die Auskunft, dass sie den Rechner vorerst nicht brauchen würden. Lediglich die Adresse der Neubauers, der Internetprovider und die Domain, mit der er kommuniziert haben soll, waren nötig. Die Recherche würde aber erfahrungsgemäß etwas dauern.

„So. Und jetzt?", fragte Brechtl.

Sonja dachte nach.

„Die Schuhe", sagte sie schließlich, „der Rainer will doch Schuhe zum Vergleichen."

„Hmm …"

Auf die Ergebnisse vom LKA mussten sie vermutlich ein paar Tage warten. So ein Schuhvergleich ging deutlich schneller.

„… hast recht", gab Brechtl zu und lud den PC wieder aus.

Er ging zurück zum Haus und drückte mit dem Ellbogen auf die Klingel. Christoph Neubauer öffnete die Tür.

„Herr Neubauer, ich hab's mir anders überlegt. Sie können den Rechner wieder haben. Aber dafür möchte ich Ihre Schuhe."

„Welche?"

„Alle."

„Alle? Aber …"

„Was ist Ihnen wichtiger? Der Rechner oder die Schuhe?"

Neubauer überlegte nicht lang, griff sich den Computer und schlüpfte aus seinen Hausschlappen.

„Da, im Regal", sagte er, „die ganze untere Reihe."

Seine Schuhe waren leicht von denen der anderen Hausbewohner zu unterscheiden. Justus CN lebte auf großem Fuß, genauer gesagt: Größe achtundvierzig.

„Haben Sie vielleicht eine Schachtel oder so was?"

Neubauer stellte den PC ab und holte einen Wäschekorb, in den sie insgesamt neun Paar Schuhe verstauten. Brechtl ließ sich noch den Internetprovider nennen, dann machte er sich auf den Rückweg.

„Was hältst du von dem?", wollte Sonja wissen, als sie wieder im Auto saßen.

„Ein intelligenter Junge. Wenn er es war, wird er schwer zu knacken sein."

„Und glaubst du, dass er es war?"

„Er hat eine komische Einstellung und spricht mir ein bisschen zu viel von Gerechtigkeit."

„Aber ganz von der Hand zu weisen ist das nicht, was er sagt."

„Bitte, jetzt fang du nicht auch noch an. Es ist unser Job, das Recht durchzusetzen. Die Gesetze machen andere."

„Aber sollten die Gesetze nicht dazu da sein, Gerechtigkeit zu schaffen?"

„Sonja, die Zeiten von Wyatt Earp sind vorbei und das find ich auch ganz gut so. Es kann doch nicht jeder durch die Gegend laufen und Leute abstechen, weil er meint, sie hätten es verdient."

„Hmm." Sonja schaute nachdenklich aus dem Fenster.

Brechtl schüttelte den Kopf und war froh, dass er nicht weiterdiskutieren musste. Wenn er philosophieren wollte, machte er das lieber dienstags in der Männerrunde. Kaum hatte er den Zündschlüssel herumgedreht, rief Rainer schon wieder an.

„Brechtl."

„Wo bleibsdn?"

„Ich bin scho underwegs. An Haffm Schou hobbi aa fiä diich."

„Wos fiä aa?"

„Alles Mögliche. Männerschou, Größe achderverzg."

„Däi konni ned braung. Vill zu grouß."

„Du konnsd mi fei scho äweng gern hom, horch! Bis nacher", erwiderte Brechtl verärgert und legte auf. Dann stieg er aus, griff sich den Wäschekorb von der Rücksitzbank und brachte ihn Christoph Neubauer zurück.

„Hat sich erledigt", teilte er ihm mit, drückte ihm den Korb in die Hand und ging wieder zum Auto.

Neubauer schaute ihm mit einem großen Fragezeichen im Gesicht hinterher.

Glava sedem / Kapitel sieben

Donnerstag 10:35

Kurz nachdem sie am Schwabacher Ortsschild vorbeige-fahren waren, bat Sonja: „Ach Kalle, kannst du mal da links abbiegen? Ich muss noch schnell bei meinem Arzt vorbei."

„Bist du krank?", erkundigte sich Brechtl besorgt und setzte den Blinker.

„Nein, ich muss nur schnell ein Rezept abholen. Dau-ert keine fünf Minuten. Und wenn wir doch schon in der Nähe sind … da vorne rechts. Da ist es!"

Brechtl stellte den BMW auf dem Patientenparkplatz direkt vor der Praxis ab. Auf dem Schild neben der Ein-gangstür stand „Dr. Norbert Haudegen, Gynäkologe". Brechtl stieg mit aus und lehnte sich an den Kotflügel. Reingehen wollte er da lieber nicht.

„Aber beeil dich, ja!"

„Bin gleich wieder da!", rief ihm Sonja zu und lief durch die Tür. Während sie auf den Tresen zuging, hin-ter dem zwei Arzthelferinnen saßen, kramte sie in den Tiefen ihrer Handtasche nach der Versichertenkarte. Als sie sie endlich gefunden hatte und hochblickte, sah sie in ein bekanntes Gesicht. Neben ihr stand Carmen Wolf. Die erschrak offensichtlich, raffte eilig ihre Sachen, die auf dem Tresen lagen, zusammen und lief an Sonja vor-bei zum Ausgang.

„Frau Wolf, Ihre Bilder!", rief eine der Arzthelferin-nen hinterher.

Carmen Wolf schaute nur kurz zurück und ver-schwand durch die Ausgangstür.

„Also so was …", sagte die Arzthelferin kopfschüt-telnd und legte die beiden Ausdrucke auf die Schreib-fläche unter dem Tresen. Sonja konnte nicht anders, als einen Blick darauf zu werfen. Es waren Ultraschallaufnahmen von einem Fötus. Carmen Wolf war offenbar schwanger.

Nachdem Sonja ihr Rezept in Empfang genommen hatte, eilte sie zurück zu Brechtl, der immer noch am Kotflügel lehnte.

„War das gerade Carmen Wolf, die da rausgerannt ist?", fragte er.

„Ja – und stell dir vor ... sie ist schwanger!", antwortete Sonja triumphierend.

„Woher weißt du das?"

„Ich hab die Ultraschallbilder gesehen."

„Hoppla!", Brechtl zog die Augenbrauen hoch. „Da bin ich ja mal gespannt, wer der Vater ist."

„Willst du Wette?", Sonja ahmte Dimis Tonfall so täuschend echt nach, dass Brechtl grinsen musste. Er holte Handy und Notizbuch aus der Jacke und wählte Carmen Wolfs Nummer. Zweimal antwortete nur die Mailbox, aber Brechtl ließ nicht locker.

„Ja", hörte er schließlich ihre Stimme.

„Hallo Frau Wolf. Hier ist Hauptkommissar Brechtl. Ich möchte mich gerne noch mal mit Ihnen unterhalten. Wo sind Sie gerade?"

Es dauerte eine Weile, bis er eine Antwort erhielt.

„Ich bin im Auto. Auf dem Norma-Parkplatz. Keine hundert Meter von Ihnen."

Brechtl schaute sich um und entdeckte das Reklameschild des Discounters.

„Wo können wir uns treffen?"

„Gleich neben der Norma ist ein Café. Ich warte da auf Sie."

Brechtl verschloss den BMW und machte sich mit seiner Kollegin zu Fuß auf den Weg. An einem Tisch in dem kleinen, aber ungemütlichen Café trafen sie auf Carmen Wolf. Man konnte ihr ansehen, dass ihr nicht wohl in ihrer Haut war. Während sie sich setzten, überzeugte sich Brechtl, dass kein Fremder nahe genug saß, um ihr Gespräch belauschen zu können. Dann begann er ohne Umschweife.

„Grüß Gott, Frau Wolf. Sie sind schwanger?"

Carmen Wolf schwieg. Ihre Blicke wanderten unsicher zwischen Brechtl und Sonja hin und her.

„Es wird sich schlecht noch längere Zeit verheimlichen lassen, Frau Wolf. Also?"

„Ja, ich bin schwanger."

„Glückwunsch!", sagte Brechtl und erntete dafür nur ein gequältes Lächeln, „darf man erfahren, wer der Papa ist?"

Carmen presste die Lippen zusammen.

„Thilo", antwortete sie schließlich doch noch.

Brechtl war wenig erstaunt über diese Antwort.

„Sind Sie schon länger zusammen?"

„Ein halbes Jahr. Ein Wunschkind ist es nicht gerade, wenn Sie das meinen."

„Und wie stellen Sie sich die Zukunft vor?"

„Ich bin nicht gerade begeistert von dem Gedanken, Windeln zu wechseln. Aber Thilo sieht das ganz anders. Er will heiraten, eine Familie gründen und so."

„Wusste Ihr Vater davon?"

Carmen verdrehte die Augen.

„Thilo hat sogar bei ihm um meine Hand angehalten. Ganz altmodisch mit Blumenstrauß für die Mama und so."

„Das ‚und so' hatte sie auch schon übernommen", dachte Brechtl, „es heißt ja, dass Ehepartner sich mit der Zeit immer ähnlicher werden, aber dass das schon mit der Verlobung anfängt ..."

„Und, was hat Ihr Vater dazu gesagt?"

Sie zuckte mit den Schultern. „Was wohl? Er hat ihn rausgeworfen."

„Wann war das?", wollte Sonja wissen.

„Vor vier Wochen ungefähr."

„Wie hat Thilo darauf reagiert?", fragte Brechtl weiter.

„Er war natürlich stinksauer."

„Und Ihr Vater?"

„Hat mich zur Sau gemacht, was mir einfällt, mich mit so einem einzulassen. Ich soll das Kind abtreiben lassen und er wird schon dafür sorgen, dass dieser Kerl die Finger von seiner Tochter lässt." Sie machte eine kurze Pause und atmete durch. „Meine Mutter ist dann dazwischengegangen. Sie hat Thilo in Schutz genommen. Später hat sie dann gesagt, dass Papa das nicht so gemeint hat und dass eine Abtreibung natürlich nicht zur Diskussion steht."

Brechtl überlegte kurz, dann fragte er: „Und wie ist Ihre persönliche Einstellung dazu?"

Carmen schaute wieder zwischen den Kommissaren hin und her.

„Zunächst mal ist es mein Kind. Und ich lasse mir von niemandem sagen, ob ich es bekomme oder nicht."

Sonja nickte verständnisvoll.

„Und, haben Sie schon einen Entschluss gefasst?"

Carmen wiegte den Kopf hin und her.

„Das klingt jetzt total scheiße, aber jetzt, wo mein Vater tot ist, spricht eigentlich nichts mehr dagegen und das Kind kann ja wohl am allerwenigsten dafür."

Brechtl war erleichtert. Zum Thema Abtreibung hatte er eine ganz klare Einstellung, die er auch vehement verteidigte. Ein Kind abzutreiben, nur weil es einem nicht in den Kram passte, war für ihn das Allerletzte. Auch finanzielle Gründe ließ er nicht gelten. Schließlich war die deutliche Mehrzahl der Menschen auf dieser Welt viel ärmer und brachte trotzdem ihre Kinder durch. Es gab nur sehr wenige Extremsituationen, in denen seiner Meinung nach eine Abtreibung überhaupt infrage kam. Auch wenn er sonst nicht besonders viel von ihm hielt, hier war er mit dem Papst d'accord. Eigentlich wäre er selbst auch gerne Vater geworden. Er war überzeugt davon, dass er einen guten Papa abgegeben hätte. Aber als die Zeit reif dafür gewesen war, fehlte die passende Frau, und jetzt, wo er die Mitte vierzig erreicht hatte, fühlte er sich zu alt dafür. Abgesehen davon fehlte die Frau immer noch.

„Glauben Sie, Ihr Vater hat das ernst gemeint mit der Abtreibung?"

„Aber sicher hat er das ernst gemeint. Meine Mutter will das bloß nicht begreifen."

„Und was meint Ihr Freund dazu?"

„Wie gesagt, am Anfang war er total begeistert und ließ sich nicht von der Familien-Idee abbringen, aber seit zwei Wochen ..." Sie sprach nicht weiter.

„Was war vor zwei Wochen?", hakte Sonja nach.

„Er ist meinem Vater über den Weg gelaufen und sie haben sich gestritten. Er soll sich bloß nicht wieder hier blicken lassen, hat er gesagt und Thilo vom Grundstück gejagt."

„Und?"

„Na ja, er hatte Angst vor meinem Vater und wollte ihn nicht noch mehr reizen. Er kam nur noch, wenn mein Vater nicht zu Hause war. Das war natürlich schwierig, weil er ja das Praktikum fertig machen muss und der Diakon Häberle das Ganze nicht erfahren soll. Thilo ist ganz schön mit den Nerven runter. Irgendwie ... ja fast schon depressiv."

Die Kommissare sagten nichts dazu. Ein paar Sekunden war es völlig still. Carmen wurde nervös und schaute Brechtl unsicher in die Augen. Dann platzte es aus ihr heraus.

„Er hat ihn nicht umgebracht. Bestimmt nicht. So was würde Thilo nie tun!"

„Ich würde Ihnen das gerne glauben, Frau Wolf. Aber

ein Motiv hätte er natürlich schon. Warum haben Sie uns denn verschwiegen, dass Sie mit ihm zusammen sind und ein Kind von ihm erwarten?"

„Genau deswegen. Es war mir schon klar, dass Sie einfach eins und eins zusammenzählen und dann kommt Thilo als Täter heraus. Aber so ist es nicht."

„Warum sind Sie sich so sicher?"

„Weil ich Thilo kenne. Er ist nicht mehr so, wie er früher war."

So kamen sie nicht weiter. Brechtl stand auf und gab Carmen die Hand.

„Auf Wiedersehen, Frau Wolf. Sie können sich sicher sein, dass Thilo nicht für etwas bestraft wird, was er nicht getan hat. Ein bisschen mehr als eins und eins zusammenzuzählen, das können Sie uns bestimmt zutrauen."

Carmen wirkte schon etwas erleichtert und gab auch Sonja die Hand.

„Wie geht es denn eigentlich dem Baby?", fragte diese und schaute auf Carmens Bauch, dem man noch kaum etwas ansah.

„Ach, dem geht's gut. Das weiß ja nichts von der Welt da draußen."

„Wollen Sie sich dann nicht noch Ihre Bilder abholen?"

„Mach ich", lächelte Carmen ein wenig verlegen.

„Alles Gute!", verabschiedete sich Sonja.

Es waren nur noch zehn Minuten Autofahrt zur Inspektion. Brechtl fuhr schweigend durch die Schwabacher Innenstadt. Er hatte viel zu grübeln. Wie sollte er die anstehende Befragung von Thilo Schubert aufziehen? Was, wenn sich herausstellte, dass er der Täter war? Die Wahrscheinlichkeit war gar nicht so gering, es fehlte nur an Beweisen. Dieser Fall bereitete ihm langsam Magenschmerzen. Noch keinen der Verdächtigen konnte er wirklich völlig ausschließen und andauernd kamen neue

Indizien auf den Tisch. Noch mehr Magengrummeln bereitete ihm aber die Aussicht auf das Gespräch mit dem Chef, das so sicher kommen würde wie das Amen in der Kirche. Er hatte das gleiche Gefühl wie damals in der Schule, wenn er über die Lautsprecheranlage zum Direktor gerufen wurde und keinen Schimmer hatte, was ihn dort erwartete. Er brummte vor sich hin, wie er das immer tat, wenn zu viele Gedanken gleichzeitig sein Hirn verstopften.

„Was denkst du?", unterbrach Sonja das Schweigen.

„Hmm?"

„Worüber du nachdenkst."

„Ach ..." Sein ganzer Weltschmerz lag in diesem Wort.

„Na sag schon, ich kenn dich doch!"

„Mich nervt der ganze Fall."

„Das ist dein Beruf!"

„Deshalb darf er mich doch trotzdem nerven, oder?", entgegnete Brechtl verärgert.

Sonja hob abwehrend die Hände. Nach ein paar Sekunden Pause sagte sie: „Das ist es nicht."

„Was?"

„Es ist doch was anderes, an das du denkst, oder?"

„Hmm."

„Mann, jetzt red schon. Du kannst einem echt auf die Nerven gehen mit deinem Gebrumme."

„Dimi. Es ist Dimi. Ich kann mir lebhaft vorstellen, was der dem Chef alles erzählt hat. Ich hab keine große Lust, mir die Leviten lesen zu lassen."

„Vielleicht war's ja gar nicht so schlimm."

Brechtl drehte den Kopf zu Sonja und warf ihr einen missmutigen Blick zu. Sie zuckte daraufhin nur mit den Schultern und ließ ihn weiter brummen.

Nachdem er den BMW abgestellt hatte, schlich Brechtl die Treppe hinauf. Das Grummeln in seiner Magengegend war keinen Deut besser geworden, im Gegenteil. Er hatte es fast geschafft – die Klinke seiner Bürotür hatte er schon in der Hand –, als vom Ende des Flurs der Befehl kam, der ihn zusammenzucken ließ.

„Herr Brechtl, kann ich Sie bitte in meinem Büro sprechen – sofort!"

Brechtl analysierte den Satz. „Herr Brechtl" war schon mal besser als „Brechtl" und „kann ich Sie bitte" war besser als „ich will Sie". So viel zum positiven Teil der Auswertung. Auf der negativen Seite war „in meinem Büro" zu verbuchen, was so viel hieß wie „unter vier Augen", und ganz übel: „Sofort". Unterm Strich versprach die Unterhaltung nichts Gutes. Brechtl fügte sich in sein unvermeidbares Schicksal und ging den Flur entlang zum Büro des Chefs. Der hatte inzwischen, wie es typisch für ihn war, die Tür geschlossen und wartete hinter seinem Schreibtisch auf das Klopfen. Brechtl atmete noch einmal durch, dann klopfte er an.

„Herein!"

Er ging durch die Tür und versuchte, ein möglichst unschuldiges, neutrales Gesicht aufzusetzen. Gleich schuldbewusst den Kopf einzuziehen, könnte die falsche Taktik sein. Jetzt nur keinen Fehler machen.

„Sie wollten mich sprechen?"

„Ach Sie sind's, Herr Brechtl ..." So ein Schmarrn, wer sollte es denn sonst sein? „... ich habe mich ausführlich mit Herrn Jordanov über die Fortschritte im Fall Wolf unterhalten."

Brechtl begann zu schwitzen. Sollte er jetzt schon mit der Verteidigung anfangen? Lieber nicht. Er wollte erst die Verlesung der Anklage abwarten.

„Mhm", machte er nur.

„Er hat mir einiges erzählt über Ihre Ermittlungen und ich muss sagen, dass ich überrascht bin ..."

„Man muss natürlich sagen, dass das ein außergewöhnlicher Fall ist und dass Herr Jordanov doch recht eigene Vorstellungen von Ermittlungsarbeit hat und er schon einiges dazu beigetragen hat, dass ..."

„Jetzt stellen Sie Ihr Licht mal nicht unter den Scheffel, Brechtl. Ich finde es ganz hervorragend, wie viel Sie schon herausgefunden haben und wie zielstrebig Sie alle Spuren abarbeiten. Herr Jordanov ist ganz begeistert und ich muss sagen: Genau so habe ich mir das vorgestellt mit dem Bild von der deutschen Polizeiarbeit, das wir vermitteln wollen." Er stand auf und klopfte Brechtl auf die Schulter. „Sehr gut, Brechtl! Weiter so! Und jetzt will ich Sie gar nicht länger aufhalten. Sie wollen Herrn Jordanov ja sicher den neuesten Stand mitteilen. Er wird Sie übrigens auch noch nächste Woche unterstützen. Ich habe das mit dem Präsidium abgesprochen. Bitte ..."

Er schob Brechtl zur Tür und öffnete sie. Beim Hinausgehen klopfte er ihm noch einmal auf die Schulter. Brechtl war völlig sprachlos und lächelte nur etwas verlegen. Als sich die Tür hinter ihm schloss, machte er die Augen zu und schüttelte ungläubig den Kopf. Das konnte doch nicht wahr sein. War er hier wirklich im richtigen Film? Was zum Teufel hatte Dimi ihm erzählt? Hoffentlich hatte er nicht damit geprahlt, dass sie schon kurz vor der Aufklärung stehen würden! Schnell lief er in sein Büro, wo Dimi mit seinem breiten Grinsen auf Brechtls bequemem Stuhl saß.

„Dimi, was genau hast du dem Chef erzählt?"

„War gut, oder?", grinste Dimi.

„Dimi ... was hast du ihm erzählt?"

„Weißt du", begann Dimi zu philosophieren, „für Gespräch mit Chef es gibt zwei goldene Regeln." Er fing an, mit den Händen zu gestikulieren, als wollte er den Satz für Gehörlose synchronisieren. „Musst du hören, was er sagen will, und musst du sagen, was er hören will."

Brechtl verdrehte die Augen.

„Toll Dimi, ganz toll, aber jetzt erzähl mir, was du ihm gesagt hast!"

„Ist egal, Kalle. Ist er zufrieden. Hat er erzählt, bin ich nächste Woche auch bei euch?"

Dimi strahlte über das ganze Gesicht, was man von Brechtl wirklich nicht behaupten konnte.

„Ja, hat er."

„Ehrlich?", mischte sich Sonja ein, „das ist ja Klasse!"

Was war daran Klasse? Brechtl hatte die Tage schon rückwärts gezählt. Er wusste nicht, wie er noch mal eine Woche überstehen sollte. Vielleicht sollte er den Urlaub nächste Woche doch einfach nehmen? Urlaubsreif genug war er auf jeden Fall. Der Bulgare wechselte das Thema.

„Marga hat mich einladen."

„Wer ist Marga?", fragte Brechtl.

„Na, Frau von Heiner …"

Ja, klar. Brechtl hatte ihren Vornamen bis eben nicht gekannt.

„… soll ich kommen zu Abendessen, morgen. Sag Kalle, was soll ich bringen als Geschenk? Blumen oder was?"

„Nimm doch einfach eine Flasche von dem Plodowa mit. Das kommt immer gut an."

„Gute Idee, Kalle. Danke schön!"

„Gern geschehen!", grinste Brechtl, der die Wirkung des Getränks noch allzu gut in Erinnerung hatte.

„Wir sollten jetzt mal zum Rainer runterschauen, bevor er sauer wird", gab Sonja zu bedenken.

„Ja, machen wir."

Ein bisschen Ablenkung konnte Brechtl gut gebrauchen. Er hatte zwar keine Ahnung, was Rainer ihm zeigen wollte, aber es klang wirklich wichtig. Also marschierte er mit seiner Mannschaft in den Keller und staunte nicht schlecht, als er sah, was der Erkennungsdienstler in seinem Labor aufgebaut hatte.

Sämtliche Möbel hatte er an die Wände des Zimmers gerückt, mit Ausnahme eines Tisches, der umgekippt in der Mitte des Labors lag. Vor dem Tisch und um ihn herum waren unzählige, aus verschiedenfarbigem Papier ausgeschnittene Fußabdrücke mit Klebestreifen auf dem Boden befestigt. Ein völlig undurchschaubares Wirrwarr.

Mit stolz geschwellter Brust kam Rainer aus seinem Büro und ging auf die Kommissare zu.

„Gell, do schausd?"

„Wennsd mer eds no erglährsd, wos des is."

„Ich hob die ganzn Schouabdrügg vom Daadodd abgnummer und undersouchd. Dann hobbis genau su affm Bodn babbd, wäis an derer Garaasch aa woarn." Er zeigte auf den Tisch. „Der Diisch is die Garaasch. Ab dou ungefähr is gschodderd, dou findsd kanne Schburn. Obber hindn rum, vo der Derrassn zum Schdall und bei dem Schdrohlacher, dou hommer an Haffm Abdrügg", erläuterte Rainer.

Brechtl war beeindruckt.

„Ganz scheene Erberd hasd der do gmachd!"

„Des glabbsd. Zwaa Dooch hobbi brauchd derfier. Obber eds konni der ganz genau song, wos si dou abgschbield had."

Rainer führte sie zu seinem „Tatort" und begann zu erklären.

„Fümbferlei Schouabdrügg hobbi gfundn. Dou is zouganger wäi am Blärrer. Die vom Nodarzd hobbi glei wechglassn. Di andern vier hom immer andere Farbm: Blau is der Wolf. Rod is der Däder. Vermudlich a Mo. Gräi is a anderer Mo, wohrscheinlich a zimmlich digger. Und Gelb is a Fraa, odder a Mo mid Schlabbm und ganz glaane Fäis, obber iich dibb aff a Fraa."

„Woher wassdn, dass der Rode der Däder is?", fragte Brechtl.

„Eds wadd hald amol. Iich erglährs der scho no."

„Entschuldigung", meldete sich Dimi ungewohnt kleinlaut, „wenn ihr in Fränkisch redet, kann ich nicht so gut verstehen. Kannst du vielleicht in Deutsch sagen?" Rainer drehte sich zu Dimi um und fing noch mal von vorne an. Er gab sich wirklich Mühe.

„Die Schuhabdrügge sind vom Daadodd, ja? Viele Leude waren da. Blau is der Dode. Rod is der Däder. Grün is ein digger Mann, Gelb is eine Frau ... vermudlich. Verschdandn?"

Dimi nickte, also machte Rainer weiter.

„Also, der Wolf is vo dou driemer kummer, vo der Einfadd, und bis zu derer Eggn gloffm. Dou isser schdee bliem und nacher hader scheimboar mim Däder graffd und dou isser dann umbrachd worn." Als er Dimis fragenden Gesichtsausdruck bemerkte, begann er, genau auf den blauen Abdrücken zu laufen. „Wolf ist von da gekommen ... gehd hier hin, dann raufen und dann umbrachd. Okay?"

Dimi nickte wieder. Jetzt lief Rainer auf den grünen Abdrücken: „Der gräine Moo is aa vo der Einfadd kummer und drei Meder wech schdee bliem. Nau isser widder zrigg gloffm. Ob des vuurher odder nachher woar, wassi ned. Umbrachd haddn der obber ned, wall er zu weid wech woar."

Rainer spielte pantomimisch nach, dass der Stiel der Mistgabel zu kurz gewesen wäre, um Wolf zu erreichen. Er warf wieder einen Blick auf Dimi, der mit dem Daumen nach oben signalisierte, dass er verstanden hatte.

„Das war der Fremmer", bemerkte Sonja und erntete zustimmendes Kopfnicken.

„Hab ich gesagt, rote Franz ist kein guter Mörder! Krieg ich Bier von dir, Kalle!"

„Vergiss es, Dimi!", machte Brechtl klar und deutete Rainer an, weiterzumachen. Jetzt waren die roten und die gelben Abdrücke an der Reihe.

„Die andern zwaa sinn vom Haus her kummer, vo der Derrassndier. Erschd der Däder, dann die Fraa. Der Däder hadds zimmlich eilich ghabbd. Und douderla an der Eggn vo der Garaasch hadsn dann gwaffld. Woar rechd a Läbbere, doddn. Obber der is widder aafgschdandn und affm Wolf zugloffm und na homms nu aweng graffd und vo dou aus had ern dann ogschdochn und is abghaud. Die Fraa is bis zur Eggn vo der Garaasch gloffm und dann widder zrigg ins Haus ganger."

Dimi hob wieder den Zeigefinger, also übersetzte Rainer erneut ins Hochdeutsche und lief den Weg noch einmal ab.

„Däder kommd von Derrasse, ganz schnell. Da viel rudschich, Mann hingefallen. Okay? Dann schdehd Mann auf und kämbfd mit Wolf und dann …"

Er spielte den kompletten Tathergang nach. Wirklich filmreif.

„Frau kommd auch von Derrasse, bleibd an der Egge sdehen, dann gehd sie wieder ins Haus. Däder rennd da hinder – um die Scheune rum – und fährd weg."

„Wie – fährt weg?", mischte sich Brechtl ein.

„Ner wechgfohrn isser hald. Mid sein Mobbed."

„Wos fiä a Mobbed?"

„Ner dou, hinder der Scheuner, dou woar a Mobbed gschdandn. Odder a Modorroller. Hommer Reifmschburn. Und mid dem is er wechgfoarn. Richdung Waldweech, wo mer di Daschn gfundn hom", erklärte Rainer.

„Und warum saggsd mer des eds erschd?", regte sich Brechtl auf.

„Ko ja iich nix derfier, wenn du erschd Middooch in die Erberd kummsd."

Brechtl wurde hektisch. Die Sache mit dem Motorroller hätte ihm Rainer ja wirklich auch schon früher sagen können.

„Bei unseren Verdächtigen gibt es nur einen, der einen Roller fährt. Thilo Schubert", schlussfolgerte er.

„Stimmt nicht. Kleine Fremmer vom Bammes hat auch Moped", widersprach Dimi.

„Ja, aber der war zur Tatzeit noch in der Arbeit. Und Motiv hat er auch keines. Also bleibt nur Thilo Schubert."

„Was hat Thilo für Motiv?"

„Hat dir Sonja nichts von dem Kind erzählt?"

„Doch, wie du bei Heiner gewesen. Aber warum bringt er Opa von seine Kind um? Bloß weil er nicht leiden kann? Glaub ich nicht! Und Moped gibt viele, das is noch kein Beweis."

So leicht ließ sich Brechtl nicht von seiner Idee abbringen. Während er den Ablauf erklärte, lief er ebenfalls die Spuren ab. „Für mich sieht die Sache ziemlich klar aus: Schubert war bei seiner Freundin Carmen. Als Wolf spät in der Nacht nach Hause kommt, macht Thilo sich über die Hintertür aus dem Staub. Aber weil es so glatt ist, rutscht er aus. Wolf hört das, geht zur Garage und sieht Thilo. Es kommt zum Streit, in dessen Verlauf Schubert Wolf ermordet und dann mit dem Roller abhaut. Fremmer kommt zu spät und sieht nur noch den Toten. Und die Frauenspuren sind natürlich die von Carmen, die am nächsten Morgen ihren Vater findet, als sie die Pferde versorgen will. Passt alles haargenau. Oder hat jemand eine bessere Erklärung?"

Die Geschichte klang einleuchtend und die Indizienlage war erdrückend. Sonja nickte zustimmend, während Dimi immer noch einen Einwand hatte.

„Und was ist mit Laptop? Warum macht er kaputt und wirft weg?"

„Das kannst du ihn von mir aus selber fragen. Er wird schon einen Grund gehabt haben. Ich denke mal, er kann das Teil in seinem Zimmer nur schwer verstecken, deshalb hat er ihn weggeworfen."

„Warum nimmt er dann erst mit?"

„In der Laptoptasche war ja auch die Brieftasche. Die hat er offensichtlich mitgenommen. Der Laptop war nur Ballast. Vielleicht hat er ihn deshalb weggeworfen."

„Aber warum ..."

„Dimi!", setzte Brechtl der ewigen Warum-Fragerei ein Ende, „ich hab jetzt keine Zeit für warum und vielleicht. Ich schau, dass ich mir den Schubert greife." Er wandte sich an Rainer. „Hasd du den Reifmabdrugg dou? Konn ich des selber vergleichn?"

„Ich konn der die Bezeichnung vo dem Reifm gehm. Hobbi scho in der Dabelln gfundn. Es is Michelin ircherdwos ..."

„Ja, mach amol, bidde!"

„Obber wennsd denn Roller findsd, nix olanger, gell!"

Rainer verschwand kurz in seinem Büro und schrieb die Reifenbezeichnung auf einen Zettel, den er Brechtl überreichte.

„Rainer, dange! Sauber gerberd!", verabschiedete sich Brechtl und forderte die anderen beiden auf, mitzukommen.

„Und bringd mer Schou zum Vergleing mid!", rief Rainer den Kommissaren noch hinterher.

Brechtl holte seine Dienstwaffe aus dem Schließfach. Eigentlich sollte er sie im Dienst außerhalb der Inspektion ständig tragen, aber das war ihm lästig. Bisher hatte er sie noch nie benutzen müssen. Aber sicher war sicher. Wenn Schubert bei der Festnahme durchdrehen würde, wollte er ihm nicht unbewaffnet gegenüberstehen. Als sie im Auto saßen, zog Brechtl sein Notizbuch aus der Tasche und reichte es Sonja.

„Sonja, ruf bitte den Diakon an und sag ihm, dass wir noch mal mit Thilo Schubert sprechen müssen. Ich will genau wissen, wo er ist. Aber er soll dem Jungen nichts davon erzählen!"

Brechtl war heiß. Er war davon überzeugt, ganz kurz vor der Aufklärung des Falles zu stehen. Umso kälter erwischte ihn Sonjas Mitteilung, als sie aufgelegt hatte.

„Thilo Schubert ist nicht da. Hat seinen freien Nachmittag."

„Scheiße. Und jetzt?"

„Na, wo wird er gehen? Zu seine Freundin natürlich!"

Logisch. Brechtl stellte das Magnetblaulicht aufs Dach und gab Gas. Eine Viertelstunde später, kurz bevor sie das Anwesen der Wolfs erreichten, montierte er es wieder ab und fuhr langsam in die Einfahrt. Neben der kleinen Scheune stand Thilos Roller. Brechtl zog den Zettel von Rainer aus der Tasche, gab ihn Dimi und erklärte seinen Schlachtplan.

„Dimi, du schaust nach, ob an dem Roller diese Reifen montiert sind. Und du sorgst dafür, dass uns der Schubert nicht abhaut – verstanden? Sonja und ich gehen ins Haus und schauen nach, ob er da ist, und du passt auf, ob jemand rauskommt."

„Okay, Chef!" Dimi salutierte.

„Kalle, tu mir einen Gefallen: Wenn wir Sybille Wolf treffen, lass mich reden, ja?"

Eigentlich eine Frechheit, die Sonja da vom Stapel ließ. Aber sie hatte ja recht. Die Fettnäpfchen waren schon wieder bereitgestellt. Also nickte Brechtl nur. Tatsächlich war es Frau Wolf, die ihnen die Tür öffnete.

„Grüß Gott Frau Nuschler, wollen Sie zu mir?"

„Grüß Gott Frau Wolf! Können wir einen Moment reinkommen?"

„Ja sicher. Grüß Gott, Herr Brechtl."

„Grüß Gott!" Brechtl hielt sich an die Abmachung und ließ Sonja reden.

Er warf einen Blick auf die Schuhe, die fein säuberlich in einem Regal gleich neben dem Eingang einsortiert waren. Die Herrenschuhe waren ausschließlich Modelle, die mit Sicherheit nicht Thilo gehörten. Sie stammten von Jochen Wolf. Wäre ja auch zu einfach gewesen.

Frau Wolf bat sie ins Wohnzimmer und bot ihnen einen Kaffee an, den die beiden dankend ablehnten.

„Wie geht es Ihnen, Frau Wolf?", begann Sonja feinfühlig.

„Ach, wie soll es mir schon gehen? Es ist nicht so einfach, das Ganze zu begreifen. Ich bin es ja gewohnt, allein zu sein, aber … es ist schwer, wissen Sie?"

Sonja ließ ihr kurz Zeit, bis sie anfing, Fragen zu stellen.

„Wo ist Carmen im Moment?"

„Die haben Sie gerade verpasst. Sie ist raus, zu den Pferden." Sie zeigte in Richtung Terrassentür. „Wir reden nicht mehr viel und streiten uns nur noch. Wir gehen uns aus dem Weg. Das war früher auch nicht so."

„Und Thilo?"

„Den habe ich schon seit ein paar Tagen nicht mehr gesehen. Ich bleibe lieber im Haus, wissen Sie. Draußen lauern die Nachbarn und die Presse. Ich hab keine Lust, Leute zu treffen."

„Der Roller steht draußen. Er müsste eigentlich hier sein."

„Da müssen Sie Carmen fragen."

„Was halten Sie denn von Thilo?"

Frau Wolf schaute sie nur unsicher an.

„Wir wissen, dass Carmen ein Kind von ihm erwartet. Was denken Sie darüber?"

„Ich glaube, dass Thilo im Grunde ein feiner Kerl ist. Er hat es nicht einfach gehabt. Sein Vater ist weg, seine Mutter ein Fall für die Psychiatrie. Wenn Sie mich vor einem halben Jahr gefragt hätten, ob ich ihn als Schwiegersohn haben möchte, hätte ich sicher nein gesagt. Aber meine Tochter liebt ihn und er sie. Und er hat wirklich mit seiner Vergangenheit abgeschlossen. Er ist ein bisschen jung, aber älter wird er von selber. Und das Kind werden wir schon schaukeln." Sie lächelte leicht.

Feiner Kerl. Brechtl hielt sich zurück. Frau Wolf würde die Wahrheit über ihren Schwiegersohn in spe noch früh genug erfahren. Irgendwie kam sie ihm nervös vor. Er hätte nicht sagen können warum, aber er spürte, dass hier eine gewisse Spannung in der Luft lag.

„Kann ich mal kurz ins Arbeitszimmer Ihres Mannes?", fragte er, um die Gelegenheit nutzen zu können, im Haus in alle Zimmer zu schauen.

„Ja sicher. Im ersten Stock, gleich rechts. Soll ich mitkommen?"

„Nein danke. Ich bin gleich wieder da."

Ein kurzer Blick genügte und Sonja wusste, was sie zu tun hatte. Sie beschäftigte Frau Wolf mit Fragen, damit er Gelegenheit hatte, nach Thilo zu suchen. Im Erdgeschoss waren noch die Küche inklusive Abstellraum, ein Bad und das Schlafzimmer. Brechtl lief die Treppe nach oben und durchsuchte alle Zimmer der Reihe nach. Niemand zu sehen. Blieb noch der Keller. „Mit welcher Ausrede sollte er da hinunter kommen? Frechheit siegt", dachte er.

„Ein wirklich schönes Haus, Frau Wolf. Ob ich mir wohl den Keller auch noch anschauen könnte?", fragte er, nachdem er wieder im Wohnzimmer angekommen war.

„Wir haben keinen Keller. Was suchen Sie denn?"

„Ach so. Ich dachte …", Brechtl kam ins Schwitzen, „… hat ihr Mann nicht so was wie einen Bastelkeller?"

Sonja rollte mit den Augen.

„Nein, mein Mann hat nichts gebastelt. Als Handwerker war er nicht besonders gut. Das Haus haben wir gekauft, wie es ist, aus einer Insolvenzmasse. Da mussten wir zum Glück nicht viel dran machen."

„Ja, ich schau dann mal zu Ihrer Tochter. Sie ist draußen, sagten Sie?"

„Bei den Pferden, ja."

Brechtl kehrte auf dem Weg zur Haustür noch mal um und gab Frau Wolf die Hand.

„Auf Wiedersehen, Frau Wolf."

Sonja warf ihm einen unterkühlten Blick zu.

„Ich komm später nach, Kalle."

„Ja, lass dir Zeit!"

Brechtl machte, dass er raus kam. Der Roller stand immer noch an derselben Stelle, Dimi war aber nirgends zu sehen. Himmel Herrgott, er hatte ihm doch gesagt, dass er warten sollte! Verärgert ging er um die Garage herum zu der Box, in der der schwarze Friese gestanden hatte. Sie war leer. Über eine Leiter kletterte er hoch in den kleinen Dachboden über dem Stall, doch außer ein paar Heuballen war auch hier nichts zu sehen. Er drehte sich um und blickte über die Wiesen hinüber zum Waldrand. Auf dem Weg, der zu dem anderen Stall führte, sah er zwei Menschen mit dem schwarzen Riesenpferd. Er kletterte schnell hinunter und lief ihnen hinterher. Als er sie erreichte, traute er seinen Augen nicht. Carmen führte das Pferd an einem Strick und ohne Sattel hoch zu Ross saß kein anderer als Dimi. Er hielt sich an der Mähne fest und strahlte übers ganze Gesicht. „Kalle! Bin ich seit ich Kind war nicht mehr auf ein Pferd gesessen. Macht Spaß!", rief er, als Brechtl sie keuchend erreicht hatte.

„Ich sehe, Sie haben sich bereits kennengelernt. Grüß Gott, Frau Wolf."

„Grüß Gott, Herr Brechtl. Der Dimi hat mir schon gesagt, dass Sie mit Thilo sprechen wollen."

Der Dimi. War der mit jedem gleich per Du? Dem wird er was erzählen, dem Dimi, wenn sie wieder alleine waren. Brechtl war sauer, aber er beherrschte sich.

„Ja, das ist richtig."

„Thilo ist mit Domina unterwegs, aber er müsste eigentlich bald wieder da sein." Sie zeigte in Richtung des

Fichtenwaldes, der direkt an die Koppeln grenzte. „Thilo ist ein Naturtalent beim Reiten, dem kann ich meine Schätzchen unbesorgt anvertrauen."

Wie zur Bestätigung schnaubte das Riesenpferd und warf seinen Kopf in Brechtls Richtung.

„Ich dachte, das Pferd hat was mit den Füßen?" Brechtl machte einen Schritt zurück und lief mit einigem Sicherheitsabstand nebenher.

„Das ist schon viel besser geworden. Wir können schon wieder leicht belasten. Gell, Dickerle?" Sie tätschelte das Pferd am Hals.

„Bin ich leichte Belastung!", bemerkte Dimi stolz.

„Ja, das kann man so sagen", dachte sich Brechtl. In diesem Moment sah er, wie Thilo aus dem Wald geritten kam. Er steuerte im Schritt auf Dominas Stall zu, der noch etwa hundert Meter von ihnen entfernt war. „Na klasse", dachte Brechtl, „wenn er uns jetzt sieht, gibt er Gas, ist in zwei Minuten an der Garage bei seinem Roller, und dann ist er weg." Er verfluchte Dimi innerlich, während der mit dem Finger in Richtung des Reiters zeigte und rief:

„Da, schau, da ist schon!"

Brechtl ließ Thilo nicht aus den Augen. Und es kam, wie befürchtet. Als Thilo die Gruppe entdeckte, trieb er die Stute an. Brechtls Adrenalinspiegel stieg. Was sollte er jetzt machen? Er griff zu seinem Pistolenholster. Unfug. Wenn er jetzt einen Schuss abgeben würde, würden die Pferde scheuen. Dimi hatte noch nicht mal einen Zügel zum Festhalten. Außerdem war Brechtl sowieso ein miserabler Schütze. Die Wildwest-Methode war der falsche Plan. Aber Thilo kam den Weg entlang genau auf sie zu.

„Dimi, steig ab!", rief Brechtl.

„Warum?"

„Runter jetzt!" Er zerrte Dimi am Arm und der Friese machte einen Hopser zur Seite. Dimi rutschte von seinem

Rücken und kam etwas unsanft auf dem weichen Boden auf.

„Sag, spinnst du, Kalle?"

Es war sowieso schon zu spät, Thilo war nur noch wenige Meter von ihnen entfernt. Das Pferd aus dem vollen Galopp anzuhalten, schien Brechtl unmöglich. Umso erstaunter war er, als Thilo kurz vor ihnen durchparierte, wendete und sich der Gruppe anschloss. Während Dimi irgendwelche bulgarischen Ausdrücke vor sich hin brabbelte, war Brechtl erleichtert, dass es hier zu keiner Bonanza-Verfolgungsjagd kommen würde. Aber Thilo saß immer noch auf dem Pferd.

„Guten Tag, Herr Schubert. Das ist mein Kollege, Herr Jordanov. Wir hätten noch einige Fragen an Sie. Steigen Sie bitte ab!"

Thilo stieg sofort von seinem Pferd und führte es am Zügel weiter.

„Ja, bitte, was wollen Sie denn noch wissen?"

„Das möchte ich gerne auf der Inspektion mit Ihnen besprechen."

„Können wir das nicht hier machen?"

„Nein, ich fürchte, das geht nicht."

„Ja, muss ich gleich mitkommen oder kann ich das Pferd noch versorgen, und so?"

Brechtl schaute Carmen fragend an.

„Allein schaff ich das nicht!", sagte die und hob demonstrativ den Strick, an dem sie den Friesen führte.

„Wie lange dauert das denn?"

„Zehn Minuten", antwortete Thilo.

„Ja, gut. Wir kommen mit."

„Was wollen Sie denn noch von mir?"

„Der Herr Brechtl meint immer noch, dass du Papa umgebracht hast."

Na toll. Auf diese Kurzzusammenfassung von Carmen hätte Brechtl auch verzichten können.

„Was soll der Scheiß? Ich hab Ihnen doch schon gesagt, dass ich nichts damit zu tun habe!", regte sich Thilo auf.

Brechtl versuchte, ihn wieder zu beruhigen: „Das können wir alles in Ruhe auf der Inspektion besprechen." Um ihn herum waren nur missmutige Gesichter. Dimi versuchte, seine seltsame Hose sauber zu klopfen, und murmelte immer noch vor sich hin.

Als sie am Stall angekommen waren, tauschte Thilo das Zaumzeug gegen ein Stallhalfter, band die Stute an einem Haken neben der Box fest und sattelte sie ab. Brechtl schaute sich kurz nach Dimi und Carmen um. Die beiden standen ein paar Meter entfernt, anscheinend ließ sich Dimi etwas über die Hufkrankheit des Friesen erklären. Als Brechtl sich wieder umdrehte, stand Thilo ihm gegenüber. Bei seinem Anblick setzte Brechtls Herz zwei Schläge aus. Stocksteif stand er da und starrte auf die Mistgabel, die Thilo in seinen Händen hielt. Dann stürmte er nach vorn und riss den jungen Mann zu Boden. Die Mistgabel fiel herunter, aber Brechtl konnte Thilo nicht festhalten, der schneller wieder auf den Beinen war als er. Als Brechtl sich wieder aufgerafft hatte, befand sich die Stute zwischen ihnen, zerrte wie wild an ihrem Strick und schlug mit den Hinterläufen aus. Thilo stand mit hochgestreckten Armen da und rief:

„Hou, ruhig!"

Wie aus dem Nichts kam plötzlich etwas Orangefarbenes von links herangeflogen und warf ihn um. Es war Dimi, der den Jungen in Sekundenschnelle unter Kontrolle hatte.

„Was soll denn der Scheiß!", brüllte Thilo und wehrte sich vergeblich gegen den Polizeigriff des Bulgaren, während der ihn vom Pferd wegzerrte.

„Herr Schubert, ich nehme Sie vorläufig fest wegen …" – des Verdachts auf vorsätzliche Körperverletzung mit Todesfolge zum Nachteil von Jochen Wolf hätte es eigentlich heißen müssen, aber Brechtls Herz schlug bis zum Hals und für derart komplizierte Formulierungen hatte er jetzt keine Nerven – „... Mordes an Herrn Wolf."

Brechtl lief in großem Bogen um das Pferd herum zu Dimi hinüber, der ihm zwei Kabelbinder entgegenstreckte.

„Hab ich immer dabei", bemerkte er stolz.

Nachdem Brechtl Thilo gefesselt hatte, stellte er ihn an die Stallwand und begann, ihn zu durchsuchen. Inzwischen ging Dimi ganz entspannt auf die Stute zu, die immer noch wild umhersprang. Er tätschelte sie am Hals und sprach irgendetwas Bulgarisches in ihr Ohr. Sie beruhigte sich und eine halbe Minute später stand sie so friedlich da, als ob nichts geschehen wäre. „Ja, super. Pferdeflüsterer ist er also auch noch", dachte Brechtl und war sich nicht sicher, ob er Dimi jetzt dankbar sein oder ihm ein paar Ohrfeigen verpassen sollte.

„Was soll das? Ich wollte doch nur die Box ausmisten", meckerte Thilo.

„Das können Sie uns alles auf der Inspektion erzählen."

Sie gingen an der verstörten Carmen vorbei, die immer noch den Friesen festhielt.

„Herr Brechtl ..."

„Was?", fragte Brechtl in eigentlich viel zu scharfem Ton.

„Sie können Thilo doch nicht so einfach mitnehmen."

„Kümmern Sie sich um Ihre Pferde und lassen Sie den Rest meine Sorge sein."

Brechtl ließ sie einfach stehen. Ihm war schon klar, dass er sich ein bisschen im Ton vergriffen hatte, aber er war einfach stinksauer. Er wartete noch, bis Carmen sie nicht mehr hören konnte, dann nahm er sich Dimi zur Brust.

„Sag mal Dimi, was war das jetzt wieder für eine Nummer?"

„Was für Nummer?"

„Ich hab dir gesagt, du sollst dir den Motorroller anschauen und beim Haus bleiben."

„Hast du gesagt, soll ich schauen, ob einer rauskommt."

„Ja genau! Und was machst du?"

„Hab ich geschaut. Carmen ist rausgekommen. Da bin ich gegangen und hab gefragt."

„Das war nicht die Abmachung, Dimi. Befragungen sind meine Sache."

„Kalle. Sind wir Team. Sind wir sogar gutes Team, hat Heiner gesagt. Alle machen mit."

„Komm mir jetzt bloß nicht mit dem Heiner. Wenn ich sage, du bleibst am Haus, dann bleibst du am Haus. Kapiert?"

„Was bist du so böse, Kalle?"

„Du hast ja gesehen, was passiert ist."

„Ja, hab ich. Ohne mich wärst du geschmissen gewesen."

„Ohne dich wär's erst gar nicht so weit gekommen."

„Ach ja? Wer hat denn gefunden, wo der Junge ist?"

„Und was, wenn der an uns vorbeireitet und mit seinem Roller abhaut?"

„Kann er nicht", antwortete Dimi und zog einen Zündkerzenstecker aus seiner Hosentasche.

Thilo traute sich nicht, auch nur einen Mucks von sich zu geben, während Brechtl ihn am Arm festhielt und vor sich her schob.

„Und die Reifen, hast du die wenigstens angeschaut?"

„Sind die von Zettel."

„Na dann hast du doch gewusst, dass es gefährlich werden kann! Warum wartest du dann eigentlich nicht auf mich?"

„Kalle. War ich sechs Jahre bei Spezialeinheit. Meinst du, den slab chovek hab ich Angst?"

Er deutete verächtlich auf Thilo.

„Darum geht es nicht, Dimi."

„Da hab ich mehr Angst, wenn du mich von Pferd schmeißt!"

Inzwischen hatten sie das Haus erreicht. Sonja stand bereits neben dem BMW und hielt die hintere Tür auf, nachdem Brechtl auf die Fernbedienung gedrückt hatte. Sie wartete noch, bis Thilo auf der Rücksitzbank Platz genommen hatte, dann schloss sie die Tür und meckerte Brechtl an.

„Das war ja ein super Auftritt von dir, Kalle. Bastelkeller. Was Blöderes ist dir nicht eingefallen, oder? Und ich kann schauen, wie ich das wieder hinbieg. Danke schön auch."

„Mich hat er von Pferd geworfen. Schau mal. Ganze Hose ist schmutzig!", echauffierte sich Dimi.

Brechtl öffnete den Mund, aber die passenden Worte fielen ihm nicht ein. Er drückte Sonja den Autoschlüssel in die Hand und setzte sich mit den Worten „Wisst ihr was … ihr könnt mich alle mal gern haben!" schmollend neben Thilo auf die Rücksitzbank.

Während der Fahrt sprach er kein Wort. Erst als Sonja nicht auf die Autobahn fuhr, sondern geradeaus weiter Richtung Feucht, mischte er sich ein.

„Wo fährst du eigentlich hin, sag mal?"

„Nach Rummelsberg – Schuhe holen. Auch schon wieder vergessen?"

Sie gingen mit Thilo zu seinem Zimmer im Jugendhilfe-Zentrum und ließen sich sämtliche Schuhe geben. Brechtl rief Rainer an. Größe dreiundvierzig könnte passen, war die Auskunft. Seine Kollegen vom Erkennungsdienst würden den Roller in Altdorf abholen. Während der Fahrt nach Schwabach berichtete Dimi Sonja die ganze Geschichte aus seiner Sicht. Brechtl saß wortlos auf der Rücksitzbank. Er spürte förmlich seinen Autoritätsverlust. Irgendwann würde der Zeitpunkt gekommen sein, an dem er ein Machtwort sprechen musste. Es war kein Problem für ihn, Schlägertypen oder Betrunkene anzubrüllen und sie in die Schranken zu weisen. Aber bei seinen Kollegen tat er sich schwer. Zum Kommissariatsleiter würde er es auf diese Tour nie bringen. Er war einfach zu gut für diese Welt.

Glava osem / Kapitel acht

Donnerstag 13:55
Gegenüber von Brechtl und Dimi saß Thilo Schubert an dem großen Tisch im Besprechungszimmer – ohne Schuhe. Sonja hatte ihn aufgefordert, sie auszuziehen, und sie, zusammen mit den anderen, hinunter zu Rainer gebracht. Thilo war die Aufregung anzumerken, immer wieder schüttelte er ungläubig den Kopf. Ob er wirklich Angst hatte oder nur nervös war, konnte Brechtl nicht in seinem Gesicht lesen. Auf der Fahrt zur Inspektion hatten die Polizisten kein Wort darüber verloren, welche Beweise sie gegen ihn hatten. Thilo bemühte sich, ruhig zu bleiben, als er auf seine Füße zeigte und fragte:

„Was wird das jetzt?"

„Das werde ich Ihnen gleich erklären, Herr Schubert. Nur Geduld!"

Mit dem „du" war es vorbei. Brechtl duzte Beschuldigte grundsätzlich nicht, schon gar nicht, wenn es sich um potenzielle Mörder handelte. Er ließ ihn noch ein bisschen schmoren und wartete, bis Sonja zurück war. Sie kam mit der Nachricht, dass es ein wenig dauern würde, bis Rainer ihnen Bescheid geben konnte. Dann setzte sie sich an den kleinen PC-Tisch, um das Protokoll mitzuschreiben.

„Herr Schubert", begann Brechtl die übliche Formel, „Sie wissen, dass Sie nichts aussagen müssen, was Sie selbst belastet, und dass Sie jederzeit einen Anwalt hinzuziehen können?"

„Ja, ich hab auch schon mal einen Krimi gesehen. Wenn Sie mir jetzt noch sagen, wo ich einen Anwalt herbekommen soll."

„Wir können Ihnen einen besorgen."

„Nein danke. Aber ich möcht schon gern wissen, was das hier soll."

„Bitte unterschreiben Sie mir erst mal das hier."

Brechtl legte ihm das Formblatt für Beschuldigte vor. Schubert überflog es kurz, setzte seine Unterschrift darunter und schob es zurück.

„Ich hab damit nichts zu tun!"

Seiner zittrigen Stimme war die Nervosität anzuhören.

„Herr Schubert, wo waren Sie in der Nacht von Sonntag auf Montag, als Herr Wolf ermordet wurde?"

„Zu Hause."

„Also in Ihrem Zimmer in Rummelsberg?"

„Ja."

„Das glaube ich Ihnen nicht, Herr Schubert."

„Warum?"

„Weil wir wissen, dass Sie nicht dort waren."

Der Junge blickte ungläubig zwischen Brechtl und Dimi, der wie immer auf seinem Stuhl lümmelte, hin und her.

„Nach zehn kommt man nicht mehr aus dem Haus. Wo soll ich denn sonst gewesen sein?"

„Halten Sie uns nicht für dumm, Herr Schubert. Wir kennen den Trick mit dem Fenster über dem Zaun vom Sportplatz. Also, wo waren Sie?"

„Ich war zu Hause!"

„Haben Sie Zeugen dafür?"

„Wen denn?"

„Irgendjemand wird doch überprüfen, ob Sie in Ihrem Zimmer sind."

„Ja, der Edgar, einer von unseren Betreuern, der hatte die Nachtbereitschaft. Der macht um elf seine Runde."

„Und danach?"

„Niemand. Ich war bis kurz vor zehn bei Kevin und dann auf meinem Zimmer, allein."

„Was haben Sie da gemacht?"

„Gelesen oder ferngesehen, ich weiß es nicht mehr."

„Was gelesen und was angeschaut?"

„Ich weiß es nicht mehr", sagte er mit Nachdruck.

Brechtl legte eine kurze Pause ein, bevor er weitermachte.

„Sie haben einen Motorroller, Herr Schubert."

„Ja, von Carmen, hab ich Ihnen doch schon gesagt."

„Wie erklären Sie uns, dass dieser Motorroller in der Nacht beim Haus der Familie Wolf stand?"

„Gar nicht. Er stand oben am Mauschel-Hof, wo er immer steht. Ich bin doch am Montag damit zu Carmen gefahren."

Langsam wurde es Brechtl zu dumm.

„Ich sage Ihnen, wo Sie waren. Sie sind irgendwann nach dreiundzwanzig Uhr zu Carmen gefahren. Um halb zwei kam Herr Wolf nach Hause. Sie sind hinten durch die Terrassentür aus dem Haus, um ihm nicht zu begegnen. Auf dem Weg zu Ihrem Roller sind Sie ausgerutscht. Herr Wolf hat Sie erwischt und im Streit haben Sie ihm die Mistgabel in die Brust gerammt, bevor Sie abgehauen sind. Und dafür haben wir Beweise."

Thilo saß leichenblass auf seinem Stuhl und starrte Brechtl an. Sein Mund stand offen und es hätte nicht viel gefehlt, dass er angefangen hätte zu heulen.

„Das stimmt nicht. Das stimmt einfach nicht. Ich war zu Hause. Ehrlich!"

„Herr Schubert, wenn Sie ein Geständnis ablegen, wird sich das sicher positiv auswirken. Überlegen Sie es sich."

„Da brauch ich nichts zu überlegen. Ich hab nichts getan. Das müssen Sie mir glauben!"

„Warum sind Sie dann mit der Mistgabel auf mich losgegangen?"

„Ich bin überhaupt nicht auf Sie losgegangen. Ich wollte die Box ausmisten. Ehrlich, Mann!"

„Für Sie immer noch Herr Brechtl, ja! Zum letzten

Mal: Was hat sich Sonntagnacht bei den Wolfs abgespielt?"

„Ich weiß es nicht, verdammt. Ich war zu Hause!"

Er klang ziemlich verzweifelt. Brechtl war nur nicht klar, ob seine Verzweiflung daher rührte, dass er wirklich nichts getan hatte, oder ob er einfach keine Ausrede mehr fand und sich stur auf sein „Ich war zu Hause" versteifte. Jedenfalls, so viel wusste Brechtl aus Erfahrung, konnte er die Befragung hier abbrechen. Er musste ja nur noch auf die Auswertung von Rainer warten, dann war die Sache gelaufen.

„Ich werde Sie jetzt in unsere Arrestzelle bringen. Wenn Sie eine Aussage machen oder einen Anwalt anrufen wollen, können Sie das jederzeit tun."

Er nickte Sonja zu, die aufstand und Thilo Handschellen anlegte. Brechtl nahm den Jungen am Arm und führte ihn in den Keller.

„Kann ich Carmen anrufen?", fragte Thilo, als sie vor dem Zellentrakt am Fuß der Treppe standen.

„Das machen wir schon", antwortete Brechtl.

„Und meine Schuhe?"

„Ich sorge dafür, dass Sie ein paar Schuhe bekommen."

Er übergab Thilo an den Beamten der Schutzpolizei, der Innendienst hatte und sich um die Bewachung des Inhaftierten kümmern musste. Der führte ihn in eine der Einzelzellen.

Es gibt wohl kaum ungemütlichere Räume als Arrestzellen. Der komplette Raum war mit altmodischen weißen Kacheln gefliest. Durch die Glasbausteine, die zu einem Schacht im Innenhof führten, drang gedämpftes Licht – hindurchschauen konnte man nicht. An der linken Wand befand sich eine gemauerte Pritsche mit einer Holzumrandung und einer reichlich dünnen Matratze, auf der eine Wolldecke lag. Auf der rechten Seite war eine Toilette ohne Deckel, die ebenfalls komplett einbetoniert war. Daneben noch eine gemauerte Sitzgelegenheit mit einer Holzauflage und einer an der Wand befestigten Lehne. Ein Gitter trennte den kleinen Waschraum ab, den man aber nur in Anwesenheit eines Polizisten benutzen durfte. Das war auch schon das ganze Inventar. Alles, was den Arrestanten geboten wurde, waren viereinhalb Quadratmeter Raum zum Nachdenken. Brechtl verabschiedete sich von dem Kollegen und ging hinüber zu Rainer.

„Und, wäi schauds aus mid die Schou?"

„Eds dou ner mol langsam. Iich ko aa ned zaubern!"

„Hasd a Boar, wo er ozieng ko?"

„Die Dornschou woarns ned, die hobbi scho ogschaud."

Brechtl griff sich die Schuhe, die Rainer ihm hinhielt.

„Dou fei di Schoubändler raus, gell."

„Dange fiar den Hinweis. Ich erber erschd seid gesdern in den Loden."

Brechtl fingerte die Schnürsenkel heraus und legte sie in die Plastikbox zu den Schuhen, die noch auf ihre Untersuchung warteten.

„Und saggsd Bescheid, wennsd wos wassd."

„Sunsd nu wos, Herr Haubdkommissar?"

„Dange. Des woars dann scho."

„Biddschen. Servus."

Rainer griff sich den nächsten Schuh und legte ihn neben den Gipsabdruck.

Als Brechtl Thilo die Schuhe durch die Gitterstäbe in seine Zelle stellte, saß der wie versteinert auf der Matratze. Er blickte nicht einmal hoch.

Dimi wartete in Brechtls Büro auf ihn.

„Kalle", sagte er und streckte ihm die Hand entgegen, „halbe Stunde is lang vorbei. Kein Streit mehr, okay?"

Brechtls Zorn war immer noch nicht ganz verflogen,

aber er wollte seine Zeit auch nicht damit vergeuden, sich herumzustreiten. Ganz so schlecht fand er die Halbe-Stunde-Regel auch nicht. Wenn alle das so handhaben würden, wäre die Welt ein ganzes Stück friedlicher. Also schlug er ein.

„Noch was, Kalle … wie wäre Essen gehen? Hab ich Hunger!"

Wenigstens ein vernünftiger Vorschlag. Brechtl schlug Aufregung immer auf den Magen. Ihm wurde allerdings nicht schlecht, im Gegenteil – wenn er aufgeregt war, bekam er immer Hunger. Deshalb konnte er es guten Gewissens auf seinen Beruf schieben, dass er in den letzten Jahren einige Pfunde zugelegt hatte. Sie holten Sonja ab und fuhren in die Schwabacher Innenstadt, zur Pizzeria von Salvatore, Brechtls Stamm-Italiener.

„Sonja, mia bella, hast du neue Freund?", begrüßte sie Salvatore, noch bevor er die Bestellung aufnahm, und legte dabei Dimi freundschaftlich die Hand auf die Schulter, „musst du aufpassen, Kalle! Vuoi qualcosa da bere? Was trinken?"

Salvatores Familie lebte schon seit Jahrzehnten in Schwabach und er sprach eigentlich akzentfrei Deutsch. Aber anscheinend dachte er, es wäre gut fürs Geschäft, wenn er auf Italiener machte. Manchmal konnte es einem auf die Nerven gehen, aber seine Pizza war einfach die beste weit und breit. Als Salvatore die Getränke brachte, zupfte Dimi ihn am Ärmel.

„Bist du Italiener?", fragte er ihn.

„Naturalmente!" Salvatore warf sich in die Brust wie ein Heldentenor.

„Kannst du Pizza machen? Richtige italienische Pizza?"

„Si capisce!"

„Wo machst du?"

Salvatore runzelte die Stirn. „In Küche natürlich!"

Dimi stand auf und nahm Salvatore am Ellbogen. „Komm ich mit. Will ich lernen."

Die beiden verschwanden durch die Küchentür. Sonja und Brechtl konnten sich lebhaft vorstellen, wie es dort jetzt zuging. Sie hatten ihren Spaß daran, es sich in den schillerndsten Farben auszumalen. Außerdem nutzte Brechtl die gute Gelegenheit, Sonja die Festnahme aus seiner Sicht zu erzählen. Es dauerte eine halbe Stunde, bis die beiden wieder aus der Küche kamen. Salvatore trug die Pizzen für Brechtl und Sonja, Dimi hatte den rechten Arm um ihn gelegt, in der linken Hand trug er einen Riesenteller mit einer Pizza in Familien-Größe. Sie lachten, als wären sie seit Jahren die besten Freunde. Dimi stellte seinen Teller auf den Tisch und setzte sich. Dann zeigte er mit dem Finger auf den Italiener.

„Dieser Mann kann Pizza machen! Echte italienische Pizza für Bulgaren!"

Was immer sich in der Küche abgespielt hatte, jedenfalls sagte Salvatore, als Brechtl bezahlen wollte: „Heute für meine guten Freunde geht aufs Haus", und verschwand lachend hinter dem Tresen.

„Was hast du mit dem Salvatore gemacht?", wollte Brechtl von Dimi wissen, als sie wieder auf dem Weg in die Inspektion waren.

„Gekocht", war die lapidare Antwort.

Als sie den Flur im ersten Stock der Inspektion entlang liefen, rief Manne Brechtl zu sich. Er übergab ihm einen kleinen Stapel Papier. Es war die Zusammenfassung des Videobandes. Wie immer tipptopp und übersichtlich ausgearbeitet, mit genauen Zeitangaben und unterschiedlichen Farben für Tatsachen und Mutmaßungen. Das musste man neidlos anerkennen: Für solche Aufgaben war Manne einfach der Beste. Brechtl wollte ihn gerade für die tolle Arbeit loben, als Dimi über den Gang brüllte:

„HEINZI-TELEFON!"

In Sekundenschnelle war Brechtls Puls auf hundertachtzig. Er lief in sein Büro, bohrte Dimi den Zeigefinger in die Brust und zischte:

„Was fällt dir ein, an mein Telefon zu gehen?"

„Hat geklingelt."

„Das ist mein Telefon. Wir sprechen uns noch."

Er griff sich den Hörer: „Brechtl."

„Grüß dich Heinzi. Wer woar nern der nedde Mo, der wo ans Delefon ganger is?"

„Der ‚nedde Mo' is der Kolleche Jordanov aus Bulgarien. Und der had an meim Delefon goar nix verlorn." Er warf Dimi einen grantigen Blick zu.

„Erberd der woll neierdings fiä diich? Do is aa Zeid worn, dassd amol aweng Hilfe grigsd. Hasd ja goar nix derzälld."

„Des is a lange Gschichd, Mama. Warum rufsdn o?"

„Also des mid dem Abflussreinicher had aa ned glabbd. Ez hobbi scho mehr wie die halbe Flaschn neigschüdd, obber do doud si nix. Maansd ned, der Markus kennerd si des amol oschauer?"

Brechtl wusste genau, wie sehr Markus diese Einsätze nach Feierabend auf die Nerven gingen. Aber was sollte er machen. Die Sache hörte sich so an, als würde er einen Fachmann brauchen. Im Zweifelsfall war es das geringere Übel, Markus um den Gefallen zu bitten, als vor seiner Mutter dumm dazustehen, weil er es nicht schaffte, einen Abfluss zu reparieren.

„Ich wass obber ned, wäi der Markus Zeid had."

„Bressierd ja ned! Des langd sis nu, wenn er heid Ohmd kummd."

„Ich rufn amol o."

„Des dauerd doch beschdimmd ned lang. Des konner scho mol machen. Kummder hald glei zum Omdessn! Ich mach eich Bfannerkoung mid Abflmus."

Auch wenn es eine seiner Leibspeisen war – Brechtl wollte zumindest eine Stunde seines Feierabends genießen.

„Du Mama, ich wass ned, wann ich heid raus kumm. Konn aweng schbäder wern."

„Dann wadd i hald. Die sinn ja schnell gmachd. Also bis nacher."

Brechtl gab sich geschlagen.

„Bis nacher. Ade Mama."

„Und sagsd deim neddn Kolleng scheene Grieß, gell."

„Ja, machi."

Er legte den Hörer auf die Gabel und drehte sich um, um ein Wörtchen mit dem „netten Kollegen" zu wechseln.

Aber der war spurlos verschwunden. Brechtl wählte Markus' Nummer und brachte ihm die Neuigkeit schonend bei. Die Begeisterung hielt sich in Grenzen, aber man konnte sich wie immer auf ihn verlassen.

Nachdem es seine Mutter wieder einmal geschafft hatte, dass er den Faden gründlich verloren hatte, nahm Brechtl Mannes Bericht erneut zur Hand. Er ging damit durch die Verbindungstür zu Sonja, die inzwischen wieder an ihrem Schreibtisch saß.

„Na Heinzi?", neckte sie ihn.

Brechtl hob drohend den Zeigefinger.

„Wo issn der ander?"

„Auf der Toilette, glaub ich. Was hast du denn da?"

„Die Zusammenfassung von dem Videoband – ein echter Gruber!" Er gab Sonja den Ausdruck, die ihn fast ehrfürchtig entgegennahm und anfing zu lesen. Das Klatschen auf dem Flur kündigte Dimis Rückkehr an. Brechtl baute sich vor ihm auf.

„Hör mal zu, Dimi. Das ist mein Telefon. Da geh ich ran und sonst niemand. Ist das klar?"

„Sonja geht auch."

„Bei Sonja ist das was anderes."

„Warum? Sind wir ein Team, oder? Was is, wenn wichtiger Hinweis is, wo anruft?"

„Das war kein wichtiger Hinweis."

„Weiß ich. War deine Mama, wo hat Probleme mit Abflussrohr. Is auch wichtig."

„Aber nicht für dich. Ein für alle Mal: Du gehst nicht an dieses Telefon. Verstanden?"

„Hab ich verstanden. Hast du ja laut gesagt. Aber ..."

„Dimi!", herrschte er ihn an.

„Ja weiß schon. Nix aber."

Dimi drehte sich um und schielte auf die Papiere, die Sonja in der Hand hielt.

„Was liest du?", fragte er.

„Der Inhalt von dem Videoband. Hat der Manne geschrieben."

„Das hat er schön geschrieben. Kann ich auch lesen?"

Sonja übergab ihm den Bericht und Dimi ließ sich damit auf einen Stuhl fallen.

„Kalle, machst du Kaffee, bitte?", sagte er, als würde er bei einem Kellner bestellen.

Brechtl ging durch die Verbindungstür und zog sie hinter sich ins Schloss. „Auf den Kaffee kannst du lange warten!" Mit verschränkten Armen setzte er sich in seinen Bürostuhl und schmollte vor sich hin. Sein Telefon klingelte, aber er hob nicht ab. Er war gespannt, ob Dimi sich trauen würde, herüberzukommen. Er traute sich nicht. Sein Glück! Im Nachbarzimmer hörte er Sonjas Telefon läuten. Kurze Zeit später kam sie mit Dimi im Schlepptau durch die Verbindungstür.

„Der Rainer hat angerufen", berichtete sie, „der Roller war es ziemlich sicher, aber von den Schuhen passt keiner."

„Mist!", fluchte Brechtl.

„Vielleicht hat er uns nicht alle gegeben. Der wird

sich ja wohl auch seinen Teil gedacht haben, als wir seine Schuhe mitnehmen wollten."

„Hmm. Kann sein."

Dimi untersuchte die Kaffeetassen und stellte fest, dass seine Tasse leer war. Mit irgendeinem bulgarischen Gebrumme stellte er sie unter die Maschine. Jan streckte den Kopf durch die offene Bürotür.

„Moin zusammen! Du Kalle, ich hab was für euch."

Er überreichte Brechtl das Foto eines jungen Mannes. Der hatte eine Baseball-Mütze tief in die Stirn gezogen, sein Gesicht konnte man aber dennoch recht gut erkennen. Lippen und Augenlider waren mit Kajalstift schwarz umrandet, was ihn auffallend blass aussehen ließ.

„Das Foto hat mir die Sparkasse Nürnberg zugeschickt. Die wurden von Mastercard informiert, dass der Mann versucht hat, mit einer der Kreditkarten von Wolf Geld abzuheben. Hat natürlich nicht geklappt. Die Karte war ja gesperrt und wurde eingezogen."

„Wo wurde das aufgenommen?", wollte Brechtl wissen.

„Das ist an einem Geldautomaten in der Sparkasse Schwarzenbruck."

„Und weiß man, wer das ist?"

„Keine Ahnung. Die schicken uns auch noch die Karte zu, zum ED-Abgleich."

„Fingerabdrücke und so", übersetzte Sonja für Dimi, der den Ausdruck nicht verstanden hatte.

„Danke, Jan", bedankte sich Brechtl.

„Keine Ursache!"

Jan winkte den beiden anderen kurz zu und verschwand wieder hinaus auf den Flur. Sonja und Dimi schauten Brechtl über die Schulter.

„Ich geh runter zu Schubert und frag ihn, wer das ist." Brechtl wollte sich auf den Weg machen, aber Dimi hielt ihn auf.

„Brauchst du nicht. Kenn ich den Mann."

„Wie, du kennst den Mann?"

„Hab ich mit ihm geredet. Ist Kevin Seiler, Freund von Thilo."

Brechtl holte seinen Taschenkalender aus der Jacke und rief noch einmal bei Diakon Häberle an. Der versprach, Kevin zu holen und in fünf Minuten zurückrufen. Kurze Zeit später klingelte schon das Telefon.

„Brechtl, Kripo Schwabach."

„Häberle hier. Ich hab jetzt den Kevin Seiler neben mir sitzen. Ich geb Sie mal weiter."

Brechtl schaltete schnell den Lautsprecher ein, damit die anderen auch mithören konnten.

„Kevin Seiler, Sie wollten mich sprechen?"

„Ja, Herr Seiler. Ich habe hier ein Bild von Ihnen aus der Sparkasse in Schwarzenbruck. Es zeigt, wie Sie versuchen, mit einer Kreditkarte Geld abzuheben. Können Sie mir das erklären?"

Am anderen Ende der Leitung war erst einmal Pause.

„Herr Seiler, ich muss wissen, woher Sie diese Kreditkarte haben."

Kevin überlegte erst, dann antwortete er:

„Von Thilo. Ich hab sie zufällig in seinem Zimmer gefunden. Ich hab mir gedacht … na ja, ich wollt halt ausprobieren, ob man damit Geld abheben kann."

„Wo genau haben Sie die Karte gefunden?"

„Unter der Matratze, in einer schwarzen Brieftasche."

„Sie wissen, wem die Karte gehört?"

„Na dem Wolf. Stand ja drauf."

„Und da haben Sie sich nichts dabei gedacht?"

„Ja schon, aber ich verpfeif doch meinen Kumpel nicht!"

Über so viel Dummheit konnte Brechtl nur den Kopf schütteln.

„Wo ist die Brieftasche jetzt?"

„Wieder unter der Matratze. Bloß die Karte, die hat der Automat behalten."

„Geben Sie mir bitte Herrn Häberle wieder."

„Ja, Häberle."

„Herr Häberle, wir werden noch mal zu Ihnen kommen. Bitte schließen Sie das Zimmer von Thilo Schubert ab und achten Sie darauf, dass niemand hineinkommt."

„Wo ist Thilo?"

„Das erkläre ich Ihnen, wenn wir da sind."

„Ja gut, meinetwegen."

„Vielen Dank, Herr Häberle."

„Und Kevin?"

„Den werden wir später auch noch mal brauchen. Er müsste halt in der Nähe bleiben."

„Er hat heute Nachmittag Unterricht."

„Das dauert nicht lang."

„Ja, gut. Wiederhörn, Herr Kommissar."

„Wiederhörn."

Brechtl legte auf und wandte sich an Sonja.

„Da brauchen wir einen Durchsuchungsbeschluss. Machst du das, Sonja? Was meinst du – sollen wir auch gleich wegen dem Haftbefehlsantrag für Thilo Schubert fragen?"

„Ich sprech mal mit dem jüngsten Gericht. Aber vielleicht sollten wir lieber noch warten, wir haben ja noch einen Tag."

So ein Haftantrag musste ausreichend begründet sein. Und gerade Staatsanwalt Hermann konnte man manchmal nicht so einfach überzeugen, beim Richter einen Haftantrag zu stellen. Den meisten Staatsanwälten genügte eine telefonische Anfrage, aber er wollte immer alles schriftlich, am besten die ganze Akte. Dagegen war ein Durchsuchungsbeschluss mehr oder weniger Formsache und ging ziemlich schnell, vor allem wenn es sich um Kapitalverbrechen handelte.

Aber spätestens morgen musste Thilo dem Haftrichter vorgeführt werden, so wollte es das Gesetz. Bis dahin mussten sie hieb- und stichfeste Argumente beisammen haben – oder noch besser ein Geständnis.

Während sie auf das Fax vom Gericht warteten, rief Brechtl bei Carmen an. Er teilte ihr mit, dass Thilo über Nacht hier bleiben müsse, und hörte sich ihre Beteuerungen an, dass ihr Freund unschuldig sei. Was sollte sie auch anderes sagen?

„Was wartest du? Willst du nicht schauen nach Brieftasche?", fragte Dimi ungeduldig, nachdem Brechtl aufgelegt hatte.

„Da brauchen wir erst einen richterlichen Durchsuchungsbeschluss. Das geht über den Staatsanwalt ans Gericht und wenn der Richter ihn genehmigt hat, kommt er per Fax an uns und erst dann können wir loslegen."

„Und wenn du aufs Klo willst, brauchst du da auch Genehmigung von Frau Merkel oder reicht Polizeipräsident?"

„Bei uns hat eben alles seine Ordnung, Dimi. Wir können nicht einfach machen, was wir wollen. Wir müssen die Gesetze beachten. Und das ist auch gut so."

„Wenn ich mal Verbrecher werde, komm ich nach Deutschland. Wahrscheinlich kann ich Fahrgeld zu Bank, wo ich raube, von Steuer absetzen."

„Dimi, jetzt mal ehrlich, ihr braucht doch in Bulgarien auch einen Durchsuchungsbeschluss, oder?"

„Kalle, weißt du, ist immer Unterschied von Theorie und Praxis. Natürlich in Theorie wir brauchen, aber in Praxis, wenn Polizei will in Wohnung, lässt du sie rein, weil willst du keinen Ärger haben. Wenn einer unbedingt Richter-Zettel haben will, er bekommt, wenn wir ihn paar Stunden gefragt haben, warum er Polizeiarbeit hindern will. Also, keiner verlangt. Das ist Praxis."

Brechtl gab auf. Es war sinnlos zu versuchen, Dimi

von den Vorzügen deutscher Rechtsstaatlichkeit zu überzeugen. Zum Glück dauerte es nicht lange, bis das Fax das gewünschte Papier ausspuckte.

Zusammen mit Rainer und zwei Mann aus dessen Team fuhren sie nach Rummelsberg. Dort überreichten sie Diakon Häberle den Durchsuchungsbeschluss und klärten ihn darüber auf, dass Thilo vorläufig festgenommen war. Danach machten sie sich daran, Thilos Zimmer auf den Kopf zu stellen. Die Kommissare blieben lieber an der Tür stehen, der kleine Raum war mit den Erkennungsdienstlern schon überfüllt. Gleich als Erstes hob einer von Rainers Mitarbeitern die Matratze hoch, zog etwas darunter hervor, warf einen kurzen Blick darauf und wollte es Brechtl überreichen, der bereits eifrig winkte.

„Schdobb!", ging Rainer dazwischen, „zäich der gfälligsd Henscher o."

Brechtl ließ sich Handschuhe geben und hatte dann endlich den Beweis in Händen, den er so dringend brauchte. In der Brieftasche waren der Personalausweis und einige Scheckkarten von Jochen Wolf.

„Okay, das war's. Das dürfte wohl genügen." Triumphierend hielt er die Brieftasche hoch. Rainer nahm sie ihm wieder aus der Hand und ließ sie in einem Plastikbeutel verschwinden.

„Eds wo mer scho dou sin, schau mer aa glei nu, ob mer nu wos andersch finden."

Die Kollegen vom Erkennungsdienst machten ihre Sache wirklich gründlich. Brechtl überlegte, ob er sie einmal anheuern sollte, um in seiner Wohnung die ganzen zweiten Socken zu suchen, die ja irgendwo stecken mussten. Bei der Durchsuchung kam nichts Relevantes mehr zum Vorschein, schon gar keine Schuhe. Nur eine schwarze Jacke nahm Rainer noch mit. Er wollte die Textilfasern mit denen vergleichen, die er an der Leiche gefunden hatte.

Nachdem die Erkennungsdienstler wieder abgefahren waren, ließ Brechtl sich von Diakon Häberle zu Kevin Seiler führen. In einem leeren Unterrichtsraum saßen die drei Kommissare dem jungen Mann gegenüber. Kevin war sehr schlank, hatte etwas längere schwarze Haare, die akkurat nach vorne gekämmt waren. Überhaupt machte er einen sehr gestylten Eindruck. Augen und Lippen waren genau wie auf dem Foto geschminkt. Ob er von Natur aus so blass war oder ob das auch irgendeinem Puder zu verdanken war, konnte Brechtl nicht erkennen. Jedenfalls fand er es fürchterlich, wenn Männer sich schminkten. Er mochte es schon bei Frauen nicht besonders. Der junge Mann trug eine schwarze Hose und ein schwarzes T-Shirt mit den Konzertdaten einer Band, deren Name Brechtl nichts sagte.

„Herr Seiler", begann Brechtl das Gespräch, „bitte erzählen Sie mir noch einmal, wie Sie an diese Kreditkarte gekommen sind."

„Ich war bei Thilo im Zimmer und hab auf ihn gewartet, weil er noch nicht da war. Und da hab ich mich aufs Bett gesetzt, ein bisschen schwungvoll. Da hat es das Betttuch rausgezogen und weil ich weiß, dass der Thilo da sehr ordentlich ist, wollte ich es wieder drauf machen. Und wie ich die Matratze hochgehoben habe, lag die schwarze Brieftasche drunter. Na ja, ich hab reingeschaut und die ganzen Kreditkarten gesehen. Und der Ausweis vom Wolf war auch drin. Ich hab die eine Kreditkarte rausgenommen und mir das Geburtsdatum gemerkt. Ich hab halt gedacht, vielleicht ist das sein Zahlen-Code. Kann man ja mal probieren. Hat aber nicht geklappt."

„Sie wollten also Geld von dem Konto abheben?"

„Ja, na ja, ich weiß schon, dass das nicht richtig ist, aber der hatte doch sowieso Unmengen Kohle und außerdem war er ja da schon tot und ich dachte … na ja ich dachte, das merkt keiner, wenn ein bisschen was fehlt."

„Herr Seiler, das ist Diebstahl."

„Hat ja nicht geklappt."

„Dann ist es immer noch versuchter Diebstahl."

„Ja Mann, jetzt reiten Sie mich doch da nicht rein, ich hab Ihnen doch auch geholfen."

Er warf einen Blick zu Dimi.

„Es wird sich schwer vermeiden lassen, dass Sie eine Anzeige bekommen", erklärte Brechtl.

„Aber da krieg ich doch mildernde Umstände, oder?"

„Das habe ich nicht zu entscheiden, aber darum werden sich auch meine Kollegen kümmern. Warum haben Sie Ihren Fund nicht der Polizei gemeldet. Sie wussten doch, dass Herr Wolf ermordet wurde."

„Ich wollte meinen Kumpel nicht verpfeifen. Das macht man nicht."

„Das hat mit verpfeifen nichts zu tun. Es geht hier nicht um ein Päckchen Kaugummi aus dem Supermarkt, sondern um Mord, Herr Seiler."

Kevin wiegte den Kopf hin und her.

„Ja, trotzdem, so was mach ich nicht."

„Haben Sie mit Thilo über den Mordfall gesprochen?"

„Er hat mir halt erzählt, dass der alte Wolf erstochen worden ist und dass die Polizei da ist."

„Hat er sonst noch etwas dazu gesagt?"

„Nein."

„Hat er den Mord Ihnen gegenüber gestanden?"

Kevin überlegte kurz.

„Nein."

„Herr Seiler, bitte denken Sie genau nach. Es ist wichtig. Sie brauchen niemanden in Schutz zu nehmen."

Kevin zögerte noch einmal.

„Nein, er hat nichts gesagt."

„Herr Seiler, war Thilo Schubert in der Nacht von Sonntag auf Montag bei Ihnen?"

„Ja, bis kurz vor zehn, dann ist er gegangen."

„Wohin?"

„In sein Zimmer, denke ich. Ich habe nicht nachgeschaut."

„Und war er die ganze Nacht dort?"

„Wie soll ich das wissen? Ich war ja nicht bei ihm."

„Ist es möglich, dass er nachts noch einmal aus dem Haus gegangen ist?"

„Na ja, möglich ist es schon. Hab ich Ihrem Kollegen ja schon erzählt." Er zeigte auf Dimi.

„Aber gehört oder gesehen haben Sie ihn dabei nicht?"

„Nein, ich hab geschlafen."

„Gut Herr Seiler. Das war es von meiner Seite. Meine Kollegen werden sich um die Sache mit der Kreditkarte kümmern. Wenn Sie da bei uns in der Inspektion sind, brauche ich noch Ihre Unterschrift fürs Protokoll."

Kevin nickte.

„Auf Wiedersehen, Herr Seiler."

Brechtl stand auf und gab ihm die Hand. Der lasche Händedruck passte überhaupt nicht zu den schwarz lackierten Fingernägeln, dem Leder-Nietenarmband und dem furchterregenden Tattoo auf dem Unterarm. Auf die obersten Fingerglieder waren die Buchstaben des Wortes „HATE" eintätowiert. Brechtl war überhaupt kein Freund von Tattoos. Wenn sie so offensichtlich die Ausgrenzung aus der Gesellschaft symbolisierten, verringerte das auch die Chancen, sich wieder in die Gesellschaft zu integrieren. Aber das war nicht seine Sache. Diesbezüglich war der junge Mann hier in Rummelsberg schon an der richtigen Adresse.

Zurück in der Inspektion verfasste Brechtl einen sehr ordentlich begründeten Überstellungsbericht und faxte ihn an Staatsanwalt Hermann. Heute würde er keine Antwort mehr bekommen. Es war schon fast sechs Uhr und das Gericht lief um diese Zeit auf Sparflamme. Bei

Hermann konnte man zwar davon ausgehen, dass er noch in seinem Büro war, aber außerhalb der Geschäftszeiten war nur für Notfälle einer der Richter im Dienst. Egal – Brechtl hatte es nicht eilig, der Fall war in trockenen Tüchern. Zu gerne hätte er sich jetzt zu Hause auf sein Sofa gelegt und in Ruhe ein paar CDs angehört, aber er hatte ja noch seinen sanitären Notfall zu bearbeiten. Also verabschiedete er sich schleunigst und machte sich auf den Weg nach Hause.

Es war Punkt sieben Uhr, als Markus den Mercedes Sprinter direkt vor Brechtls Füßen anhielt. Brechtl stieg ein, setzte sich wortlos auf den Beifahrersitz und schnallte sich an. Ein kurzer Blick genügte zur Begrüßung. Als sie am Speckschlag, dem Röthenbacher Stadtteil, in dem seine Eltern seit über fünfzig Jahren wohnten, ankamen, sagte Brechtl:

„Dange, gell!"

„Bassd scho."

Seine Mutter öffnete schon die Haustür, bevor sie klingeln konnten. Sicher hatte sie schon seit einer halben Stunde dahinter gelauert, mutmaßte Brechtl.

„Gedd ner rei. Wolld er glei a boar Bfannerkoung odder erschd nacher? Die Schou kennder fei olassn."

Natürlich nicht, das war nur so eine Redensart. Im Hause Brechtl ging es ordentlich zu. Der weiche Teppichboden hatte nicht die geringsten Abnutzungserscheinungen und das sollte auch so bleiben.

„Grüss Godd, Frau Brechtl! Erschd die Erberd, dann is Vergnüng!", antwortete Markus, während er seine Schuhe auszog und sich gleich auf den Weg ins Bad machte.

„Ouwäi", raunte er Brechtl zu, als er die Bescherung sah. Das Waschbecken war zur Hälfte mit Wasser gefüllt, das eine ungesund hellblaue Färbung hatte. Er nahm die Flasche mit Abflussreinigergranulat in die Hand und überflog die Bedienungsanleitung.

„Wäi vill hommsn do nei gschüdd, Frau Brechtl?"

„Ner ja, die Flaschn woar ganz nei. Ich hobb mer dachd: Vill hilfd vill", tönte es aus der Küche. Markus hielt die Flasche Brechtl hin und zeigte mit dem Zeigefinger auf die Textstelle „einen Esslöffel". Brechtl verdrehte die Augen.

„Denn Siffong konnsd endsorng, hull än Aamer und zäich der Henscher o", riet Markus und machte sich auf den Weg zum Auto.

Brechtl organisierte Gummihandschuhe und einen Putzeimer von seiner Mutter und lehnte das Angebot „Konn i der wos helfm, Bou?" freundlich, aber bestimmt ab. Dann stellte er den Eimer unter den Siphon und löste vorsichtig die Schraubverbindungen. Dabei war er sehr darauf bedacht, dass kein Tropfen auf den Boden gelangte. So wie diese Flüssigkeit roch, würde sie bestimmt die Glasur von den Fliesen ätzen. Der Siphon war vollständig mit dem zu einem festen Klumpen verschmolzenen Reinigungsgranulat gefüllt. Er zeigte ihn Markus, der inzwischen mit allerlei Ersatzteilen, Werkzeug und Maschinen von draußen zurückgekehrt war. Der winkte ab und leuchtete mit einer Taschenlampe in das offene Abflussrohr.

„Dou braung mer schweres Gerääd!", war seine Einschätzung. Er brachte die elektrische Spirale in Stellung und schaltete den Motor ein, der das Stahlseil mit lautem Rumpeln durch das Abflussrohr trieb. Frau Brechtl kam ins Bad geeilt und war entsetzt, als sie die Sauerei sah, die Markus zu Tage beförderte.

„Allmächd! Wadd, ich hull glei an Budzlabbm!", rief sie aufgeregt.

„Des is halb su schlimm, Fraa Brechtl. Dädn Sie driem in der Kichn amol in Schdöbsl nei und is Beckn voller lauwarmer Wasser laafm lassn, obber ganz langsam! Und in Schdöbsl goud fesdhaldn!"

„Ja, freilich!"

Gleich darauf hörte man aus der Küche das Wasser plätschern.

„Wieso langsam?", flüsterte Brechtl seinem Freund zu.

„Walls dann länger dauerd."

Schmunzelnd half Brechtl seinem Freund, die Fliesen sauber zu wischen und den neuen Siphon zu montieren. Nach einer Dreiviertelstunde Schufterei unter dem Waschbecken sah alles wieder tipptopp aus. Der Abfluss funktionierte tadellos und die beiden setzten sich an den Küchentisch, um ihre Pfannkuchen zu genießen. Brechtl musste sich anhören, wie toll Markus das alles gemacht hatte und dass es doch schön sei, jemanden als Freund zu haben, der handwerklich so begabt war. Natürlich war sie stolz auf ihren Sohn, denn Polizist war ja ein anständiger Beruf. Aber er war eben Beamter und das hatte ihrer Ansicht nach nichts mit richtiger Arbeit zu tun. Zugenommen hatte er auch schon wieder und es würde langsam Zeit, dass er eine Frau findet, damit er etwas Vernünftiges zu essen bekommt. Außerdem sollte er sich endlich einmal anständige Klamotten zulegen, wie sein Bruder. Dieselbe Leier wie bei jedem seiner Besuche. Brechtl trug es mit Fassung.

Zum Abschied gab Frau Brechtl ihrem Sohn einen Kuss auf die Wange und steckte Markus zehn Euro und eine Tafel Schokolade zu.

„Soggsd hald in Heinzi, wos des Rohr kosd, gell! Ich zohls der dann."

„Ja freilich. Und is negsde Mol nehmers hald an Schdambfer, des gäid vill besser wäi des neimodische Chemiezeich."

„Des hobbi scho brobierd, obber der Heinzi had gmaand, ich soll des Bulver nehmer."

Der Heinzi sagte lieber nichts dazu.

„Und dangschenn für die Bfannerkoung, Fraa Brechtl. Woarn brima!", bedankte sich Markus.

Frau Brechtl strahlte über das ganze Gesicht. Als er vor seiner Haustür aus dem Transporter stieg, gab Brechtl Markus dankbar die Hand.

„Dange numool!"

„Gudd Nachd, Heinzi! Und fei schee Zäh budzn, gell", scherzte Markus mit erhobenem Zeigefinger, bevor er wegfuhr.

Feierabend. Was für ein Tag! Müde, aber zufrieden ließ sich Brechtl auf seinem Sofa nieder und legte die alten Schinken aus den Achtzigern auf. Bruce Hornsby, Bob Seeger, The Clash und wie sie alle hießen. Ins Bett schaffte er es nicht mehr.

Glava dewet / Kapitel neun

Freitag 6:50

Für seinen Rücken war die Sofaübernachtung nicht gerade günstig. Entsprechend krumm stand Brechtl am Freitag ungewöhnlich früh in seinem Bad. Es war ihm egal. Heute war das Finale. Er würde Thilo mit der Brieftasche konfrontieren und war sich sicher, dass der Junge einknicken würde und … es war sein letzter Tag mit Dimi am Haken. Nächste Woche konnte sich Sonja mit ihm beschäftigen. Brechtl würde seinen Urlaub genießen und gelegentlich mitleidig an Sonja und die Kollegen denken, die die ganze Schreibarbeit erledigen mussten.

Eigentlich ein Wunder, dass sie diesen Fall innerhalb von fünf Tagen gelöst hatten. Auf der Fahrt zur Arbeit konnte ihn nicht einmal der Stuss, den die Radiomoderatorin mit ihren dämlichen Ich-hab-so-tolle-Laune-Sprüchen verbreitete, aufregen. Er war der Erste im Büro, was so gut wie nie vorkam, und ging gleich hinüber zum Faxgerät in Sonjas Büro. Wie erhofft lag darin die Kopie des Haftbefehlsantrags, den Staatsanwalt Hermann gestellt hatte. Mit einem Lächeln im Gesicht machte Brechtl sich einen Kaffee, setzte sich an seinen Schreibtisch und sortierte die Unterlagen, die verstreut über die ganze Arbeitsfläche lagen, um für den Termin beim Richter eine ordentliche Akte zusammenzustellen. Das Einzige, was fehlte, war Mannes Bericht über das Videoband. Na ja, den konnte man ja noch einmal ausdrucken.

Um viertel neun kamen Sonja und Dimi zusammen ins Büro. Schon auf dem Flur hörte Brechtl sie diskutieren.

„Moin miteinander!", begrüßte er die beiden.

„Was machst du denn schon da?", wunderte sich Sonja.

Brechtl kam gar nicht dazu zu antworten. Dimi mischte sich ungeduldig ein.

„Kalle. Wir müssen reden." Klang wie bei seiner Ex-Freundin, die mit diesem Satz immer ellenlange Diskussionen über ihre Beziehung eingeleitet hatte. Bedeutungsschwer hielt Dimi Mannes Bericht hoch. „Habe ich das nach Hause genommen, weil mir was komisch gekommen ist. Und jetzt weiß ich auch, was."

„Na, da bin ich mal gespannt."

„Kannst du ganze Bericht lesen, alles ist gut. Aber ganz zum Schluss ist Sache, wo nicht stimmt." Er hielt Brechtl die letzte Seite unter die Nase. „Da steht, nächsten Früh kommt Carmen aus dem Haus, geht Richtung Pferdestall, sieht ihre Vater und rennt zurück in Haus."

„Ja und, was ist daran komisch?"

„Wenn Carmen ist auf Bild von Kamera, sie ist vorne gelaufen, bei Einfahrt. Aber Spuren von Frau, wo Rainer gezeigt, sind hinter Garage. Sieht man nicht in Kamera. Also: Wer ist Frau, wo hinten gelaufen?"

Brechtl rieb sich das Kinn und dachte nach.

„Da hat er recht", bestätigte Sonja.

„Ja, ja", murmelte Brechtl, „da hat er recht."

Dimi grinste selbstzufrieden und stellte seine Tasse unter die Maschine: „Vielleicht war nicht Mord von einem, sondern haben mehrere gemacht."

„Hmm", brummte Brechtl vor sich hin.

„Und warum Laptop kaputt gemacht ist, weißt du auch nicht."

„Hmm."

„Und Schuhe hast du auch nicht. Hast du nur Indiz, keine Beweis. Hast du ganz große Löcher in deine Arbeit, Kalle."

Klugscheißer. Der Bulgare brauchte nur fünf Minuten und Brechtls gute Laune war wieder beim Teufel. Er hatte keine Lust, das Ganze noch einmal aufzurollen.

„Aber es gibt einen, der alle Löcher stopfen kann. Nämlich der Täter. Und den holen wir uns gleich mal."

Brechtl griff zum Telefon und rief unten beim Wachpersonal an. Zehn Minuten später saßen sie zusammen mit Thilo im Besprechungszimmer. Thilo sah müde aus. Mit Sicherheit hatte er eine ungemütliche Nacht hinter sich.

Die Matratze in der kleinen Zelle war alles andere als bequem, das wusste Brechtl aus leidvoller Erfahrung. Wenn es mal nicht anders ging, hatte er auch schon darauf geschlafen. Brechtl stellte sich neben Thilo und verschränkte die Arme.

„Guten Morgen, Herr Schubert. Gut geschlafen?"

Thilo antwortete nicht, sondern schaute ihn nur beleidigt an.

„Ich möchte Ihnen etwas zeigen", fuhr Brechtl fort, „wissen Sie, was das ist?"

Er hielt ihm den Haftbefehlsantrag unter die Nase.

„Steht ja oben drauf", antwortete Thilo, „und was heißt das jetzt?"

„Das heißt, dass Sie erst einmal hier bleiben, dann werden Sie dem Haftrichter vorgestellt und der entscheidet, ob Sie bis zur Gerichtsverhandlung in Untersuchungshaft bleiben. Nicht hier allerdings, sondern voraussichtlich in der JVA Nürnberg, wo es nicht ganz so gemütlich ist."

„Wieso denn? Ich habe doch nichts getan!"

„Sie können sich vorstellen, dass das so ziemlich alle sagen, mit denen wir hier zu tun haben."

„Ja, aber ich bin wirklich unschuldig!"

Brechtl ging langsam um den Tisch herum und zog den Plastikbeutel mit Wolfs Brieftasche unter einem Blatt Papier heraus.

„Kennen Sie das hier?"

Er beobachtete Thilo genau, konnte aber keine Regung in seinem müden Gesicht feststellen.

„Nein. Was ist das?"

„Das ist die Brieftasche von Herrn Wolf, die ihm in der Mordnacht entwendet wurde. Genauer gesagt sprechen wir jetzt also nicht mehr von schwerer Körperverletzung mit Todesfolge oder von Totschlag, sondern von Mord, genauer gesagt: Raubmord."

„Ich kenne das Ding nicht."

„Wir haben es unter Ihrer Matratze in Ihrem Zimmer gefunden."

Thilo riss ungläubig die Augen auf.

„Ich weiß nicht, wie das da hinkommt."

Ja, klar. Solche Sätze hatte Brechtl auch schon tausend Mal gehört.

„Kennen Sie den Unterschied zwischen Totschlag und Mord? Der Vorsatz, das Motiv, die niederen Beweggründe und außerdem fünf bis zehn Jahre. Wenn Sie uns also genau erklären, wie es zu der Tat gekommen ist und was sich Sonntagnacht abgespielt hat, könnten Sie sich einiges ersparen."

Thilo saß nur mit offenem Mund da und starrte Brechtl an. Der ließ ihm etwas Zeit, dann fragte er:

„Wer war in der Nacht bei Ihnen? War es Carmen?"

„Was wollen Sie denn jetzt auch noch von Carmen?"

„Wenn Sie nicht allein waren, Herr Schubert – und wir wissen, dass Sie nicht allein waren –, dann hat das wahrscheinlich eine positive Auswirkung auf das Strafmaß, wenn Sie uns Ihren Komplizen nennen."

Brechtl war bewusst, dass er sich damit sehr weit aus dem Fenster lehnte. Denn auf das Strafmaß hatte er überhaupt keinen Einfluss, das legte allein der Richter fest.

„Ich war es nicht, verdammt noch mal. Und Carmen war es auch nicht", schrie Thilo verzweifelt, „was soll ich Ihnen denn sagen? Ich weiß nicht, wer es war!"

„Und warum haben Sie den Laptop kaputt gemacht?"

„Was denn für einen Laptop?"

„Der in derselben Tasche war, aus der Sie die Brieftasche genommen haben. Warum haben Sie den kaputt gemacht?"

„Ich hab ihn nicht kaputt gemacht."

„Sie haben also nur die Brieftasche herausgenommen."

„Nein."

„Und warum hat Carmen dann den Laptop kaputt gemacht?"

„Was soll denn das jetzt alles? Ich hab nichts kaputt gemacht und Carmen war nicht mal zu Hause an dem Abend."

„Dann haben Sie sie nicht getroffen? Wer war denn dann bei Ihnen?"

„Verdammt noch mal. Ich war in meinem Zimmer und sonst nirgends, und zwar allein! Ich sag jetzt gar nichts mehr."

Brechtl gönnte ihm eine kleine Pause. Der Junge war den Tränen nahe, aber er sprach kein Wort mehr.

„Herr Schubert, wenn Sie uns nichts mehr sagen wollen, dann ist das Ihre Sache. Aber dann empfehle ich Ihnen dringend, sich einen Anwalt zu nehmen. Wenn Sie keinen haben, können wir Ihnen einen besorgen."

„Kann ich Carmen anrufen?"

„Nein!"

„Aber …"

„Nein, Herr Schubert. Ich weiß nicht, ob Sie sich im Klaren darüber sind, in welcher Lage Sie sich befinden. Sollen wir Ihnen einen Anwalt besorgen?"

Thilo nickte. Man konnte ihm ansehen, dass er mit den Nerven völlig am Ende war.

Brechtl übergab ihn dem Beamten vom Wachpersonal, der vor der Tür gewartet hatte, und ließ Thilo wieder zurück in die Zelle bringen. Sonja ging in ihr Büro und wollte gleich bei Gericht einen Pflichtverteidiger organisieren.

214

„Kalle", meldete sich Dimi, der bis dahin brav in seiner Ecke gesessen hatte, „musst du unbedingt ..."

„Ich weiß selber, was ich machen muss. Bitte, Dimi, tu mir den Gefallen und lass mich einen Moment in Ruhe, okay?", zischte Brechtl.

Dimi zog beleidigt ab und ließ die Tür offen. Brechtl stand genervt auf, machte die Tür zu und fing an, um den Tisch herumzulaufen. Die gute Laune von heute früh war endgültig im Eimer. Nicht nur, dass er kein Geständnis hatte, je mehr Runden er um den Tisch drehte, desto größer wurden seine Zweifel, was Thilo anbelangte. Nach einer Nacht in der Zelle war ein Junge in seinem Alter eigentlich leicht zu knacken. Um gar keinen Fehler im Verhör zu machen, war er einfach nicht abgebrüht genug. Und Dimi hatte leider recht. Bis jetzt waren es nur Indizien, keine Beweise, die sie gegen ihn hatten. Die einzige Möglichkeit war, die Frau zu finden, die am Tatort war. Nur ihre Aussage würde Klarheit in den Fall bringen können.

Er ging hinunter zu Rainer, um sich die Sache mit den Schuhabdrücken noch einmal genau zeigen zu lassen.

„Rainer, bass aaf: Es gäid um die Fraa, die wo dou zu derer Garaasch gloffm is." Er zeigte auf die gelben Papierfüße, die immer noch auf dem Laborboden klebten. „Mir gäids do drum, ob die zur Daadzeid am Daadodd woar – odder erschd schbäder."

„Die Fraa is aff jedn Fall nachm Däder ausn Haus ganger. Des sichd mer an die Schburn. Obber wäi vill schbäder, des wassi aa ned. Mir kenner uns heggsdns di Foddos alle numol oschauer. Villeichd, dass mer do wos sichd."

Rainer bat Brechtl ins Büro und setzte sich an seinen Computer. Er schaute sich die Bilder vom Tatort noch einmal der Reihe nach an. Bestimmt fünfzig Stück, auf denen nur Schuhabdrücke zu sehen waren. Immer wieder schüttelte er den Kopf, bis er zu einem Bild kam, das nach Brechtls Ansicht genauso aussah wie alle anderen. Er zoomte einen Bildausschnitt heran.

„Dou isser. Denn hobbi gsuchd. Schau mol hie. Siggsd ders? Dou is der Abdrugg vo dem Däderschou ieber dem vo dem Schlabbm."

„Des hassd?"

„Des hassd, dass die Fraa nachn Däder ausn Haus ganger is, obber der Däder nu am Daadodd woar, bevur sie widder zrigg ganger is."

„Also mou die Fraa den Däder gsehng hom?"

„Suu schauds aus!"

„Rainer, du bisd der Besde!", strahlte Brechtl.

„Wassi scho."

„Ich bring der Schou vo derer Fraa, heid nu!"

„Obber bloß Schlabbm odder Hausschou, ohne Brofill!", rief Rainer ihm nach, als Brechtl schon auf dem Weg zur Tür war.

Es gab nur zwei Möglichkeiten. Nur zwei Menschen, die in Frage kamen. Nur zwei Frauen, die mit Hausschuhen nachts im Haus der Wolfs herumliefen. Carmen und Sybille Wolf.

Brechtl hatte Sonja und Dimi unterwegs erläutert, was Rainer herausgefunden hatte. Jetzt standen die drei vor der Haustür der Wolfs und Brechtl tat endlich einmal, was er schon lange vor sich her schob. Er sprach ein Machtwort.

„Wenn wir jetzt da drin sind, rede ich – und sonst keiner. Ist das klar?"

Dabei schaute er Dimi streng an. Der hob beschwichtigend die Hände.

„Alles klar. Du bist der Boss."

Brechtl klingelte und Sybille Wolf öffnete die Tür.

„Guten Tag, Frau Wolf. Ist Carmen auch da?"

„Grüß Gott, Herr Brechtl. Ja, die ist oben. Soll ich sie holen?"

„Ja, bitte. Ich möchte Sie beide sprechen. Zusammen."

Frau Wolf nickte, bat die Kommissare ins Wohnzimmer und holte Carmen aus ihrem Zimmer. Zu fünft setzten sie sich um den niedrigen Wohnzimmertisch. Es war schwer zu sagen, wer von ihnen am nervösesten war. Gut – Dimi war es nicht.

„Frau Wolf ...", fing Brechtl an. Dabei schaute er die beiden Frauen nacheinander an. Wie hätte er denn auch beide ansprechen sollen – „Frauen Wolf" oder „Frau und Fräulein"? Die Bezeichnung gab es ja nicht mehr. Egal, sie wussten jedenfalls, dass sie beide gemeint waren. „... unser Erkennungsdienst hat am Tatort viele Spuren gesichert, wie Ihnen bekannt ist. Vor allem Fußspuren. Und deshalb wissen wir, dass eine von Ihnen von der Terrassentür aus zum Tatort gelaufen ist. Wer von Ihnen war das?"

Was er hier machte, widersprach eigentlich dem ungeschriebenen Gesetz der Kriminologie, Verdächtige grundsätzlich einzeln zu vernehmen, Brechtl wandte aber einen Trick an, den er von seinem früheren Lateinlehrer übernommen hatte. Simpelste Psychologie: Man fragt beide Verdächtige gleichzeitig. Der Unschuldige wird den Kopf zum anderen drehen. Der Schuldige wird weiter unauffällig geradeaus blicken. Sehen sie sich gegenseitig an, sind entweder beide unschuldig oder beide schuldig – oder sie haben, wie Brechtl damals, den Trick durchschaut.

Sybille und Carmen Wolf hatten den Trick offensichtlich nicht durchschaut. Es war Sybille Wolf, die Brechtl weiterhin in die Augen blickte.

„Frau Wolf", sprach er sie direkt an, „haben Sie uns etwas zu sagen, oder muss ich erst Ihre Schuhe zu einem Vergleichstest mitnehmen?"

Sybille Wolf zögerte.

„Nein, das brauchen Sie nicht. Ich war es, die da gelaufen ist."

Carmen blickte ihre Mutter erstaunt an.

„Dann erzählen Sie uns doch bitte, was in der Nacht vorgefallen ist", hakte Brechtl nach.

Frau Wolf brauchte noch einen Moment, dann fing sie an zu erzählen.

„Ich bin, wie gesagt, vor dem Fernseher eingeschlafen, irgendwann nach der Tagesschau. Später, mitten in der Nacht, bin ich aufgewacht, weil ich gehört habe, wie jemand die Terrassentür aufsperrt. Ich bin aufgestanden und in die Küche gegangen. Ich dachte, es wäre Jochen, und hab mich gefragt, warum er hinten rumgeht. Und da stand auf einmal ein Mann vor mir, ganz schwarz angezogen mit einem Motorradhelm auf dem Kopf. Ich hab mich fürchterlich erschrocken und losgeschrien. Darauf hat er sich umgedreht und ist wieder aus der Tür gelaufen. Ich hab schnell meine Schuhe angezogen und bin ihm hinterher. Und wie ich an der Garage ankomme, sehe ich, wie er mit meinem Mann kämpft. Er hat Jochen weggestoßen und ist in den Strohhaufen gefallen. Jochen ist auf ihn losgerannt und der Mann hat die Mistgabel hochgerissen. Und dann ..."

Frau Wolf sprach nicht mehr weiter, sondern ließ ihren Kopf schluchzend in die Hände sinken.

„Warum haben Sie nicht versucht, dazwischenzugehen? Und warum haben Sie die Polizei nicht angerufen?"

„Weil ...", Sybille Wolf schaute zu ihrer Tochter und dann wieder zu Brechtl, „weil es Thilo war."

„Mama!", schrie Carmen hysterisch und wollte auf ihre Mutter losgehen, „das ist nicht wahr!"

Sonja sprang auf und zog Carmen zurück. Frau Wolf blieb zitternd auf dem Sofa sitzen.

„Woher wissen Sie, dass es Thilo war?", fragte Brechtl behutsam nach.

„Er ist der Einzige, der einen Schlüssel hat, außer uns. Ich kenn doch seinen Helm und den Schlüsselbund mit dem Herzchen, das er von Carmen hat. Den hatte er in der Hand. Er hat sich nach mir umgedreht, als ich seinen Namen gerufen habe. Und außerdem stand sein Roller hinten an der Scheune. Mit dem ist er weggefahren."

„Und Ihnen hat er nichts getan?"

„Nein. Thilo mag mich. Und ich mag ihn auch. Es war nur Jochen, der was gegen ihn hatte."

„Frau Wolf. Er hat Ihren Mann umgebracht – und Sie rufen noch nicht einmal die Polizei? Und dann verheimlichen Sie uns die ganze Zeit, was Sie wissen? Ihnen ist klar, dass Sie sich damit strafbar gemacht haben?"

„Er ist doch der Vater von meinem Enkelkind. Da muss ich doch nicht gegen ihn aussagen. Er ist ja praktisch ein Familienmitglied."

Wenn man die Sache so auslegte, hatte sie wahrscheinlich sogar recht. Ob Thilo aus juristischer Sicht ein Familienmitglied war, vermochte Brechtl nicht zu beurteilen, aber dass Sybille Wolf nicht von Anfang an die Wahrheit gesagt hatte, nahm er ihr krumm. Carmen stand neben dem Sofa und weinte. Sonja hatte sie in den Arm genommen und versuchte, sie zu trösten. Brechtl warf seiner Kollegin einen kurzen Blick zu, worauf Sonja Carmen nach draußen führte.

„Frau Wolf, auch wenn es Ihnen schwerfällt, bitte schildern Sie mir ganz genau, wie der Kampf zwischen Thilo und Ihrem Mann abgelaufen ist. Das ist sehr wichtig für uns und auch für Thilo."

Sybille Wolf nickte bereitwillig.

„Ich habe ja nicht alles gesehen. Als ich zur Garage kam, hatte mein Mann ihn gerade im Schwitzkasten, also seinen Kopf so unter dem Arm."

„Hatte Thilo den Helm da noch auf?"

„Ja."

„Und was haben die beiden gesagt?"

„Mein Mann hat geschrien: Ich hab dir gesagt, dass du dich hier nicht mehr blicken lassen sollst."

„Und weiter?"

„Thilo hat dann so mit dem Arm ausgeschlagen und meinen Mann am Kopf getroffen. Jochen hat losgelassen und Thilo wollte wegrennen, aber er ist über die Mistgabel gestolpert. Und Jochen ist wieder auf ihn zugestürmt. Da hat Thilo die Mistgabel hochgerissen und Jochen ist praktisch reingelaufen."

„Frau Wolf – das ist sehr wichtig: Hat Thilo die Mistgabel eher zur Verteidigung hochgehalten oder hat er damit zugestoßen?"

„Ganz sicher zur Verteidigung. Er wollte ja weglaufen."

„Und was ist dann passiert?"

„Jochen ist ein paar Schritte zurückgetorkelt bis zur Garagenwand und dann zusammengesunken."

„Was haben Sie gemacht?"

„Ich war so geschockt, ich konnte mich nicht bewegen."

„Und Thilo?"

„Er ist zu seinem Roller gelaufen und dann weggefahren."

„Hat er irgendetwas mitgenommen?"

„Ja, die Tasche von meinem Mann hat er in der Hand gehabt."

„Und Sie?"

„Ich weiß nicht mehr, ich war total verwirrt. Ich bin wieder ins Haus gegangen."

„Was haben Sie da gemacht?"

„Ich hab erst mal meine Schuhe sauber gemacht."

„Ihre Schuhe sauber gemacht?"

„Das wäre vermutlich das Letzte gewesen, was mir in dieser Situation eingefallen wäre", dachte Brechtl.

„Na die waren doch total voller Schlamm."

„Gut. Und danach?"

„Ich bin nach oben gegangen und habe mich aufs Bett gelegt und nachgedacht. Irgendwann bin ich wohl eingeschlafen. Carmen hat mich dann aufgeweckt, als sie Jochen gefunden hatte. Ich habe ihr nichts erzählt, ich wollte … ich weiß auch nicht. Ich wollte sie nicht unglücklich machen."

Brechtl schüttelte nur den Kopf. Die Logik dieser Frau konnte er nicht nachvollziehen. Aber im Schockzustand machen die Menschen die verrücktesten Sachen.

„Haben Sie sonst noch jemanden gesehen?"

„Wann?"

„Direkt nach dem Kampf, in der Nacht."

„Nein, wen denn?"

„Herrn Fremmer zum Beispiel."

Sybille Wolfs Blick huschte kurz zwischen Brechtl und Dimi hin und her.

„Nein, niemand."

„Frau Wolf, ich muss Sie bitten, mit in die Inspektion zu kommen, damit wir Ihre Aussage zu Protokoll nehmen können."

„Ja, sicher", sagte Frau Wolf, stand auf und ging zur Garderobe, um sich eine Jacke anzuziehen. Brechtl rief Sonja an.

„Sonja, wo bist du?"

„Mit Carmen bei ihrem Pferd."

„Bleibst du bitte hier? Ich schick dir jemand vorbei, der dich abholt. Wir nehmen Frau Wolf mit nach Schwabach."

„Ja, okay."

Dimi hatte sich die ganze Zeit erfreulich ruhig verhalten. Erst als sie zum Auto gingen, flüsterte er Brechtl zu:

„Das ist komische Frau."

Da musste ihm Brechtl recht geben. Auch wenn der Täter ihr Schwiegersohn in spe war, konnte Brechtl nicht verstehen, dass sie einfach so hinnahm, dass er ihren Mann erstochen hatte. Aber Brechtl war eh alles andere als ein Frauenversteher. Damit hatte er sich schon abgefunden.

Auf der Fahrt nach Schwabach sprach Frau Wolf kein Wort. Es war fast unheimlich still im Auto. Jeder der drei Insassen machte sich seine eigenen Gedanken. In Brechtls Büro gab Sybille Wolf ruhig und präzise ihre Aussage zu Protokoll und ließ sich anschließend von Manne zurück nach Altdorf fahren. Carmen, das hatte Brechtl am Telefon von Sonja erfahren, hatte inzwischen einige Sachen zusammengepackt und war zu einer Freundin gefahren. Für sie war es sicher nicht leicht, das alles zu verarbeiten.

Brechtl wollte auf Sonja warten, um das weitere Vorgehen zu besprechen. Er hoffte immer noch auf ein Geständnis. Zusammen mit Dimi saß er unruhig in seinem Büro.

„Kalle", meldete sich Dimi zu Wort, „was hast du für Gefühl?"

„Wie meinst du das?"

„Haben wir viel gefunden. Hast du gutes Gefühl?"

Brechtl war überrascht von so viel Einfühlungsvermögen. Tatsächlich war ihm das alles fast ein bisschen zu glatt gelaufen in den letzten Stunden.

„Na ja, schon", log er.

„Habe ich nicht. Is zu viel komisch bei der Sache."

„Was ist komisch?"

„Mache ich Vorschlag. Machen wir kleine Spielchen. Nehmen wir Zettel und schreiben, was komisch ist. Jeder selber und dann schauen wir an."

Warum nicht – irgendwie mussten sie die Zeit, bis Sonja zurück war, ja überbrücken. Also nahm jeder von ihnen ein Blatt Papier und fing an. Immer wieder schielte Brechtl zu Dimi hinüber, der schrieb wie ein Wilder. Er kam sich vor wie bei Stadt-Land-Fluss, wenn man merkte, dass der andere viel mehr wusste. Ein unangenehmes Gefühl. Brechtl gab sich Mühe und brachte auch einige Punkte zusammen. Mittendrin unterbrach sie das Telefon. Es war Sonja, die mit Manne auf dem Weg in die Inspektion war und vorschlug, gleich etwas vom Metzger mitzubringen. Gute Idee. Inzwischen war es schon zwei Uhr nachmittags und sie hatten noch nicht zu Mittag gegessen.

Während sie ihre Brötchen verzehrten, erzählten sie Sonja von ihrem Zeitvertreib und fingen an, die Listen zu vergleichen.

„Warum ist der Laptop kaputt?", war Brechtls erster Punkt.

„Hab ich auch. Warum rennt Thilo von Schwiegermutter weg? Bei meine könnt ich ja verstehn ...", fügte Dimi mit einem Grinsen hinzu.

„Guter Gedanke! Wo sind Thilos Schuhe?"

„Warum nimmt Thilo Brieftasche, aber Laptop wirft er weg?"

„Warum hört Frau Wolf die Tür, wenn sie schläft und der Fernseher so laut ist?"

„Das ist gut. Hab ich nicht", gab Dimi zu, „warum sind Fingerabdrücke von Thilo nicht auf Tasche?"

„Woher kommt dieses komische Muster am Kopf von Wolf? Die blauen Flecken, meine ich."

„Sehr gut! Warum hört rote Franz die Motor von Roller nicht?"

Brechtl gab sich geschlagen.

„Ich hab nix mehr."

„Wo sind schmutzige Klamotten, wenn Thilo in Schlamm gefallen ist?

„Na, die sind bestimmt inzwischen gewaschen."

„Vielleicht, vielleicht auch nicht. Wer wäscht? Wir müssen fragen!"

„Ja, gut. Sonst noch was?"

„Warum lässt Thilo Helm auf, wenn er zu Freundin in Bett will? Mach ich nicht!", grinste Dimi, „und wenn man ganz genau schaut: Haben wir Beweis, dass wirklich Thilo war? Nein, haben wir nicht. Jetzt bin ich fertig."

„Donnerwetter, ihr wart wirklich fleißig", sagte Sonja bewundernd, „und jetzt?"

Brechtl nahm Dimi ins Visier.

„Dimi, ich will jetzt von dir wissen: Zweifelst du daran, dass es Thilo Schubert war."

„Das weiß ich nicht. Er kann gewesen sein. Aber bist du zu schnell. Kannst du nicht sagen: Jetzt hab ich einen, der sein kann, und dann einfach aufhören. Bist du Deutscher, Kalle. Musst du gründlich sein. Aber bist du nicht. Alle Fragen brauchen Antwort!"

Ganz schön happig, was Brechtl sich da anhören musste. Noch gestern wäre er bei so etwas sofort auf die Palme gegangen. Aber heute schaffte er es, erst einmal darüber nachzudenken, was Dimi ihm da an den Kopf geworfen hatte. Verdammt – er hatte recht. Es waren zu viele offene Fragen.

„Womit fangen wir an?" Brechtl nahm die beiden Zettel in die Hand. Dimi hatte versucht, die Liste auf Deutsch zu schreiben. Die gemalten Buchstaben und die Rechtschreibfehler hätten ihn normalerweise erheitert, aber Brechtl war gar nicht zum Lachen zumute.

„Nimm Einfachste", riet Dimi, „wer wäscht Klamotten?"

Brechtl rief wieder einmal in Rummelsberg an und Diakon Häberle erklärte am Telefon, dass die Jugendlichen ihre Wäsche selber wuschen. Dazu gäbe es zwei Waschmaschinen in jedem der Häuser. Die Chance, noch schlammverschmutzte Klamotten von Thilo zu finden, war also gering. Und selbst wenn Rainer noch irgendwelche Spuren nachweisen konnte, mussten die noch längst nicht aus der Tatnacht stammen. Brechtl ließ dieses Indiz unter den Tisch fallen. Sie brauchten viel stärkere Beweise.

„Nächste Frage: Warum ist der Laptop kaputt?"

„Hat er auf dem Boden liegen. Wahrscheinlich ist einer bei Kämpfen draufgetreten."

„Ja, das ist gut möglich. Aber warum nimmt Thilo die Tasche mit und nimmt die Brieftasche raus?"

Sonja und Dimi schauten etwas ratlos in die Runde. Schließlich hatte Sonja eine Idee.

„Wer weiß, was in seinem Kopf da vorgegangen ist. Vielleicht dachte er, dass er Geld braucht für die Flucht."

„Aber ist er nicht geflüchtet."

„Ja, warum eigentlich nicht?", gab Brechtl zu bedenken.

„Wo soll er denn hin, auf die Schnelle?", meinte Sonja.

„Also ich hätte mich an seiner Stelle irgendwie aus dem Staub gemacht. War doch klar, dass wir ihn erwischen."

„Jeder Verbrecher meint, dass nicht erwischt wird. Das ist eine. Andere ist: Was, wenn Thilo gar nicht war?"

Brechtl stand auf und ging nervös im Zimmer auf und ab. Er ließ die Vernehmungen von Thilo vor seinem inneren Auge Revue passieren. Es war ihm nicht wichtig, was er gesagt hatte. Ein Täter durfte schließlich von Gesetzes wegen schon lügen, dass sich die Balken biegen. Vielmehr versuchte er, sich daran zu erinnern, wie Thilo sich verhalten hatte. War er wirklich so abgebrüht? Ein Junge von siebzehn Jahren, dem ein Mord vorgeworfen wird? Er hatte sich kein bisschen in Widersprüche verstrickt. Er hatte munter darüber geplaudert, dass er Wolf nicht leiden konnte. Er hatte sich eigentlich nur verdächtig gemacht, statt zu versuchen, etwas zu vertuschen.

Mist, Mist, Mist. So langsam geriet Brechtls Gewissheit ins Wanken.

„Nächster Punkt", beschloss er und warf einen Blick auf die Liste. „Warum hört der rote Franz, also Herr Fremmer, das Motorengeräusch des Rollers nicht?"

„Ja, das ist schon komisch. Eigentlich müsste er das schon hören. Und wenn Frau Wolf noch da war, als Thilo weggefahren ist, dann muss er sie doch auch gesehen haben, oder nicht?"

Brechtl dachte nach. Es wäre schon ein ziemlicher Zufall, wenn die beiden auf der jeweils anderen Garagenseite aneinander vorbeigelaufen wären.

„Weißt du was, der Fremmer geht mir echt auf den … auf die Nerven", beherrschte sich Brechtl.

In diesem Moment unterbrach das Telefon ihre Überlegungen. Brechtl kannte die Nummer, die auf dem Display stand.

„Hermann", sagte er zu Sonja und legte den Finger auf die Lippen, bevor er den Hörer abnahm.

„Kripo Schwabach, Brechtl, grüß Gott!"

„Grüß Gott, Herr Brechtl. Hermann hier. Wie sind die Fortschritte im Fall Wolf?"

„Wir tragen noch Indizien zusammen."

„Was heißt Indizien, Herr Brechtl. Indizien habe ich genug. Ich will ein paar stichhaltige Beweise. Um vier haben wir den Termin beim Haftrichter. Da will ich das in trockenen Tüchern haben."

Brechtl schaute auf die Uhr. Halb drei.

„Wir haben die Aussage von Sybille Wolf als Augenzeugin."

„Ja, hervorragend. Dann machen Sie mir ein schönes Tatblatt. Ich möchte das alles auf meinem Schreibtisch haben, bevor wir zum Richter gehen."

„Sicher. Ich stelle Ihnen das gleich noch zusammen."

Hermann legte einfach auf. Wie Brechtl das hasste.

„Auf Wiederhören" oder „Bis später" konnte man doch wenigstens noch sagen. Da bricht man sich doch nichts ab. Nein, nichts dergleichen. Schnösel.

„Um vier ist der Termin beim Haftrichter. Und der Hermann will vorher den ganzen Vorgang. Das müssen wir unbedingt als Erstes machen."

„Willst du Junge in Gefängnis bringen?"

„Dimi, es gibt eben nur zwei Möglichkeiten. Entweder er war es oder er war es nicht. Und auch wenn noch ein paar Sachen zu klären sind – es spricht alles dafür, dass er es war. Wir haben nichts, was ihn entlasten würde. Ob er schuldig ist, muss das Gericht entscheiden."

Dimi wiegte den Kopf hin und her.

„Ist schlimm, einen Verbrecher nicht erwischen. Dann bleibt er Verbrecher. Aber ist schlimmer, einen zu Verbrecher machen, wenn er nicht ist. Dann hast du zwei Verbrecher. Musst du versprechen, dass wir Löcher stopfen, nächste Woche."

Nächste Woche … den Urlaub konnte Brechtl vergessen. Er wollte es Sonja nicht antun, sie mit Dimi und seinen Kapriolen allein zu lassen.

„Ja, gut. Nächste Woche. Aber jetzt schreiben wir erst mal die Sachen für den Hermann zusammen."

„Kann ich helfen?", fragte Dimi.

Brechtl war es lieber, das mit Sonja allein – sprich ungestört – zu machen: „Ich glaube eher nicht, Dimi."

„Ist dann in Ordnung, wenn ich heimgehe? Weil bin ich heute Abend bei Heiner und Marga und will ich noch was Schönes anziehen."

„Ja, sicher."

„Bevor ich vergesse … Samstag nächste Woche mache ich noch mal Fest bei Boris. Seid ihr natürlich einladen. Ist noch genug Plodowa übrig, muss weg!"

„Also ich komme, Dimi, aber wenn's dir nichts ausmacht, hätte ich lieber ein Bier."

„Plodowa trinken lernst du nicht an eine Abend. Musst du üben! Kommst du auch, Sonja?"

„Aber sicher!"

Dimi warf Sonja eine Kusshand zu.

„Dowischdane meine Freunde, bis Montag!"

Brechtl schaute Dimi hinterher, der winkend durch die Bürotür verschwand. Halbzeit. Eine Woche musste er noch mit ihm aushalten. Langweilig würde das sicher nicht. Dabei fiel ihm die dämliche Schreibarbeit wieder ein, die noch vor ihm lag.

„Aber du hilfst mir, oder?", wandte er sich an Sonja.

„Ja, sicher. Aber zum Richter kann ich nicht mehr mit. Ich fahr übers Wochenende zu meinen Eltern und muss meinen Zug erwischen."

Brechtl brummte vor sich hin, aber je eher sie anfingen, desto schneller wären sie fertig. Er rief bei den Kollegen der Schupo an und bat darum, Thilo zum Gericht nach Nürnberg zu bringen. Sonja setzte sich an den PC und ließ die Finger fliegen. Brechtl trug die Aufzeichnungen zusammen und formulierte, so gut er konnte. Tatsächlich schafften sie es, innerhalb einer Stunde eine ordentliche Akte zusammenzustellen. Kein Gruber, aber ein recht passabler Brechtl. Nachdem Sonja sich verabschiedet hatte, ging Brechtl erst einmal ins Sekretariat, um seinen Urlaub für nächste Woche streichen zu lassen. Dann fuhr er nach Nürnberg.

Glava deset / Kapitel zehn

Freitag 16:00
Brechtl hatte kein besonders gutes Gefühl, als er zusammen mit Thilo und Staatsanwalt Hermann vor
dem Richter stand. Thilo beteuerte weiterhin seine Un-
schuld. Aber den Argumenten des Staatsanwalts war
der Pflichtanwalt, den sie Thilo zur Seite gestellt hatten,
nicht gewachsen. Es dauerte gerade einmal zehn Minuten, bis der Richter den Haftbefehl unterzeichnete und
Thilo in Untersuchungshaft bringen ließ. Das alles war
vorhersehbar, Brechtl hatte nicht mit einem anderen Ergebnis gerechnet. Was ihn dann wirklich berührte, war
der Blick des Jungen, der ihn traf, als die Polizisten ihn
aus dem Richterzimmer führten. Er war nicht verbittert,
nicht hasserfüllt, nicht resigniert. Dieser Blick sagte einfach nur: „Helfen Sie mir!"

Dieser stille Hilferuf verfolgte Brechtl, während er
zurück nach Schwabach fuhr. Er machte sich Gedanken
darüber, was Dimi gesagt hatte. Er wäre nicht gründlich
genug. Er hätte Löcher zu stopfen. Das konnte und das
wollte er nicht auf sich sitzen lassen.

In seinem Büro machte er sich noch einen Kaffee und
setzte sich an seinen Schreibtisch. Um ihn herum war es
unheimlich leise. Überstunden auf dem Wohnzimmersofa wurden zwar nicht bezahlt, aber hier war es ihm
zu ungemütlich. Also packte er den Stapel Papier von
seinem Schreibtisch und fuhr heim nach Röthenbach.
Unterwegs holte er sich noch kurz vor Ladenschluss sein
Abendessen vom Metzger Lächele.

Ein Bier, ein paar Leberwurstbrote und zwei CDs
später sah die Welt schon wieder ganz anders aus. Er
lümmelte sich auf sein Wohnzimmersofa und verteilte die Unterlagen auf dem Tisch. Dann griff er sich die
Stadt-Land-Fluss-Liste und versuchte, für alle Fragen,

die darauf standen, eine plausible Antwort zu finden. Einfach war das nicht. In diesem Fall arbeiteten anscheinend alle Beteiligten gegen ihn. Er hatte das Gefühl, dass keiner von denen, die sie bisher vernommen hatten, die ganze Wahrheit gesagt hatte. Warum? Sicher, das Opfer war nicht gerade beliebt. Kaum jemand war über sein Ableben wirklich traurig. Aber das war doch noch lange kein Grund, etwas zu verheimlichen. Mit jedem Indiz zog sich die Schlinge etwas enger um Thilos Hals. Und trotzdem versuchten sie alle, ihn in Schutz zu nehmen. Carmen natürlich, Frau Wolf, Kevin Seiler, sogar Fremmer, der sich mit seiner Salamitaktik fast noch selbst um Kopf und Kragen geredet hätte. Der Tathergang war Brechtl einfach noch nicht schlüssig genug. War das alles vielleicht nur gut inszeniert, um Thilo als Bauernopfer die Schuld in die Schuhe zu schieben? Es war zum Aus-der-Haut-Fahren.

Brechtl ging alles noch einmal durch, von hinten nach vorne, von der Aussage Sybille Wolfs bis zu den Fotos des Opfers. Dabei lief die ganze Zeit seine Stereoanlage. Schon als Schüler hatte er versucht, seiner Mutter klarzumachen, dass er sich bei den Hausaufgaben besser konzentrieren konnte, wenn Musik lief. Sie hatte es ihm einfach nicht geglaubt. War aber so. Hätte sie ihm nicht regelmäßig die Anlage ausgeschaltet, wäre sein Abi bestimmt eine Note besser ausgefallen, da war er sich sicher.

Gerade lief Meat Loafs „Sailor to a Siren", das letzte Lied auf der „Bad Attitude". Die Scheibe kannte Brechtl auswendig. Also stand er auf, griff sich die leere CD-Hülle und wartete die letzten Takte ab. Sein Blick fiel auf das Cover. Eine hübsche Schwarzhaarige lungerte da lasziv auf einem Motorrad. Ihr zartes Gesicht passte überhaupt nicht zu dem Rocker-Outfit.

Das war es. Um das Bild genauer betrachten zu können, streckte Brechtl den Arm aus. Zu einer Lesebrille hatte er sich noch nicht durchringen können. Er setzte sich auf das Sofa und hielt das Foto vom Gesicht des toten Jochen Wolf daneben. Das war es. Es passte genau. Das seltsame gleichmäßige Hämatom-Muster an Wolfs Schläfe hatte dieselbe Anordnung wie die Nieten auf dem Armband der hübschen Schwarzhaarigen. Und genau so ein Armband trug auch Kevin Seiler.

Kevin Seiler. Kam er überhaupt in Betracht? Was wollte er mitten in der Nacht bei den Wolfs? Geld. Na klar. Das gab es da ja reichlich.

Brechtl nahm die Stadt-Land-Fluss-Liste und ging die Punkte durch.

Der Laptop war beim Kampf kaputtgegangen. Sicher wäre Thilo nicht vor seiner Schwiegermutter geflüchtet, aber Kevin natürlich, wenn er nachts beim Einbruch überrascht wurde. Die Schuhe. Logisch, dass sie keine passenden Schuhe bei Thilo gefunden hatten und auch keine schmutzigen Klamotten. Und sicherlich hatte Kevin auch Handschuhe getragen, um keine Fingerabdrücke zu hinterlassen. Warum nimmt er die Brieftasche mit? Deshalb war er ja da. Warum nimmt er den Helm nicht ab? Damit ihn keiner erkennt, im Fall des Falles. Frau Wolf hat ihn für Thilo gehalten, Fremmer wahrscheinlich auch. Die beiden wollten Thilo decken. Sie dachten nicht im Traum daran, dass es ein ganz anderer war, der da abgehauen ist. Und Kevin machte sich das zunutze. Er wusste genau, dass Thilo im Visier der Polizei war. Deshalb hatte er ihm auch die Brieftasche untergeschmuggelt. Von wegen, seinen Kumpel nicht verraten.

Wieder und wieder dachte Brechtl das Szenario durch. Es passte. Kevin hatte irgendwie den Schlüsselbund von Thilo in die Finger bekommen. Damit hatte er den Roller, den Helm, den Schlüssel zur Hintertür. Aber dann lief alles anders als geplant. Und jetzt musste er einen Ausweg aus dem Dilemma finden. Thilo war sein Bauernopfer.

Brechtl küsste die CD-Hülle und raffte die Papiere zusammen. Sie mussten Kevin kriegen, bevor dem die Luft zu dünn wurde und er sich aus dem Staub machte. Dass die Polizei auch von ihm eine Spur hatte, wusste er, seit sie ihn wegen der Kreditkarte befragt hatten. Brechtl zog seine Schuhe an und rannte die Treppe hinunter zur Garage. Er zog sein Handy aus der Tasche, um Sonja anzurufen. Quatsch. Die war ja nicht da. Die saß im Zug nach Hannover. Mist. Er schaute auf die Uhr. Viertel zehn, es war schon dunkel. Er ging die möglichen Varianten durch: Sollte er eine Streife hinschicken? Nein. Dann könnte Kevin die Zeit bis zu seiner Ankunft nutzen, um sich noch ein paar Ausreden zurechtzulegen. Brechtl wollte das Überraschungsmoment auf seiner Seite haben. Der Nürnberger Kriminaldauerdienst? Ja sicher, der war immer verfügbar, aber er hatte keine Lust, dass es am Ende wieder hieß: Die Schwabacher hatten den Falschen verhaftet und erst mit Hilfe der Nürnberger den Richtigen erwischt. Wenn es überhaupt der Richtige war.

Manne wohnte noch weiter von Rummelsberg weg als er und Jan hatte drei kleine Kinder zu Hause und war überhaupt nicht begeistert von solchen Nachteinsätzen. Aber alleine wollte Brechtl auch nicht den Helden spielen. Also gut, er brauchte einen zweiten Helden. Er schnaufte noch einmal tief durch und wählte Dimis Handy-Nummer.

Der Chef wirkte nicht mehr ganz nüchtern, als er Brechtl die Haustür seines Bungalows im Süden von Feucht öffnete: „Herr Brechtl, was gibt es denn so Dringendes, dass Sie unser Abendessen stören?"

„Tut mir leid, aber es gibt eine Wendung im Fall Wolf. Ich brauche dringend die Unterstützung von Herrn Jordanov."

„Kann Ihnen da nicht jemand anders unter die Arme greifen?"

„Ich könnte den KDD rufen, wenn Sie meinen, dass es besser ist, wenn die Nürnberger den Fall übernehmen …"

Brechtl wusste genau, dass er damit den wunden Punkt traf. Der Chef legte großen Wert darauf, dass die Schwabacher Inspektion selbstständig war und nicht nur eine poplige Außenstelle des Nürnberger Präsidiums.

„Nein, nein, Brechtl, da haben Sie schon recht. Wir haben selber unsere Experten."

Der Experte. Brechtl schmunzelte. Der Chef drehte sich um und rief in die Wohnung

„Dimi, der Herr Brechtl ist jetzt da!", dann wandte er sich wieder an Brechtl:

„Herr Jordanov hat mir schon erzählt, dass Sie ein richtig gutes Team geworden sind. Da habe ich wieder den richtigen Riecher gehabt, ihn zu Ihnen zu stecken."

Brechtl nickte nur zustimmend und dachte sich seinen Teil.

Dimi verabschiedete sich fröhlich von „Marga und Heiner" und lud sie ebenfalls für nächsten Samstag zu Boris ein. Das konnte ja heiter werden. Kaum saß er in Brechtls Auto, setzte er ein ernstes Gesicht auf.

„Was hast du gefunden?"

Brechtl schaltete die Innenbeleuchtung ein, zeigte ihm das CD-Cover und die Fotos von Wolf und erklärte ihm seine Theorie. Dimi hörte aufmerksam zu, nickte und klopfte ihm anerkennend auf die Schulter.

„Das ist gute Möglichkeit. Sehe ich keine Fehler. Fahr los!"

Brechtl mutete seinem alten Golf allerhand zu. Es war kurz vor halb elf, als sie vor dem Zimmer der Nachtbereitschaft im Haus 29b/c standen. Ein junger Mann öffnete die Tür.

„Ja, bitte?", fragte er höflich. Brechtl zeigte seinen Dienstausweis.

„Hauptkommissar Brechtl von der Kripo Schwabach. Das ist mein Kollege Jordanov. Wir müssen dringend mit Kevin Seiler sprechen. Sofort."

„Bitte kommen Sie rein."

Der junge Mann führte sie zu Kevins Zimmertür. Von drinnen waren Geräusche zu hören, die sofort verstummten, als Brechtl an die Tür klopfte. Nach ein paar Sekunden kam ein „Ja?". Brechtl drückte die Türklinke, aber das Zimmer war versperrt.

„Kriminalpolizei. Herr Seiler, bitte machen Sie auf."

Die Tür wurde aufgesperrt. Kevin stand vor ihnen, gestylt wie immer, aber ziemlich nervös. Vor dem Bett stand eine große Sporttasche, die zum Bersten gefüllt war. Der Reißverschluss war nur halb geschlossen.

„Herr Seiler, ich habe noch ein paar Fragen an Sie."

„Ja?"

„Bitte geben Sie mir zuerst einmal Ihr Armband."

Kevin öffnete die Schnallen des Armbands, das Brechtl mit zwei Fingern in Empfang nahm und in der Brusttasche seiner Jacke verschwinden ließ.

„Und dann bräuchte ich noch Ihre Schuhe. Alle."

„Warum?"

„Bitte geben Sie sie mir einfach."

Der junge Mann öffnete seinen Schrank und hielt Brechtl zwei Paar Schuhe hin.

„Das sind doch nicht alle", stellte Brechtl fest.

Kevin nahm die Reisetasche und stellte sie auf den Stuhl. Er fingerte am Reißverschluss herum. Urplötzlich riss er die Tasche hoch, sodass Brechtl ausweichen musste, stieß sie Dimi ins Gesicht und rannte aus der Tür. Der Betreuer stand wie angewurzelt auf dem Flur.

„Rufen Sie die Polizei!", schrie Brechtl ihn an und stürmte Kevin hinterher.

Dimi war von dem Schlag beinahe zu Boden gegangen. Er hielt sich die Hände vors Gesicht und schüttelte sich wie ein Hund. Dann nahm auch er die Verfolgung auf. Sie liefen den kurzen Flur entlang, die Treppe hinunter, in den großen Aufenthaltsraum, von dem aus eine Tür nach draußen führte. Dort holte Dimi Brechtl ein. Brechtl rüttelte an der Tür. Sie war abgesperrt. Einen Moment schaute er Dimi ratlos an. In dieser Sekunde tauchte Kevin auf, der sich in dem kleinen Waschraum hinter der Treppe versteckt hatte und jetzt wieder nach oben flüchtete. Von oben warf er die Tasche nach den Kommissaren, was ihm wieder ein paar Sekunden Vorsprung brachte. Der Junge war schnell. Schneller als Brechtl jedenfalls, aber das war keine besondere Leistung. Im ersten Stock rannte Kevin an dem Nachtbereitschaftler vorbei, der sich mit eingezogenem Bauch an die Wand presste und alle drei passieren ließ. Idiot. Kevin steuerte auf das leere Zimmer am Ende des Flurs zu.

Als Brechtl und Dimi den Raum erreichten, stand das Fenster offen. Sie lehnten sich beide hinaus. Unten am Fuß des Zaunes, der neben dem Fenster fast bis zum obersten Stockwerk reichte, rappelte sich Kevin gerade hoch und rannte weiter. Dimi überlegte nicht lange. Mit einem beherzten Satz sprang er aus dem Fenster an den Zaun und kletterte nach unten. Brechtl überlegte länger und entschied sich für die risikofreie Variante. Er hetzte zurück zum Bereitschaftszimmer, brüllte den Betreuer noch einmal an: „Sie sollen die Polizei rufen!", und rannte die Treppe zwischen den beiden Häusern nach unten. Er lief um das Haus herum, kletterte eine kleine Palisade hoch und durchquerte ein Gebüsch. Schließlich stand er auf der kleinen Wiese, auf der er Kevin und Dimi zuletzt gesehen hatte. Obwohl der Vollmond und das Licht aus einigen Fenstern die Wiese recht gut beleuchteten, war niemand zu sehen. Brechtl hielt die Luft an und lauschte.

Aus dem angrenzenden Wald war das Knacken von Ästen zu hören.

„Dimi!", brüllte Brechtl und rannte in die Richtung, aus der er das Geräusch gehört hatte.

Keine Antwort.

„Dimi! Wo bist du?"

Wieder keine Antwort. Verdammt. Brechtl kämpfte sich durch den Kiefernwald. Es ging steil bergab, in eine Art Schlucht. Mit jedem Meter wurde es dunkler. Er hielt die Arme hoch, um sich gegen die dürren Äste zu schützen. Ab und zu blieb er stehen, um sich wieder an den Geräuschen der anderen zu orientieren. Als er unten angekommen war, stellte er mit leisem Fluchen fest, dass sich dort ein Bach befand. Er stand bis zu den Knöcheln im Wasser.

„Dimi! Hey! Wo bist du?"

Warum antwortete der Kerl nicht? Auf der anderen Seite des Baches erreichte Brechtl nach ein paar Metern einen Fußweg. Der Wald war hier nicht ganz so dicht und man konnte den Weg im Mondschein erahnen. So schnell er konnte, rannte er weiter. Sein Herz schlug schon bis zum Hals. Lange würde er das nicht mehr durchhalten. Er sollte auf Manne hören, der ihm immer riet, mehr Sport zu treiben, und nicht auf seinen Freund Thomas, der sagte: „Wenn man sein Gewicht halten will, muss man auch einmal essen, wenn man keinen Hunger hat."

An einer Wegkreuzung machte Brechtl eine Verschnaufpause und lauschte. Von den beiden anderen war nichts mehr zu hören. Kein Ästeknacken, nichts.

„Dimi, zum Teufel, wo steckst du?"

Plötzlich hörte er einen lauten Schrei.

„Dimi!", brüllte er noch einmal.

„Hier!", kam endlich die Antwort des Bulgaren, „ich hab ihn!"

Brechtl lief, so schnell er noch konnte, den linken

Weg entlang in die Richtung, aus der die Rufe kamen. Es ging immer weiter bergauf, bis der Weg aus dem Wald hinaus in Richtung einiger Häuser führte. Am Waldrand saß Dimi auf dem Rücken von Kevin Seiler und hielt dessen Arme fest.

„Dimi, warum antwortest du nicht, verdammt?" Brechtl war völlig aus der Puste. Dimi hingegen schnaufte kein bisschen.

„Jäger muss leise sein. Sonst weiß Beute, wo ist. Hund bellt ja auch nicht, wenn er Katze jagt. Na ja – dummer Hund vielleicht. Hast du Fessel?"

„Nein."

Dimi kletterte vom Rücken des Jungen und half ihm hoch. Kaum stand Kevin auf den Füßen, machte Dimi eine elegante Drehung um die eigene Achse und hatte Kevin wieder im Polizeigriff. Das ging so schnell, dass Brechtl beschloss, sich diesen Trick einmal in Zeitlupe zeigen zu lassen, aber nicht jetzt.

„Herr Seiler, ich nehme Sie vorläufig fest. Ich rate Ihnen, keinen weiteren Widerstand zu leisten, und mitzukommen", keuchte Brechtl.

Es wäre Kevin auch schwergefallen, Widerstand zu leisten. Dimi zog ihm die Unterarme schmerzhaft hinter dem Rücken nach oben, sodass der Junge gar nicht anders konnte, als gebückt vor ihm her zu gehen. Vor dem großen Bauernhaus, in dem einige Lichter brannten, stand ein grünes Schild mit der Aufschrift „Mauschel-Hof". Da waren sie also. Brechtl ließ sich auf das kleine Bänkchen vor der Haustür fallen und fischte das Handy aus der Brusttasche seines völlig durchgeschwitzten Hemds. Über die Zentrale erreichte er den Einsatzwagen, der inzwischen in Rummelsberg angekommen war, und bat darum, sie abzuholen.

Die Haustür öffnete sich und ein sympathischer Mann um die dreißig schaute heraus.

„Kann ich Ihnen helfen?", fragte er, als er Brechtl hechelnd auf der Bank sitzen sah.

„Alles in Ordnung!", antwortete Dimi, der Kevin immer noch im Polizeigriff hatte.

Brechtl holte seinen Ausweis aus der Hosentasche und sagte: „Wir sind von der Kriminalpolizei. Die Kollegen sind schon unterwegs."

„Papa, wer ist da?", rief eine Kinderstimme von drinnen.

„Gehen Sie ruhig wieder rein", meinte Brechtl.

Der Mann drückte noch auf den Schalter der Außenbeleuchtung und ging zurück ins Haus. Wenig später erreichte der Streifenwagen den Mauschel-Hof. Brechtl ließ sich Handschellen geben und legte sie Kevin an. Dann zwängte er sich zusammen mit Kevin und Dimi auf die Rücksitzbank und ließ sich zurück zum Haus neunundzwanzig fahren. Dort wartete schon der Diakon auf sie.

„Können Sie mir das Ganze einmal erklären?", fragte er etwas grantig, nachdem Brechtl ausgestiegen war.

„Herr Häberle, wir haben Grund zu der Annahme, dass Herr Seiler mitverantwortlich am Tod von Herrn Wolf ist. Bitte begleiten Sie mich in sein Zimmer ... Dimi, du passt mir auf den Kerl auf und machst nichts, bis ich wieder da bin, verstanden?"

Dimi salutierte kurz aus dem Streifenwagen. Im Haus sammelte Brechtl die Reisetasche auf und überprüfte ihren Inhalt. Sie war komplett gepackt mit Klamotten, Ausweis und allem, was man für eine Flucht benötigte. Unter anderem waren darin auch zwei Paar Schuhe, Größe dreiundvierzig, die Brechtl mitnahm, während er die Tasche wieder in Kevins Zimmer stellte und Diakon Häberle anwies, es zu verschließen. Aus den Türen entlang des Flurs lugten die Köpfe der anderen Jugendlichen.

„Gehen Sie wieder schlafen", sagte Brechtl zu ihnen, „es ist nichts passiert."

Ein saudummer Spruch, aber komischerweise wirkte er immer wieder.

Wie ein Häufchen Elend saß Kevin neben Dimi auf der Rücksitzbank des Streifenwagens, als Brechtl die Autotür öffnete.

„Gehören die Ihnen?", fragte er und hielt Kevin die Schuhe vor die Nase. Der Junge schaute ihn kurz an, sagte aber kein Wort.

„Warum sind Sie weggelaufen?"

Wieder keine Antwort.

„Sie müssen nichts sagen, Herr Seiler, aber wir werden Ihnen nachweisen, dass Sie in der Mordnacht auf dem Grundstück der Wolfs waren. Und auch, dass Sie mit Herrn Wolf gekämpft haben."

Er zog vorsichtig das Armband aus der Jackentasche und ließ sich von den uniformierten Kollegen eine Plastiktüte dafür geben.

„Das hat mir Michael Lee Aday verraten. Kennen Sie den? Nennt sich Meat Loaf. Sein Papa war auch Polizist. Rock-Musik bildet!"

Kevin schaute ihn nur entgeistert an. Brechtl bat die Kollegen, den Jungen nach Schwabach zu bringen. Er selbst fuhr mit Dimi in seinem Golf hinterher.

„Dimi", bemerkte er erst jetzt, während er den Bulgaren musterte, „du hast ja richtig schicke Klamotten."

„Ja, aber immer wenn ich mit dir bin, bin ich hinterher schmutzig, hast du schon gemerkt?"

„Ich wasch sie für dich."

„Prima, dann bringe ich Rest auch noch."

Die Stimmung war gelöst. Es war, als wäre Brechtl ein Stein vom Herzen gefallen, und Dimi konnte gar nicht oft genug betonen, dass er gleich an Thilos Täterschaft gezweifelt hatte. In der Inspektion brachten sie Kevin in eine Zelle und ließen ihn eine Weile schmoren. Es war schon spät, außerdem Wochenende. Kurzfristig würden sie keine DNA-Analyse von den Spuren auf dem Armband bekommen und auch keinen professionellen Schuhvergleich. Brechtl war müde. Sein Adrenalinspiegel war wieder auf Normalniveau und eigentlich wollte er so langsam nach Hause. Ob sie aus Kevin noch etwas herausbekommen würden, war fraglich. Er hatte beharrlich geschwiegen.

„Wie ist das", fragte Dimi, „kann ich um die Zeit noch Thilo telefonieren?"

Brechtl war gerade dabei, seine nassen Socken auszuziehen und über das Waschbecken zu hängen.

„Was willst du denn von ihm?"

„Ihn wegen Schlüssel fragen."

Brechtl schaute auf die Uhr. Prinzipiell ging das schon. Und schließlich war es nur in Thilos Interesse. Er griff zum Telefon und rief die Justizvollzugsanstalt an. Es dauerte eine ganze Zeit, bis er schließlich Thilo am Telefon hatte und den Lautsprecher einschaltete.

„Ja. Thilo Schubert", meldete der sich.

„Hallo Thilo, hier ist Hauptkommissar Brechtl. Entschuldige die späte Störung ..." Wobei sollte er ihn schon gestört haben. „Aber es ist sehr wichtig. Ich möchte, dass du genau nachdenkst."

„Mhm."

„In der Nacht von Sonntag auf Montag, als Herr Wolf umgebracht wurde, wo war da dein Schlüsselbund?"

Thilo dachte eine Zeitlang nach, bevor er antwortete: „Bei Kevin im Zimmer. Ich hab ihn da vergessen, am Sonntagabend. Montag hab ich ihn mir wieder geholt, bevor ich zu Carmen gefahren bin."

„Da bist du dir sicher?"

„Ja. Warum ist das so wichtig?"

„Das erkläre ich dir morgen früh." Dimi wollte den Hörer haben und winkte heftig. „Ich geb dir mal meinen Kollegen."

Dimi griff sich das Telefon.

„Thilo – darf ich Thilo sagen, oder?" Er wartete die Antwort nicht ab. „Was hast du Kevin erzählt von die Wolfs?"

„Na ja, alles eigentlich. Ist doch mein bester Kumpel."

„Was ist alles? Hast du erzählt von Carmen?"

„Ja, klar."

„Und dass sie auf Feier war am Sonntag?"

„Ja, deswegen bin ich ja erst gar nicht zu ihr gefahren."

„Und Kevin kennt auch Motorroller?"

„Ja logisch, er ist auch schon ein paar Mal damit gefahren."

„Und weiß er auch, dass der Wolf nicht zu Hause ist am letzte Wochenende?"

„Na klar wusste er das. Ich hab mich ja noch gefreut, dass der Alte nicht da war."

„Und vielleicht auch, dass Frau Wolf hat nicht so gute Ohren?"

Thilo dachte kurz nach.

„Kann sein, dass ich ihm das erzählt habe, weil sich Carmen immer so über den lauten Fernseher aufgeregt hat. Warum wollen Sie das denn alles wissen?"

Brechtl legte schnell den Finger auf die Lippen und Dimi reagierte gut.

„Musst du nicht meinen, wir hören auf zu arbeiten, nur weil du in Gefängnis bist. Sind wir deutsche Polizei. Macht alles ganz gründlich. Morgen kommen wir dich besuchen. Schläfst du gut jetzt. Gute Nacht."

Dimi legte auf.

„Bingo", meinte Brechtl zufrieden. Dimi wirkte nachdenklich.

„Kann ich mit Kevin reden?", fragte er.

„Was willst du ihm sagen?"

„Lass mich bitte probieren."

„Du machst mir hier keine bulgarischen Verhörmethoden, ist das klar?"

„Bitte, Kalle", entrüstete sich Dimi, „was denkst du über mir? Fasse ich die Junge nicht an und mache nix, was verboten. Will ich nur reden. Schwör ich bei schwarze Sara!"

Brechtl überlegte kurz, dann zog er ein Formblatt zur Rechtsbelehrung Beschuldigter aus dem Ablageregal. „Ich lass dich machen, aber ich komm mit. Das muss er vorher unterschreiben."

Sie gingen beide nach unten, holten Kevin ab und brachten ihn ins Vernehmungszimmer. Vor der Tür wartete der Kollege von der Schutzpolizei. Diesmal waren die Rollen anders verteilt als sonst. Brechtl war derjenige, der still in der Ecke saß, und Dimi führte das Verhör. Kevin hatte das Formblatt unterschrieben und saß jetzt mit verschränkten Armen auf dem Stuhl, während Dimi wie ein Tiger auf der anderen Seite des Tisches auf und ab ging.

„Weißt du, Kevin", fing er an, „habe ich viele Bücher gelesen. In einen davon hat einer seine Kumpel verraten und dreißig Silberstücke dafür gekriegt. Vielleicht hast du auch gelesen. Ist nicht gut ausgegangen, die Geschichte. Hab ich dir auch dreißig Euro gegeben – erinnerst du?"

Kevin verzog keine Miene.

„Jetzt dein Freund sitzt in Gefängnis und weißt du, was Leute von Gericht sagen? Thilo hat Wolf umgebracht. Ist böser Mensch, muss bestraft werden. Aber weiß ich, ist er nicht böser Mensch. Ist guter Kumpel. Hat er nicht viele Freunde, aber hat er einen, wo er Vertrauen hat. Hat er einen alle Geheimnisse erzählt. Hat er einen fahren lassen auf seine Roller."

Brechtl musste kurz grinsen.

„Der eine bist du. Hast du gewusst von Carmen und

von Familie Wolf und von die ganze Geld dort. Weißt du auch, dass Thilo Papa wird. Freut er sich schon. Aber wird er Kind nicht sehen, weil sitzt er in Gefängnis für lange Zeit. Das findest du gut?"

Kevin rührte sich immer noch nicht.

„Finde ich nicht gut. Und mein Freund Kalle findet auch nicht gut. Darum haben wir genau geschaut und gefunden, dass gar nicht Thilo war, wo Wolf gemordet hat und seine Brieftasche klaut. Weil nämlich du warst. Bist du mit Motorroller hingefahren und wie der Wolf heimkommt, hast du ihn mit Mistengabel gestochen und Tasche geklaut. Bloß weil du Geld willst."

„Das stimmt nicht!" Endlich zeigte Kevin eine Regung.

„Freilich stimmt. Hast du Schlüssel gehabt von Thilo und bist du zu Wolf gefahren. Wissen wir alles. Hast du Wolf geschlagen mit deine Armband, man kann beweisen. Und weil Wolf gibt dir nicht sein Geld freiwillig, hast du Gabel genommen und gemordet. War ganz einfach."

„Das stimmt nicht. Das war ein Unfall", widersprach Kevin vehement.

„Was war Unfall?"

„Na das mit dem Wolf. Ich wollte den doch nicht umbringen."

„Warum hast du dann mit Mistengabel gestochen?"

„Hab ich nicht. Der ist doch auf mich losgegangen wie ein Verrückter. Ich wollte mich bloß wehren."

Dimi warf Brechtl einen zufriedenen Blick zu. Der ging daraufhin zu Kevin und setzte sich neben ihn.

„Also bitte. Alles ganz von vorn, Herr Seiler", übernahm Brechtl das Verhör.

Kevin rieb sich nervös die Hände und begann zu reden.

„Der Thilo hat mir das alles erzählt, von Carmen und den Wolfs. Dass der Alte so ein Arschloch ist und dass er jede Menge Kohle hat und auch die ganzen anderen Sachen. Am Sonntagabend war er bei mir und da hat er seinen Schlüssel vergessen. Ich hab mir gedacht, das ist die Chance. Ich hab gewusst, da ist bloß die Alte daheim und die hört sowieso nichts. Und dann hab ich den Roller genommen und bin hingefahren, über den Waldweg."

„Sie kannten das Grundstück?"

„Ja, ich hab Thilo schon ein paar Mal mit den Pferden geholfen, wenn Carmen an der Uni war."

„Was wollten Sie bei den Wolfs?"

„Mann, ich hab Schulden. Die muss ich irgendwie zurückzahlen, sonst krieg ich echt Stress. Ich hab gedacht, die haben so viel Kohle, das ist denen doch egal, wenn ich ein bisschen was mitnehme. Ist doch bloß gerecht, wenn die Reichen bisschen was abgeben."

„Der hört sich an wie der junge Neubauer", dachte Brechtl.

„Also, Sie wollten dort einbrechen. Hatten Sie eine Waffe dabei?"

„Quatsch, woher soll ich denn eine Waffe haben? Außerdem ist das ja gar kein richtiger Einbruch, wenn ich einen Schlüssel habe."

Brechtl verdrehte die Augen. Das dürfte vor Gericht wohl keine große Rolle spielen. Aber der Unterschied zwischen bewaffnetem Raub und Einbruchdiebstahl sehr wohl.

„Auch kein Messer oder Ähnliches?"

„Nein, Mann!"

„Und weiter …"

„Ich hab den Roller hinter der Scheune abgestellt und bin über die Wiese zum Haus gegangen. War alles dunkel. Dann hab ich mit dem Schlüssel die Terrassentür aufgesperrt. Und auf einmal geht das Licht an und die Alte steht da, mit 'ner Wumme in der Hand."

„Womit, bitte?"

„Na mit 'ner Pistole hat sie auf mich gezielt."
Brechtl und Dimi schauten sich entgeistert an. Jetzt wurde es langsam spannend.
„Sind Sie sicher, dass es eine Pistole war?"
„Aber was für eine! Ein Riesenteil!"
„Und was haben Sie dann gemacht?"
„Ich hab einen Stuhl in den Weg geschoben und hab gemacht, dass ich wegkomme. Sie hat mir hinterhergerufen. ‚Thilo, Thilo, jetzt warte doch mal!', hat sie geschrien. Ich bin bloß noch gerannt. Und wie ich an der Garage bin, knallt mir was gegen den Helm, dass es mir die Füße weggezogen hat. Das war der Alte, der hat mir die Tasche über den Schädel gezogen. Und wie ich wieder aufstehe, hat er mir den Kopf unterm Arm eingeklemmt. ‚Ich hab dir gesagt, dass du dich hier nicht mehr blicken lassen sollst', hat er geschrien. Ich hab echt gedacht, der reißt mir den Kopf ab. Ich hab nach hinten ausgeschlagen und ihn irgendwo am Kopf getroffen, dann hat er losgelassen. Ich wollte nur noch weg, das können Sie mir glauben. Aber dann bin ich über die Drecks-Mistgabel gestolpert und der Alte ist wieder auf mich losgegangen. Ich hab die Mistgabel hochgehalten und er ist reingelaufen. Ehrlich. Ich wollte das nicht. Ich wollte nur weg."
Kevin sah die Polizisten hilfesuchend an.
„Weiter …"
„Der Wolf hat die Augen aufgerissen, ist ein paar Schritte zurückgetorkelt und hat sich dann hingesetzt. Und wie ich wieder aufsteh, steht die Alte an der Ecke. Ich wollte auf die andere Seite, aber da stand auch einer. Aber die haben sich nicht bewegt, alle zwei nicht. Das war total ‚strange', echt! Ich wusste nicht, was ich machen sollte. Der Schlüssel war auch weg. Ich hab ihn gesucht und dabei die Tasche von dem Wolf hochgehoben. Auf einmal sagt die Alte: ‚Hier Thilo. Hau ab! ', und hält mir den Schlüssel hin. Ich bin zum Roller und nix wie weg.

Am Waldrand hab ich angehalten und geschaut, aber sie sind mir nicht hinterher. Dann hab ich in die Tasche geschaut. Der Laptop war hinüber, aber die Brieftasche hab ich eingesteckt. Ich bin zum JHZ gefahren, hab den Roller wieder zum Mauschel-Hof zurückgestellt und bin in mein Zimmer. Montag hat dann der Thilo den Schlüssel geholt und ist wieder rausgefahren zu den Wolfs."

„Sie haben ihm nichts von all dem erzählt?"

„Mann, bin ich bescheuert? Ich musste doch irgendwie aus der Sache wieder rauskommen."

„Und dann dachten Sie, es wäre am einfachsten, es Thilo in die Schuhe zu schieben."

„Ich hab ein bisschen Zeit gebraucht. Ich wollte das Geld von der Bank holen und irgendwo untertauchen. Aber das hat auch nicht geklappt."

„Und dann haben Sie sich die Geschichte mit der Brieftasche unter der Matratze ausgedacht."

„Was hätt ich denn sonst machen sollen?"

„Sich der Polizei stellen."

„Ja, weil mir einer glaubt, dass das keine Absicht war. Klar. Einem Jungen aus dem Heim, vorbestraft."

„Sie hätten Ihrem Freund viel Ärger erspart."

Kevin sah zu Boden.: „Ja, das ist scheiße gelaufen mit Thilo. Tut mir auch irgendwie leid."

„Das soll auch leid tun", mischte sich Dimi grantig ein, „was machst du, wenn er in Gefängnis kommt wegen dir? Haust du ab, oder was? Ich denke, dass ist dein Freund. Macht man nicht. Liest du mal Bürgschaft von Goethe."

Kevin zuckte nur mit den Schultern.

„Die ist von Schiller", raunte Brechtl zu Dimi hinüber.

„Was?"

„Na ‚Die Bürgschaft', die ist von Schiller."

„Ist egal, Goethe hätte auch nicht gemacht. Der war nämlich Kumpel von Schiller."

Brechtl blickte Dimi fragend an. Diesen Gedankengang konnte er jetzt nicht nachvollziehen. Egal. Ihm gingen ganz andere Dinge durch den Kopf.

„Herr Seiler, bitte kommen Sie mit. Der Kollege bringt Sie wieder in die Zelle."

Mit gesenktem Haupt ließ sich Kevin zurück in die Zelle führen. Die Kommissare gingen wieder in Brechtls Büro.

„Ich fass es nicht!", meinte Brechtl kopfschüttelnd und schaltete die Kaffeemaschine ein. Es würde noch eine lange Nacht für ihn werden.

„Was meinst du?"

„Na die Geschichte mit der Wolf und dem Fremmer."

„Rotkäppchen und die böse Wolf!", grinste Dimi.

Brechtl warf ihm einen genervten Blick zu.

„Die haben uns die ganze Zeit an der Nase herumgeführt."

„Denkst du, die haben beide den Wolf gewartet?"

„Sie auf jeden Fall. Warum steht sie sonst mit der Pistole im Dunkeln?"

„Glaubst du, was der Junge gesagt?"

„Natürlich, du nicht? Warum sollte er lügen?"

„Glaube ich auch. Aber weiß ich nicht, was spielt der rote Franz dabei."

„Auf jeden Fall greife ich mir die beiden morgen noch einmal. Heute ist es schon zu spät. Den ganzen Schreibkram für den Staatsanwalt muss ich auch noch machen. Die Aussage tippen und alles."

„Kann ich helfen?"

„Ich glaube nicht, Dimi. Aber kannst du morgen früh kommen, zehn Uhr?"

„Natürlich bin ich da. Will ich auch wissen, wie ausgeht."

„Und vielen Dank noch mal für deine Hilfe!"

Dimi strahlte über das ganze Gesicht.

„Das ist, was ich Heiner gesagt. Sind wir prima Team."

Sie verabschiedeten sich mit einem freundschaftlichen Händedruck.

Bis halb zwei saß Brechtl noch an dem Bericht für den Staatsanwalt. Er war heilfroh, als er endlich in seinem Bett lag.

Glava edinadeset / Kapitel elf

Samstag 10:00

Dimi trug am nächsten Morgen wieder seine Zunfthose und ein ausgewaschenes T-Shirt, als er mit dem Fahrrad auf den Parkplatz vor der Inspektion einbog. Brechtl wartete schon auf ihn.

„Bin ich spät?", fragte Dimi und hob seinen Drahtesel schwungvoll in einen der Fahrradständer. Dabei war er sogar pünktlich, damit hatte Brechtl gar nicht gerechnet.

„Ich bin schon seit einer Stunde hier. Und ich war seither richtig fleißig! Der Haftbefehlsantrag für Kevin ist beim Richter und der Haftbefehl für Thilo wurde aufgehoben."

Zum Glück konnte man Staatsanwalt Hermann fast immer auch samstags im Büro erreichen, unabhängig davon, ob er Dienst hatte oder nicht. Zu irgendetwas musste sein Übereifer ja gut sein. Er war allerdings wenig erbaut über die plötzliche Wendung in dem Fall gewesen und dabei hatte ihm Brechtl noch gar nichts von der Sache mit Fremmer und Frau Wolf berichtet.

„Wir beide fahren jetzt in die Mannertstraße, holen Thilo dort ab und bringen ihn zurück nach Rummelsberg. Und auf dem Rückweg statten wir Frau Wolf einen Besuch ab und anschließend Herrn Fremmer. Was hältst du davon?", fuhr Brechtl fort.

„Das halte ich gut. Wo ist Thilo?"

„In der Nürnberger JVA … Justizvollzugsanstalt … Gefängnis", übersetzte er für Dimi.

„Was ist das?" Dimi zeigte auf die große Plastiktüte, die Brechtl in der Hand hatte.

„Das sind die ganzen Schuhe von Thilo und die Jacke, die noch bei Rainer war. Ach ja, ich hab noch was besorgt." Er zog ein paar gefaltete DIN-A4-Seiten aus seiner Jackentasche und hielt sie Dimi hin. „Die Telefon-

Verbindungsdaten von Frau Wolf und Franz Fremmer. Schau dir mal den Sonntag an."

Dimi blätterte die Unterlagen durch.

„Warum haben die so viel telefoniert?"

„Das werden sie uns schon sagen – hoffe ich."

Dimi nickte.

„Hab ich Sonja angerufen. Hab ich Gefühl, hat sie geärgert, dass nicht hier ist. Soll ich schöne Gruß sagen und Glückwunsch."

„Das glaub ich. Danke", meinte Brechtl, während sie in den BMW einstiegen.

Die Nürnberger JVA ist mit weit über tausend Haftplätzen eines der größten Gefängnisse in Bayern. Sie hat eine fast hundertfünfzigjährige, bewegte Geschichte – nicht zuletzt, weil dort die Angeklagten der berühmten Nürnberger Prozesse einsaßen.

Während sie in dem großen Wartesaal auf Thilo warteten, erzählte Brechtl Dimi von dem unterirdischen Gang, der von der JVA zum Saal 600 des Justizpalasts führt, und erklärte ihm alles, was ihm sonst noch zu dem Gebäude einfiel.

Irgendwie mussten sie die Zeit ja totschlagen. Denn obwohl sie angemeldet waren, dauerte es eine ganze Weile, bis schließlich ein Beamter Thilo zu ihnen brachte. Brechtl hatte ein flaues Gefühl im Magen. Er wusste nicht recht, was er sagen sollte.

„Guten Morgen, Thilo. Es tut mir leid, dass es nicht schneller gegangen ist. Der Richter musste erst den Haftbefehl aufheben. Vorher konnte ich dich nicht rauslassen."

„Waren Sie schon mal im Knast?" Thilo erkannte den Unsinn seiner Frage. „Ich sag Ihnen, das ist scheiße da. Warum haben Sie mir nicht geglaubt?"

„Ich muss nach dem gehen, was ich weiß, Thilo, nicht nach dem, was ich glaube. Und nach der Lage der Indizien musste ich dich festnehmen. Alles sprach gegen dich. Tut mir wirklich leid. Wir fahren dich jetzt zurück nach Rummelsberg."

Er gab ihm die Plastiktüte mit den Schuhen und der Jacke. Thilo setzte sich auf einen der Stühle, kramte die Schnürsenkel aus der Tüte und begann, sie wieder in seine Schuhe einzufädeln.

„Was sollte der Anruf heute Nacht? Was wollen Sie von Kevin?", wollte er wissen.

„Wir haben Kevin vorläufig festgenommen."

„Warum?"

„Weil er Jochen Wolf erstochen hat."

Thilo traute seinen Ohren nicht: „Quatsch!"

„Er hat es gestanden, Thilo. Und wir haben Beweise dafür."

Thilo schüttelte ungläubig den Kopf: „Aber warum?"

„Is blöd gelaufen", fasste Dimi zusammen.

„Wir können dir leider noch nicht mehr dazu sagen. Aber du bist auf jeden Fall raus aus der Sache."

„Ich pack's nicht. Das gibt's doch nicht … So ein Idiot ... Warum macht er das?"

Thilo sprang auf und fasste sich an den Kopf. Brechtl nahm die Tasche und führte ihn nach draußen.

„Kann ich Carmen anrufen?", fragte Thilo, als sie an der Straße standen.

„Ja, sicher." Brechtl überließ ihm sein Handy.

„Wie ist die Adresse hier?"

„Mannertstraße. Gleich da vorne ist die Fürther Straße."

Der Junge ging ein paar Schritte weg und telefonierte nur eine Minute. Dann gab er das Handy zurück.

„Carmen holt mich ab, wenn's recht ist."

„Natürlich, kein Problem. Aber du musst dich heute noch in Rummelsberg zurückmelden. Darf ich dir noch ein paar Fragen stellen?"

Thilo wirkte nicht gerade begeistert, sagte aber trotzdem: „Von mir aus."

„Kennst du Herrn Fremmer?"

„Den Franz? Ja klar. Der repariert immer die Maschinen in der Werkstatt."

„Was hältst du von dem?"

„Passt schon. Ganz nett."

„Und weißt du, ob zwischen Frau Wolf und Herrn Fremmer was läuft?"

„Na, das sieht doch ein Blinder."

„Glaubst du, die haben was miteinander?"

„Weiß ich nicht. Aber er war ein paar Mal da, wenn der Wolf unterwegs war und Carmen an der Uni. Hat sein Auto immer draußen geparkt und gemeint, ich seh ihn nicht. Manchmal sind sie auch zusammen weggefahren. Offiziell zu irgendwelchen Veranstaltungen von den Rummelsbergern. Ich glaub, der Franz hat die Wolf angegraben."

„Hast du Carmen davon erzählt?"

„Nee. Ist doch ihre Sache. Ich weiß zwar nicht, was der Franz an der findet, aber wenn ich mir ihren Alten anschaue, hätte ich den Franz genommen. Aber da misch ich mich nicht ein. Sie hat sich ja immer für Carmen und mich eingesetzt, da war ich ihr was schuldig, also hab ich die Klappe gehalten."

„Dann lass es für heute bitte auch noch dabei und erzähl Carmen nichts. Das würde uns sehr helfen."

„Pff", antwortete Thilo nur. Brechtl konnte verstehen, dass er gerade nicht so gut auf ihn zu sprechen war.

„Können wir dich allein lassen?"

„Klar. Haben Sie 'ne Zigarette?"

„Tut mir leid, ich rauche nicht mehr, aber gleich da vorn ist ein Zeitschriftenladen."

Er fummelte zehn Euro aus seinem Geldbeutel und gab sie Thilo. Der nahm die Plastiktüte mit den Schuhen und ging kopfschüttelnd in Richtung Geschäft, ohne sich zu verabschieden.

Zehn Euro waren sicher nicht genug für das, was der Junge hinter sich hatte. Brechtl hatte immer noch ein schlechtes Gewissen. Er stieg zusammen mit Dimi in den BMW und sie machten sich auf den Weg nach Altdorf. Brechtl war schweigsam und hing während der Fahrt seinen Gedanken nach.

„Wie willst du fragen?", wollte Dimi wissen, als sie schon fast angekommen waren.

„Weiß ich noch nicht so genau. Mal sehen, wie es sich entwickelt."

Es entwickelte sich gut. Als sie auf das Grundstück der Wolfs fuhren, stand Fremmers Kombi vor der Tür.

„Hoppla!", rief Dimi, „rote Franz ist auch schon da."

Sie klingelten an der Tür und Frau Wolf öffnete. Noch bevor sie etwas sagen konnte, drückte sich Dimi schon an ihr vorbei ins Haus.

„Wir müssen noch fragen, Frau Wolf. Dürfen wir reinkommen?"

„Äh, ja, bitte."

„Vielen Dank!", sagte Brechtl höflich und folgte Dimi. Im Wohnzimmer saß Fremmer auf dem Sofa.

„Herr Fremmer. Das ist ja schön, dass Sie hier sind. Ich wollte sowieso noch mit Ihnen sprechen. Aber zunächst möchte ich mich mit Frau Wolf unterhalten. Allein. Seien Sie doch so nett und machen Sie mit meinem Kollegen derweil einen kleinen Spaziergang. Ist ja so schönes Wetter heute."

Er warf Dimi einen strengen Blick zu und machte ihm mit einer eindeutigen Geste klar, dass er kein Wort sagen sollte. Der Bulgare setzte ein unverbindliches Lächeln auf und verschwand mit Fremmer durch die Terrassentür. Brechtl hoffte inständig, dass Dimi sich diesmal wirklich nicht einmischte.

„Frau Wolf", begann er ohne Umschweife, „gibt es in Ihrem Haushalt eine Schusswaffe?"

Die Frage erübrigte sich, denn natürlich hatte er das schon anhand des Waffenregisters überprüft. Die Neun-Millimeter-Pistole, eine halbautomatische Beretta 84, war auf Jochen Wolf angemeldet.

„Ja, mein Mann hat eine Pistole."

„Wo befindet sich diese Pistole?"

„Im Waffensafe, im Schlafzimmer."

„Dann gehen wir doch da mal hin." Er machte eine einladende Handbewegung. Sie gingen zusammen hoch ins Schlafzimmer, wo sie ihm im Kleiderschrank ein kleines Stahlfach zeigte.

„Und der Schlüssel?"

Sie holte den Safeschlüssel aus einem der Nachttische.

„Bitte", forderte Brechtl sie auf, das Fach zu öffnen.

In dem Safe befand sich ein kleiner Alukoffer. Brechtl zog Einweghandschuhe an, legte den Koffer aufs Bett und öffnete ihn. Sauber in Schaumstoff verstaut, kam die Beretta 84 zum Vorschein. Außerdem eine Blechschachtel mit Neun-Millimeter-Munition und ein Schalldämpfer. Brechtl packte die Waffe vorsichtig mit zwei Fingern am Lauf, überprüfte kurz, ob sie gesichert war, und legte sie dann wieder zurück.

„Sie wissen, dass diese Schalldämpfer in Deutschland verboten sind?", fragte Brechtl, schloss den Koffer und nahm ihn mit.

„Die Pistole hat mein Mann aus Italien mitgebracht. Ich kenn mich damit nicht aus. Ich fasse so was nicht an."

„Und doch werden wir Ihre Fingerabdrücke auf der Waffe finden, Frau Wolf."

Sie schaute ihn nur wortlos an. Brechtl forderte sie auf, wieder nach unten ins Wohnzimmer zu gehen. Dort sagte er:

„Ich weiß, dass Sie die Pistole angefasst haben, und wissen Sie auch, woher?"

Frau Wolf atmete tief durch.

„Ich kann es mir denken."

„Und …?"

„Thilo hat es Ihnen erzählt."

„Was?"

„Dass ich mit der Pistole da gestanden hab und er sich so erschrocken hat."

„Warum standen Sie denn mit der Pistole da?"

„Ich hab gedacht, da ist ein Einbrecher."

„Und da sind Sie ins Schlafzimmer gelaufen, haben die Waffe aus dem Safe geholt und waren innerhalb weniger Sekunden wieder in der Küche? Und das alles im Dunkeln. Ich glaube Ihnen kein Wort, Frau Wolf. Warum hatten Sie die Waffe bei sich?"

„Ich habe Angst, wenn ich nachts allein bin."

„Sie waren nicht allein. Carmen war da."

„Trotzdem."

„Frau Wolf, erinnern Sie sich an Ihre letzte Aussage? Da haben Sie behauptet, Sie dachten, es wäre Ihr Mann, der da nachts heimkam."

Sybille Wolf wurde zunehmend nervöser. Ihre Ausreden wurden immer obskurer.

„Dann hat Thilo sich eben getäuscht."

Brechtl schaute sie nur mitleidig an. Aus dieser Ecke kam sie nicht mehr heraus. Sie setzte sich auf das Wohnzimmersofa und starrte mit leerem Blick aus dem Fenster.

„Frau Wolf, Sie haben nicht auf dem Sofa geschlafen. Sie waren hellwach und haben mit der Pistole in der Hand darauf gewartet, dass Ihr Mann nach Hause kommt. War es nicht so?"

Sie bewegte sich keinen Millimeter, aber Brechtl konnte sehen, wie eine Träne ihre Wange hinunterlief.

„Sie hatten vor, Ihren Mann zu ermorden, Frau Wolf. Aber das hat ein anderer für Sie erledigt."

„Ich wollte ihn nicht umbringen", schluchzte sie, „ich wollte ihn nur zur Rede stellen."

„Dazu brauchen Sie keine Waffe."

Sybille Wolf blickte Brechtl eine ganze Zeitlang schweigend mit traurigen Augen an, dann sagte sie:

„Wissen Sie, Herr Brechtl, ich war dreiundzwanzig Jahre mit meinem Mann zusammen und ich habe immer geglaubt, dass er ein guter, aufrichtiger Mensch ist. Es war nicht immer einfach. Ich habe gewusst, dass er seine Macken hat. Und ich habe ihm verziehen, wenn er öfter betrunken nach Hause gekommen ist, wenn er Dinge gesagt hat, die mich ... die mich gekränkt haben. Ich habe Franz nicht geglaubt, was er über Jochen erzählt hat. Aber am Sonntag war er bei mir und hat mir diese Fotos mitgebracht. Ich habe das nicht für möglich gehalten. Für mich ist eine Welt zusammengebrochen. Ich wollte mit Jochen am Telefon darüber sprechen, aber er hat mich nur angebrüllt. Am Abend habe ich dann seinen Koffer durchsucht. Und wissen Sie, was ich gefunden habe? Eine Broschüre von so einer Abtreibungsklinik in Tschechien. Da war mir alles klar. Er hat das wirklich ernst gemeint. Er wollte Carmen ihr Kind wegnehmen. Auf einmal habe ich gemerkt, was ich die ganze Zeit für eine blöde Kuh war."

Sie hielt sich die Hände vors Gesicht. Brechtl wartete etwas, dann fragte er weiter.

„Und Herr Fremmer?"

Sie schaute wieder hoch.

„Franz ist der beste Mensch, den ich kenne. Der beste Freund, den ich habe. Er hat die ganze Zeit recht gehabt. Er hat mich gewarnt, aber ich hab es nicht wahrhaben wollen."

„Was hat er mit der ganzen Sache zu tun?"

„Nichts."

„Frau Wolf. Sagen Sie mir die Wahrheit! Es war kein Zufall, dass Herr Fremmer in dieser Nacht hier war."

„Franz hat damit nichts zu tun", wiederholte sie.

„Warum war er hier, Frau Wolf?"

Sie zuckte nur mit den Schultern.

„Warum haben Sie an dem Tag drei Mal miteinander telefoniert?"

Sie schüttelte nur den Kopf und schien gar nicht zu hören, was Brechtl sagte.

„Also gut, dann werde ich ihn selber fragen."

Sybille Wolf saß völlig apathisch auf dem Sofa, als Brechtl durch die Terrassentür nach draußen ging. Den Koffer mit der Beretta nahm er vorsichtshalber mit.

Dimi und der rote Franz warteten auf einer kleinen Holzbank am anderen Ende des Gartens. Fremmer rauchte und spielte nervös mit seiner Zigarettenschachtel herum. Brechtl warf Dimi einen skeptischen Blick zu, aber der gab ihm zu verstehen, dass er kein Wort gesagt habe, und zeigte fragend auf den Alukoffer. Brechtl signalisierte ihm mit drei Fingern, dass es sich um die Pistole handelte. Inzwischen verstanden sie sich sogar schon ohne Worte, stellte Brechtl erstaunt fest. Dann nahm er sich den roten Franz vor.

„Herr Fremmer, ich habe mich ausführlich mit Frau Wolf unterhalten."

„Was hat sie Ihnen gesagt?"

„Was haben Sie mir zu sagen?"

Er zuckte mit den Schultern.

„Wissen Sie, Herr Fremmer, ich habe wirklich viel Geduld. Aber nicht unendlich viel. Ich will jetzt ein für alle Mal die Wahrheit hören. Und zwar die ganze Wahrheit aus Ihrem Mund und nicht nur scheibchenweise."

Fremmer schaute zum Haus und dann wieder zu Brechtl, sagte aber nichts.

„Seit wann haben Sie ein Verhältnis mit Frau Wolf?",
fragte Brechtl.

„Hat sie Ihnen das gesagt?"

„Ich will es von Ihnen hören!"

„Ich kenne sie seit drei Jahren, aber von einem Verhältnis kann nicht die Rede sein."

„Sondern?"

„Verstehen Sie die Frauen? Verstehen Sie, warum sie ihren Mann so angehimmelt hat? So blind kann man doch nicht sein."

„Und Sie wollten ihr die Augen öffnen."

„Ich hab's zumindest versucht."

„Und als das nicht geklappt hat, haben Sie beschlossen, Herrn Wolf aus dem Weg zu räumen?"

„Das habe ich gar nicht beschlossen."

„Aber Sie hatten es vor."

„Nein, hatte ich nicht."

„Warum, zum Teufel, waren Sie dann hier in der Nacht von Sonntag auf Montag? Sie erzählen mir jetzt den kompletten Ablauf vom letzten Sonntag – und wenn ich sage komplett, dann meine ich komplett – inklusive der Telefongespräche zwischen Ihnen und Frau Wolf."

Fremmer überlegte noch kurz, dann fing er an zu reden: „Ich war bei Sybille, am Sonntagnachmittag, und habe ihr die Bilder gezeigt. Da war sie noch erstaunlich ruhig. Später am Nachmittag hat sie mich dann angerufen und war ziemlich am Ende. Sie hatte mit ihrem Mann telefoniert und erfahren, dass er noch am selben Tag aus Prag zurückkommt."

„Was war daran so schlimm?"

„Daran nichts. Aber sie hat ihn auf die Bilder angesprochen und da muss er ziemlich ausgerastet sein. Was ihr einfällt, ihm nachzuspionieren, und dass das noch ein Nachspiel haben wird. Ich hab versucht, sie zu beruhigen, und angeboten vorbeizukommen, aber das wollte sie nicht. Auf jeden Fall war Sybille völlig runter mit den Nerven."

„Was haben Sie dann gemacht."

„Ich hab mir Vorwürfe gemacht, ob das richtig war, mit den Bildern. Aber dafür war es ja schon zu spät. Ich hab Johannes angerufen und ihm Bescheid gesagt, dass er mich auf dem Laufenden halten sollte."

„Und weiter?"

„Später hat Sybille dann noch mal angerufen. Sie hatte seinen Koffer ausgeräumt und eine Broschüre gefunden, von so einer Klinik in Tschechien. Sie hat gesagt, dass sie sich das nicht gefallen lässt und dass ihr Mann kein Recht hat, Carmen das Kind wegzunehmen. Sie wollte ihn deswegen zur Rede stellen. Ich habe versucht, ihr klarzumachen, dass ich das für keine gute Idee halte. Ich wusste ja, dass er noch zum Bammes ging und wie er sein konnte, wenn er was getrunken hatte. Ich habe gehofft, dass sie sich wieder beruhigt. Als mir mein Neffe erzählt hat, dass der Wolf nach Hause fährt, habe ich noch mal bei ihr angerufen. Sie war total wirr und wollte auf keinen Fall, dass ich komme. Und genau deswegen bin ich rausgefahren. Ich hatte Angst, dass sie was Dummes macht."

„Sie haben befürchtet, dass sie ihn umbringt?"

„Ja, oder irgendsowas ..."

„Irgendsowas!", Brechtl geriet in Rage, „wir reden hier von einem geplanten Mord und nicht von ‚irgendsowas'!"

„Ich habe ihr das eigentlich nicht zugetraut."

Brechtl versuchte, sich im Zaum zu halten.

„Was haben Sie ihr denn zugetraut?"

„Ich hatte eigentlich mehr Angst um sie. Ihr Mann war manchmal unberechenbar."

„Warum sind Sie nicht gleich zu ihr gegangen, sondern haben gewartet, bis das Taxi kam?"

„Können Sie sich vorstellen, was losgewesen wäre, wenn der Wolf mich bei seiner Frau erwischt hätte?"

„Also ... weiter."

„Ich habe wie gesagt gewartet, bis das Taxi weg war. Ich dachte, er wäre ins Haus gegangen, und bin reingefahren und ausgestiegen. Das ganze Haus war dunkel, aber das habe ich Ihnen doch alles schon erzählt."

„Dann erzählen Sie es eben noch mal. Aber die ganze Wahrheit, Herr Fremmer!"

„Auf einmal hat Sybille etwas gerufen, hinter dem Haus, aber ich habe nicht verstanden, was sie gesagt hat. Und dann habe ich was an der Garage gehört."

„Was haben Sie gehört?"

„Es hat sich angehört, als würde dort jemand streiten und kämpfen. Wolf hat rumgebrüllt. Irgendwas wie: ‚Du brauchst dich hier nicht mehr blicken zu lassen' oder so. Also bin ich hingerannt, weil ich dachte, er meint seine Frau."

„Und was haben Sie gesehen, als Sie dort angekommen sind?"

„Den Wolf, wie er mit jemandem gekämpft hat, aber es war nicht Sybille."

„Sondern?"

„Ein Mann mit Motorradhelm. Wolf hatte ihn im Schwitzkasten."

„Warum sind Sie nicht dazwischen?"

„Ich misch mich doch da nicht ein. Bin ich lebensmüde?"

„Aber wenn es Frau Wolf gewesen wäre, hätten Sie sich schon eingemischt?"

„Ja, sicher."

„Weiter – was haben Sie gesehen?"

„Ich bin an der Garagenecke stehen geblieben und dann habe ich wieder Sybille gehört, wie sie ‚Thilo, Thilo' gerufen hat. Sie hat an der anderen Ecke der Garage gestanden. Thilo hat um sich geschlagen und sich dann befreien können und als er weglief, ist er gestolpert. Wolf ist wieder auf ihn los und irgendwie in die Mistgabel gelaufen."

„Das will ich genauer wissen. Ist er reingelaufen oder hat der junge Mann zugestoßen?"

„Es war ja ziemlich dunkel. Und das ging alles so schnell. Auf jeden Fall ist der Wolf auf ihn los wie ein Berserker. Ich meine, der Mann hat drei Zentner. Da steckt schon Schwung dahinter. Auf einmal ist er dann rückwärts getorkelt und zusammengebrochen. Mit der Mistgabel in der Brust."

„Was haben Sie gemacht?"

„Nichts."

„Wie ,Nichts'? Vor Ihren Augen wird ein Mensch umgebracht und Sie machen einfach ,Nichts'?"

„Ich war total perplex. Auf einmal kam Thilo auf mich zugerannt. Als er mich gesehen hat, hat er sich wieder umgedreht, ist zum Strohlager zurückgelaufen. Dann hat er angefangen, auf dem Boden rumzusuchen und irgendwas aufgehoben. Eine Tasche, glaub ich. Sybille hat ihn zu sich gerufen und ihm etwas in die Hand gedrückt. Dann ist er zu seinem Roller gelaufen und weggefahren."

„Warum haben Sie ihn nicht aufgehalten?"

„Ja, warum?"

„Herrgott, er hat Herrn Wolf eine Mistgabel in die Brust gerammt. Sie waren zu zweit. Warum haben Sie ihn nicht aufgehalten?"

„Ich habe gesehen, dass Sybille ihn laufen lässt, da habe ich ihn auch laufen lassen. Ich weiß doch, wie sehr ihr Thilo am Herzen liegt."

Brechtl schüttelte nur den Kopf.

„Und der Junge hat die ganze Zeit kein Wort gesagt?"

„Wenn Sie mich so fragen ... nein."

„Warum haben Sie sich nicht um Herrn Wolf gekümmert?"

„Da war nichts mehr zu machen. Ich habe zu Sybille gesagt, sie soll bloß nichts anfassen und wieder ins Haus gehen. Dann habe ich auch gemacht, dass ich wegkomme."

Dimi mischte sich ein.

„War ziemlich dunkel, oder?"

„Ja, sicher."

„Aber haben Sie trotzdem gewusst, der Wolf ist tot?"

„Ja."

„Woher?"

„Ich habe nachgeschaut."

„Nein, haben Sie nicht geschaut."

„Natürlich habe ich das. Da war nichts mehr zu machen."

„Sie waren Herrn Wolf zu keinem Zeitpunkt näher als drei Meter. Das können wir beweisen", sagte Brechtl mit Nachdruck.

„Das ist Hilfe weglassen", stellte Dimi fest.

„Und Sie haben auch weder einen Notarzt noch die Polizei verständigt."

„Das ist noch mal weglassen."

„Sie haben sogar noch einmal angehalten, als Sie weggefahren sind, um sicher zu sein, dass Herr Wolf sich nicht mehr bewegt. Mit einem Wort: Es war Ihnen egal, dass er stirbt. Beziehungsweise, es war eigentlich das Beste, was Ihnen passieren konnte."

Fremmer schaute den Kommissaren stumm in die Augen.

„Und Sie haben denjenigen gesehen, der für den Tod von Herrn Wolf verantwortlich war, und das der Polizei nicht angezeigt. Das ist genauso eine Straftat wie die unterlassene Hilfeleistung. Das kann sogar mit einer Haftstrafe geahndet werden. Ich hoffe, Sie sind sich darüber im Klaren."

Fremmer versuchte, sich zu rechtfertigen.

„In dem Augenblick, Herr Brechtl, konnte ich nichts richtig machen."

„Das sehe ich anders, Herr Fremmer. Ich muss Sie bitten, mit in die Inspektion zu fahren. Frau Wolf auch. Wir werden Ihre Aussagen zu Protokoll nehmen und Sie werden eine Anzeige bekommen."

Ohne Widerstand zu leisten und mit sehr nachdenklicher Miene begleitete Fremmer die Kommissare zum Haus. Er ging auf Frau Wolf zu, die an der Terrassentür wartete, und umarmte sie.

„Es wird alles gut, Sybille", sagte er tröstend und streichelte sanft ihren Rücken.

Da war Brechtl ganz anderer Ansicht. Unterlassene Hilfeleistung, Nichtanzeigen einer Straftat, eventuell sogar geplanter Mord ... da kam einiges zusammen. Mit viel Glück und einem guten Anwalt eine Bewährungsstrafe. Er nahm sein Handy aus der Brusttasche und forderte über die Zentrale einen Streifenwagen an. Dann wandte er sich wieder an die beiden Beschuldigten.

„Frau Wolf, ich würde Ihnen empfehlen, sich einen Anwalt zu nehmen. Ihnen auch, Herr Fremmer."

Fremmer nickte, zog sein Handy aus der Hosentasche und begann zu telefonieren.

Sybille Wolf setzte sich auf das Sofa und starrte eine Minute lang regungslos aus dem Fenster. Dann drehte sie sich zu Brechtl.

„Was wird jetzt aus Thilo?"

„Thilo ist bei Ihrer Tochter."

„Ich dachte, Sie haben ihn festgenommen", sagte sie verwundert.

„Haben wir. Aber der Haftbefehl ist aufgehoben." Brechtl machte eine kurze Pause. „Es war nicht Thilo, der Ihren Mann getötet hat, Frau Wolf."

„Aber ich habe ihn doch gesehen."

„Sie haben einen jungen Mann mit Thilos Schlüssel, seinem Helm und seinem Motorroller gesehen. Aber der, den Sie haben laufen lassen, war nicht Thilo."

Fremmer hatte inzwischen aufgelegt und schaute Brechtl genauso ungläubig an wie Sybille Wolf.

„Wer dann?", fragte er.

„Ein Einbrecher. Ein ganz normaler Einbrecher. Und hätten Sie ihm nicht hinterhergerufen, Frau Wolf, wäre Ihr Mann vielleicht noch am Leben."

„Oder auch nicht", dachte Brechtl, „denn dann wäre er wahrscheinlich von seiner Frau erschossen worden."

„Aber …"

„Denken Sie mal drüber nach", riet Brechtl und ging zur Haustür, um die Streifenpolizisten hereinzulassen.

Auf Anraten von Fremmers Anwalt legten beide in der Inspektion ein umfassendes Geständnis ab. Brechtl war froh, dass Frau Wolf es sich nicht doch noch anders überlegt hatte. Schließlich hatte er für die Unterhaltung im Wohnzimmer keine Zeugen. Andererseits war die Beweislast auch ziemlich erdrückend.

Er rief bei Staatsanwalt Hermann an und erklärte ihm den Sachverhalt. Es war nicht ganz einfach, aber Fremmers Anwalt konnte das „jüngste Gericht" davon überzeugen, dass weder Flucht- noch Verdunklungsgefahr bestand. Danach fuhr ein Kollege von der SchuPo Sybille Wolf und Franz Fremmer zurück nach Altdorf.

Es dauerte fast drei Stunden, bis Brechtl den ganzen Schreibkram erledigt hatte. Dimi besorgte derweil eine Pizza von Salvatore, kümmerte sich um den Kaffeenachschub und telefonierte mit Sonja. Endlich spuckte der Drucker das letzte Blatt Papier aus.

„Das war's, Dimi", stellte Brechtl mit einer Mischung aus Stolz und Erschöpfung fest.

„Das war gut, Kalle, sehr gut. Jetzt hast du deutsche Lösung gemacht. Alles gründlich. Keine Fragen mehr."

„Was wäre die bulgarische Methode gewesen?"

„Alle festnehmen, in dunkle Keller sperren und so lange fragen, bis einer zugibt", sagte Dimi mit todernster Miene. Brechtl wollte schon ungläubig nachfragen, als Dimi mit einem Lächeln fortfuhr: „Nein. Hätte ich wahrscheinlich so ähnlich gemacht wie du. Bist du guter Polizist. Habe ich viel gelernt von dir. War ... wie sagt man ... gute Befruchtung!"

Brechtl mochte es ungern zugeben, aber ohne Dimis Unterstützung, die ihm anfangs so furchtbar auf die Nerven gegangen war, wären sie vermutlich nicht so schnell am Ziel gewesen.

„Wenn ich ehrlich bin, Dimi, hätte ich am Anfang nicht gedacht, dass wir zwei irgendwann so gut miteinander klarkommen."

„Ich auch nicht", grinste Dimi, „wie sieht aus, gehen wir eins trinken heute Abend, zum Feiern von fertige Fall?"

Brechtl setzte gerade Datum und Unterschrift unter die Strafanzeige. Das Datum kam ihm bekannt vor. Heute war doch irgendetwas. Er musste angestrengt nachdenken, bis es ihm wieder einfiel. Er zog die Schublade auf und holte die Einladung zum Klassentreffen heraus.

„Ich hab eigentlich schon eine Einladung für heute Abend. Aber ich weiß nicht recht, ob ich hingehen soll", überlegte er und gab Dimi den Brief.

„Was ist ‚Lebensabschnittsgefährte'?", wollte Dimi wissen, nachdem er ihn durchgelesen hatte.

„Sagt man halt heute so. Das ist dein Partner. Der, mit dem du gerade zusammen bist. Den sollen wir mitbringen auf die Feier."

„Bin ich dein Partner, Kalle. Bist du mit mir zusammen gerade, oder? Dann geh ich mit dir."

Der Goldzahn blitzte aus seinem Gebiss. Brechtl stellte sich die dummen Gesichter seiner elitären Abi-Kollegen vor, wenn er Dimi als Begleitung mitbringen würde. Das würde bestimmt ein Spaß werden.

„Warum nicht?", antwortete er.

Zu diesem Zeitpunkt hielt er es noch für eine gute Idee ...

Herzlichen Dank an:

- meine Frau Gabi, die unermüdlich alle Manuskripte verbessert.

- meinen Kollegen Dimi, der so ist, wie er ist.

- Alex, Conny, Franz und Micha fürs Probelesen und die konstruktive Kritik.

- alle Kollegen und Freunde, die mir die Vorlagen für meine Romanfiguren liefern.

- die Kommissare des Polizeipräsidiums Mittelfranken, der Kripo Schwabach und des LKA München für die wertvollen Einblicke in die Polizeiarbeit.

- Steffi für die Hintergrundinformationen zum Jugendhilfezentrum der Rummelsberger Anstalten.

 # aus dem Fahner Verlag

Ines Schäfer, 1. Teil
ISBN 3-924158-40-1
€ 9,90

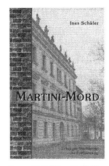

Ines Schäfer, 2. Teil
ISBN 3-924158-60-6
€ 9,90

Ines Schäfer, 3. Teil
ISBN 3-924158-74-6
€ 9,90

Ines Schäfer, 4. Teil
ISBN 3-924158-88-6
€ 11,80

Ines Schäfer, 5. Teil
ISBN 978-3-924158-96-5
€ 11,80

Angelika Sopp
ISBN 978-3-924158-99-6
€ 12,80

Ilse-Maria Dries, 1. Teil
ISBN 978-3-942251-02-0
€ 12,80

Ise-Maria Dries, 2. Teil
ISBN 978-3-942251-06-8
€ 12,80

Erscheint im September 2013

Heinrich Veh
ISBN 978-3-942251-11-2
€ 12,80

Von Bob Meyer schon erschienen:

ISBN 978-3-942251-05-1   € 12,80

Hauptkommissar Karl-Heinz Brechtl von der Kripo
Schwabach hat es nicht leicht. An der B 14 bei Hersbruck
wird eine abgetrennte Hand gefunden.
Ein Mord? Ein Unfall? Oder lebt das Opfer gar noch?
Seine Ermittlungen führen ihn zurück in die Vergangen-
heit der fränkischen Kleinstadt.
Nebenbei muss sich der Franke mit allerlei ungelösten
Fragen des Alltags und den Problemen seiner Midlife-
Crisis beschäftigen.